DAGMAR FOHL
Die Insel der Witwen

INSELLIEBE Taldsum, eine Insel im friesischen Wattenmeer, Mitte des 19. Jahrhunderts. Das Leben der Bewohner ist geprägt von der Seefahrt, dem Tod und bitterer Armut. Als ein Leuchtturm auf dem Eiland errichtet werden soll, schlagen die Wogen der Empörung hoch. Auch die junge Seemannswitwe Keike Tedsen fürchtet um ihr karges Auskommen. Mit ihren zwei Töchtern und dem pflegebedürftigen Schwiegervater lebt sie, wie viele Frauen, von der Strandräuberei. Mit viel Einfallsreichtum stört und verzögert sie mit einigen anderen Witwen den geplanten Bau. Dann aber verliebt sie sich in den Hamburger Ingenieur Andreas Hartmann, der mit dem Leuchtturmbau beauftragt ist. Es ist eine schicksalhafte Liebe, die das Leben der beiden für immer verändern soll …

Dagmar Fohl, geboren 1958, absolvierte ein Studium der Geschichte und Romanistik in Hamburg und arbeitete mehrere Jahre als Kulturmanagerin. Nach Abschluss einer Gesangsausbildung war sie als Sängerin, Gesangslehrerin und Chorleiterin im In- und Ausland aktiv. Dann folgte ihre Tätigkeit als Schriftstellerin. Im Juli 2009 erschien ihr erster historischer Roman im Gmeiner-Verlag.

Bisherige Veröffentlichungen im Gmeiner-Verlag:
Das Mädchen und sein Henker (2009)

DAGMAR FOHL
Die Insel der Witwen

Historischer Roman

Besuchen Sie uns im Internet:
www.gmeiner-verlag.de

© 2010 – Gmeiner-Verlag GmbH
Im Ehnried 5, 88605 Meßkirch
Telefon 07575/2095-0
info@gmeiner-verlag.de
Alle Rechte vorbehalten
2. Auflage 2010

Lektorat: Claudia Senghaas, Kirchardt
Herstellung/Korrekturen: Daniela Hönig /
Claudia Senghaas
Umschlaggestaltung: U.O.R.G. Lutz Eberle, Stuttgart
unter Verwendung des Bildes »Painting woman on the coast in England«
von Frank Buchser / visipix.com
Druck: Fuldaer Verlagsanstalt, Fulda
Printed in Germany
ISBN 978-3-8392-1070-3

Hoffnung und Liebe! Alles zertrümmert!
Und ich selber, gleich einer Leiche,
Die grollend ausgeworfen das Meer,
Lieg ich am Strande,
Am öden, kahlen Strande.
Vor mir woget die Wasserwüste,
Hinter mir liegt nur Kummer und Elend,
Und über mich hin ziehen die Wolken,
Die formlos grauen Töchter der Luft,
Die aus dem Meer, in Nebeleimern,
Das Wasser schöpfen,
Und es mühsam schleppen und schleppen,
Und es wieder verschütten ins Meer,
Ein trübes, langweiliges Geschäft,
Und nutzlos, wie mein eignes Leben.

(Heinrich Heine, aus »Der Schiffbrüchige«, Zweiter Zyklus, III, Die Nordsee)

ERSTE WELLE

1

12. Dezember 1868. Es war einer jener nasskalten, trüben Wintertage, wie sie in Hamburg häufig vorkamen. Der Wind trieb große, feuchtschwere Schneeflocken vor sich her, die bald, nachdem sie zu Boden fielen, schmolzen und die Straßen und Wege mit einer bräunlich matschigen Masse überzogen. Die Menschen huschten durch die Stadt, verborgen unter einem Dach von schwarzen Regenschirmen, die Hüte und Mützen tief in die Stirn gezogen, den Mantelkragen hochgeschlagen, Schals über den Mund gewickelt, ihre Galoschen über die Schuhe gestülpt. Die Mienen der Bürger waren, sofern man noch etwas von ihnen erspähen konnte, düster und mürrisch. Niemand liebte dieses Wetter. Allen schlug es aufs Gemüt. Obwohl es erst elf Uhr morgens war, hatte man das Gefühl, dass die Abenddämmerung bereits einsetzte.

Im Gerichtssaal des Niedergerichtes entzündeten die Diener die Lampen. Der Angeklagte Andreas Hartmann bemerkte es nicht. Er saß mit gekrümmtem Rücken auf seinem Stuhl. Sein Gesicht war blass, die Wangen eingefallen. Zwischen den Augen und von den Nasenflügeln bis über die Mundwinkel zogen sich tiefe Furchen. Sein Haar, das in jener Nacht ergraut war, ließ ihn noch bleicher erscheinen. Mit trüben und wässrigen Augen blickte der Angeklagte ins Leere. Wie betäubt saß der Ingenieur auf der Anklagebank, die Hände leblos wie zwei hohle Muschelschalen auf den Oberschenkeln abgelegt, abwesend lächelnd, als ginge ihn die Verhandlung nichts mehr an, als hätte er sich in eine andere Welt geflüchtet, die ihn vor der Realität, vor sich selbst schützte.

Die sonore Stimme des Richters schallte durch den Saal. »*Ich bitte nun die Verteidigung zu den Anschuldigungen der Staatsanwaltschaft Stellung zu beziehen.*«

Die Robe des Verteidigers raschelte, als er sich erhob. »*Hohes Gericht. Wir fragen uns: Wie kommt dieser ehrbare, gebildete Mann zu dieser schrecklichen Tat? Sein Charakter war im bürgerlichen Sinne gut, er ließ sich keine Vergehen zuschulden kommen. Ich muss darauf verweisen, dass der Angeklagte sich in einem Zustand geistiger Umnachtung befunden haben muss, als er das Verbrechen beging. Es kann sich bei ihm nur um das Krankheitsbild des* Verborgenen Wahnsinns *handeln, der aufgrund äußerer Belastungen, die sich akkumulierten, zum Ausbruch gekommen ist.* Verborgener Wahnsinn *ist ein Drang, das belastete Gemüt durch eine gewaltsame Handlung zu befreien. Unvernunft und Gewalt schwelten bei dem Ingenieur schon jahrelang unter dem Deckmantel der Normalität. Das schreckliche Kindheitserlebnis des Angeklagten, das ihn bekanntlich sein ganzes Leben lang plagte und sich in Angstzuständen und immer wiederkehrenden Albträumen manifestierte, brachte ihm zeitlebens eine ungute psychische Disposition ein. Ich denke, dass der Halt, den er durch Frau und Kinder erfuhr, und seine Arbeit als erfolgreicher Ingenieur den Ausbruch seines Wahns über lange Jahre verhindert haben. Es kann nur eine Erklärung geben: Sein letzter Auftrag hat ihn überfordert und seiner Kräfte beraubt, den in ihm schlummernden Wahnsinn niederzudrücken. Dann kam die Krankheit von Frau und Kind dazu. Hohes Gericht, Euer Ehren, es ist meiner Meinung nach unumstritten, auch und besonders unter Einbeziehung der Gutachten der Gerichtsmediziner, dass der*

Ingenieur Andreas Hartmann den Umständen nach von allen Strafen zu verschonen ist. Man sollte ihn als ein für die Gesellschaft zu gefährliches Glied lebenslänglich in festen Gewahrsam nehmen. Das augenscheinlich wirre und gemäß der gerichtlichen Untersuchung fehlende Motiv für die Tat nährt diese Sicht der Dinge.«

»Einspruch«, rief der Staatsanwalt.

»Einspruch stattgegeben.«

Der Staatsanwalt verschränkte die Arme hinter dem Rücken. Auf- und abgehend ergriff er das Wort. »Der Angeklagte hat beim Verhör geäußert, er habe die Tat, ich zitiere, wie im Taumel *begangen. Auch das ist im medizinischen Gutachten vermerkt. Er zeigte nicht die geringsten Zeichen einer Geisteszerrüttung, sodass wir ihn jetzt seines Verstandes für vollkommen mächtig halten müssen. Er schien sehr vernünftig, bei voller Besinnung und wohl überlegt.*

Ich präzisiere: Der Geistes- und Gemütszustand während der Tat kann zuletzt nur durch die Aussagen des Angeklagten beurteilt werden. Die Gewalttat, die von einem sonst vernünftig erscheinenden Menschen verübt worden ist, ist kein hinreichendes Zeichen eines krankhaften Zustandes.«

»Einspruch.«

»Einspruch stattgegeben.«

»Es ist unlauter, Herr Kollege, Zitate anzubringen, die verkürzt und sinnentstellend sind. Die Ärzte bezeichnen es, als, ich zitiere, höchst wahrscheinlich, *dass der Angeklagte vor und während seiner Tat in der Freiheit seines Denkvermögens beschränkt gewesen ist. Ich betone noch einmal: Mit dem in seiner Kindheit erlebten Unglück, das ihm im weiteren Leben die bereits erwähnte psychische Instabilität bescherte, ging*

bei dem Angeklagten eine übermäßige Arbeitsbelastung einher. Das lässt sich aus seinen Protokollen und den Briefen ans Ministerium nachvollziehen. In dem täglichen Ringen mit den Herausforderungen, die die Inselbaustelle mit sich brachte, und der Nachricht über die lebensbedrohliche Erkrankung von Frau und Kind scheint der Ingenieur von äußeren Umständen getrieben und eingeengt worden zu sein, die bleibende Spuren in seinem Gemüt hinterlassen haben und die sich später in geistiger Verwirrung in seiner Schreckenstat entluden. Er war zur Zeit der Tat eine bewusstlose Kreatur ohne eigenen Willen und ohne Bewusstsein, zumal das Verbrechen sich durch nichts Rationales begründen lässt. Ich denke also, wir können dem Angeklagten einräumen, dass ihn eine Art Empfindungslosigkeit und äußerer Zwang während der Tat geleitet hat. Das erklärt auch seinen Selbstmordversuch.

Darüber hinaus verspürte der Angeklagte unmittelbar nach der Festnahme einen nahezu unbändigen Trieb, sich selbst als Schuldigen anzugeben. Dies sind Empfindungen und Handlungen, die nach fachlichem Urteil als Zeichen für Wahnsinn angeführt werden können. Auch dass der Angeklagte sich nach dem mit ihm geführten Verhör augenscheinlich geistig zurückgezogen hat, unterstützt diese These.

Letztendlich ist es gleichgültig, um welche Art der Geisteskrankheit es sich genau handelt. Es ist aber wichtig, zu betonen, dass der Angeklagte sich zur Zeit der gewalttätigen Handlung ohne seine Schuld in einem unfreien Zustand befunden hat und dafür gibt es im Fall Hartmann mehr Indizien als notwendig.

Das heißt: Niemand kann letztlich ergründen, auch die Ärzte nicht, was genau den Beschuldigten zu der Gräueltat veranlasst hat.«

Der Staatsanwalt unterbrach. »Ich beantrage, den Angeklagten selbst anzuhören.«

»Welchen Sinn soll das haben? Sehen Sie nicht, in welchem Zustand er sich befindet?«

Der Richter klopfte mehrmals mit dem Gerichtshammer. »Dem Antrag der Staatsanwaltschaft ist hiermit stattgegeben.«

Ein Gerichtsdiener ergriff Andreas Hartmanns Ellenbogen. Er ließ sich willenlos auf den Platz vor der Richtertribüne führen.

Der Staatsanwalt baute sich vor ihm auf. »Herr Hartmann, haben Sie nach verübter Tat gewusst oder haben Sie sich denken können, was Sie getan haben?«

Keine Antwort.

»Oder haben Sie während der Tat an einen möglichen Widerstand gedacht?«

Andreas Hartmann hüllte sich in Schweigen. Die Fragen drangen nur als brummendes Geräusch an sein Ohr. Er lächelte. Er blieb in seiner Welt. Niemand konnte ergründen, was er dachte. Es schien, als ob er nicht mehr wusste, was geschehen war, als ob er weder das Glück noch das Verderben spürte, in das ihn sein Aufenthalt auf der Insel gestürzt hatte.

~~⚬~~

Die Insel war wie eine Krabbe geformt. Im Süden lag der Schwanz. Der gekrümmte Rückenpanzer markierte die Seeseite. Auf der Wattseite befanden sich die Krabbenbeine und im Norden der Kopf. Von Norden nach Süden zog sich in der Mitte der Insel eine Straße entlang, die vier kleine Dörfer miteinander verband.

Es gab insgesamt einhundertfünfzig Häuser auf Taldsum. In sechzig Häusern lebten Witwen. Keike Tedsen war eine junge Inselwitwe. Sie wohnte im Norden der Insel, im Armen- und Witwenviertel des Dorfes, am Rande der Dünen, die sich an der Seeseite entlangzogen. Ihre Kate war wie alle Häuschen des Viertels klein und ärmlich. Das windschiefe Strohdach war zerzaust und mit Moos bedeckt. Die grüne Farbe der Eingangstür war abgeblättert, das ungeschützte Holz hatte sich schwarz verfärbt. Die Kleimauern der Hütte, deren Lehmquader einst in der Sonne getrocknet worden waren, hielten nur, weil Keike sie regelmäßig kalkte. In diesem Haus lebte sie mit ihren zwei Töchtern und dem Schwiegervater.

Es war Ende September, die Luft klar und frisch. Keike saß draußen auf der Bank neben der Haustür und flocht Strandhalme. Sie reckte ihre Nase in die Höhe. Es roch nach Sturm. Sturm roch ganz absonderlich. Es war ein feiner Geruch, der sich in die salzig-würzige Inselluft mischte, ihr ein anderes Aroma gab. Keike schmeckte ihn sogar auf den Lippen. Sie hatte kein Wort für diesen Duft, diesen Geschmack, aber er bedeutete immer Sturm.

Sie blickte in den Himmel. Weißliche Besenreiser zogen von Westen auf. Schon flogen die ersten Möwen über die Wiesen. Sie zogen sich ins geschützte Binnenland zurück.

Die Regenpfeifer schrien. Dem Sturm würde Regen folgen. Die Vögel irrten sich niemals. Keike legte die Halme beiseite, machte sich auf Richtung Meer. Sie durchschritt die Dünen, spürte den Wind im Gesicht. Noch blies er wie gewohnt, fühlte sich kühl und angenehm an, biss und schnitt nicht in die Haut. Sie spürte, wie sich ihre Wangen röteten, wie der Wind sie belebte und erfrischte, wie ihre müden Augen sich mit Glanz füllten und ihr blasser Mondsichelmund aufblühte.

Keikes Muskeln strafften sich. Es wurde immer

stürmischer, immer lauter, das Meer. Gutes Geräusch. Zischen, Donnern und Krachen der Wellen, die sich an den Sänden brachen. Ein schwerer Nordwest. Der Wind hielt genau auf den Strand zu. Sie erklomm die letzte Düne, hockte sich in ein Dünental mit freiem Blick auf das Meer. Es stürmte bereits so stark, dass ihre Witwentracht schnell von Sandkörnern bedeckt war. Zunächst sammelten sie sich in den Stofffalten, dann überzogen sie das Kleid vollends.

Sie beobachtete die Wellen. Sie prallten gegen den Strand. Strom und Wind standen gegeneinander. Die Wellen wurden immer kürzer, schmaler, dafür steiler, wie Berge mit schneebedeckten Gipfeln. Eine große Woge jagte vorwärts. Die untere größere Masse der Welle konnte nicht schnell genug folgen. Der obere Teil, auf den der Wind peitschte, drohte vornüber zu stürzen. Als ob er dem unteren vorauseilte. Die Welle bedeckte sich mit einem Schaumgürtel, fiel kopfüber und brach sich hart an den Absätzen des Meeresbodens. Ein Teil der Welle löste sich in weißen Schaum auf, hoch aufspritzend, der andere Teil floss den Vorstrand hinauf. Die Woge zog sich wieder in die See zurück, riss eine Menge Sand und Steine vom Strand mit sich in das Meer hinein. Keike zählte die Abstände zwischen den größten Wogen, lauschte dem Krachen und Rauschen des Meeres, dem dumpfen Klackern der Steine in der zischenden Gischt. Heute Nacht, dachte sie, es war Vollmond, Zeit der Springflut.

Sie blickte in den Himmel. Aus den Besenreisern hatten sich dunkle Wolkengebilde geformt, die wie prall gefüllte Beutel am Himmel hingen. Das Wasser drängte darauf, die schwarze Wolkenhaut zum Bersten zu bringen.

Sie lief ins Dorf zurück. Zu Stine und Medje hinüber.

Stine war eine Witwe, deren Mann noch am Leben war. Oder auch nicht. Seit sieben Jahren wartete sie auf seine Rückkehr. Medje hatte fünf Kinder und drei Männer. Es blieben ihr zwei Kinder. Stine lebte mit ihrer Mutter in der Nachbarkate, Medje schräg gegenüber. Stine und Medje waren ihre besten Freundinnen. Die Not schweißte sie zusammen. Sie lebten vom Armenpfennig, von ihrer Arbeit, von Strandgut. Von einem Fass Rinderschmalz, das sie geborgen hatten, oder von Baumwolltuch, aus dem sie Kleidung nähten. Sie lebten von Schiffsplanken, von Weinfässern, Früchten … irgendetwas fand sich immer am Strand.

»Kommt zur Möwendüne«, sagte Keike. »Ich gehe vor.«

In der Dämmerung schlich sie sich aus dem Haus, erreichte ihr Versteck in den Dünen. Sie hatte es dort eingerichtet, wo viele sich nicht hintrauten, im Geisterdünental, wo alle Gespenster vermuteten und sogar gesehen hatten. Aber Keike fürchtete sich mehr vor dem Strandvogt als vor Gespenstern. In ihrem Versteck lag nicht nur die Beute, sondern auch die Männerkleidung. Nicht die von ihren Ehemännern, womöglich erkannte sie jemand. Es waren Kleidungsstücke, die sie von angespülten Leichen abgestreift hatten. Keike schlüpfte in die braune Hose, blaue Jacke und in die Stiefel. Die Zehenkappen hatte sie mit Moos ausgestopft, damit ihre Füße Halt fanden. Keike schob ihr Haar unter die blaue Mütze, zog die Kappe tief in die Stirn hinein, band ein Tuch vor Mund und Nase. Sie stapfte Richtung Meer, erklomm eine Düne nach der anderen, stemmte ihren Körper gegen die Böen, die ihr immer heftiger entgegenschlugen. Sie saugte die nach Algen und Salz riechende Luft ein. Die Ohrfeigen, die der Wind ihr ins Gesicht peitschte, störten sie nicht. In solchen Nächten vergaß sie ihr ganzes Elend. In solchen Nächten wusste sie, dass sie die Insel niemals verlassen konnte, auch wenn sie ihren Töchtern wünschte, dass es ihnen gelänge, von hier fortzukommen. Ich werde ihnen verbieten, Seemänner zu heiraten, dachte sie. Seemänner starben auf Walfängern, Fischerbooten, Handelsschiffen, sie wurden vermisst, erfroren oder verunglückten. Sie ertranken oder wurden ermordet. Eines Tages erwischte es jeden. Und zurück blieben die Witwen. Junge und alte Frauen. Mit einer Schar von Kindern. In ihrer Not schickten sie ihre zwölfjährigen Söhne als Schiffsjungen auf See, nur um ein paar Taler mehr zu haben. Aber meist sahen sie auch die Söhne nicht wieder.

Eine Bö. Sie schleuderte Keike zurück, ließ sie taumeln. Sie schwankte, kämpfte sich weiter voran. Gott hatte ihr die Kraft eines Bären geschenkt. Sie würde die Töchter und sich durchbringen. Sie konnte das tragen, was die jungen Kerle in ihren besten Jahren liegen lassen mussten. Zusammen mit Stine und Medje konnte sie nicht nur große Planken heben, sondern sogar schwere Fässer die Dünen hinauf rollen.

Keike presste ihr Tuch fester an Mund und Nase. Es war erst Ende September, kein Vergleich zu den Winternächten am Strand. Dennoch fröstelte sie. Sie kauerte sich zusammen, spähte aufs Wasser. Oft war sie die Erste, die eine Strandung erahnte. Sie verstand es, viele Zeichen zu deuten, um zu erkennen, wann Strandgut in Aussicht stand. Manchmal gelang es, dass sie die Ersten waren und vor den anderen sammelten, was sie schleppen konnten.

Stine und Medje kamen. Medje trug einen Fischerkorb auf dem Rücken. Für Kleinigkeiten, die an den Strand gespült wurden. Sie setzten sich. Keike wurde wärmer. Die Wolken gaben den Mond frei. Sie beobachteten das Meer, saßen und starrten auf die brodelnde See. Schweigen. Das Heulen des Windes pfiff in ihre Ohren, mischte sich mit dem Grollen und Brausen der aufgewühlten See.

Stine sprang auf. »Da! Ein Ewer. Er kämpft mit den Wellen.«

Stumm verfolgten sie die Bewegungen des Seglers. Das Schiff krängte gefährlich. Schemenhaft sahen sie Seeleute, die Ballast abwarfen. Sie versuchten alles, um nicht auf die Sände getrieben zu werden. Keike erkannte an der Lage des Ewers, dass das Schiff verloren war.

Eine riesige Welle erfasste den Schiffsrumpf. Sie hörte es bersten und krachen. Das Schiff war auseinandergebrochen. Ein eigentümliches Gefühl erfasste Keike. Sie kannte dieses Gefühl. Immer wieder überkam es sie. Bei jeder Strandung. In die Erleichterung über neues Strandgut, das sie mit ihren Töchtern überleben ließ, mischte sich der Gedanke an all die Männer, die ihr Leben lassen mussten.

Die ersten Gegenstände tanzten auf dem Wasser. Die Frauen blickten sich um. Es war niemand zu sehen. Sie liefen die Düne hinunter zum Meeresufer. Ein paar Holzplanken strandeten. Auch Fässer schwammen heran. Sie machten sich daran, die Güter so schnell wie möglich beiseitezuschaffen, holten ein paar Planken aus der Gischt. Sie brauchten immer Holz. Es gab keinen einzigen Baum auf der Insel. Keike zog an einem großen Brett, schleppte es ans Ufer. Als sie wieder ins Wasser zurückwatete, entdeckte sie einen Seemann, der sich durch die hoch gehende See zum Strand hin kämpfte. Der Mann schleppte sich immer weiter in ihre Richtung. Er kroch bis vor die Füße der Frauen. Das Wasser um ihn herum war rot gefärbt. Eine tiefe Wunde spaltete seinen Rücken. Er hob seinen Arm, seine Lippen bewegten sich stumm. Ein kurzer Blick genügte. Jede ergriff ein Stück angeschwemmtes Wrackholz. Mit vereinten Kräften schlugen sie auf den Mann ein. Schwarze Wolken schoben sich über den Mond. Sie packten den Seemann und schleppten ihn in ein Dünental. Sie zogen ihm die Stiefel aus. Die Hose war auch brauchbar. Sie gruben eine Mulde, verscharrten den Körper im Sand. Dann nahmen sie ihr Strandgut und verschwanden im nächtlichen Herzen der Insel. Schwarz war die Dunkelheit der Dünen. Ihre Fußstapfen vom Winde verweht.

~·~

Es war Samstagnachmittag. Andreas Hartmann saß in seinem Arbeitszimmer. Überall lagen Pläne und Papiere verstreut. Nicht nur auf den Stühlen, auch auf dem Teppich türmten sich Stapel. Seit zwei Jahren hatte er sein Büro in seinem Wohnhaus am Dammtorwall eingerichtet, im ersten Stock, neben dem Empfangszimmer, damit er arbeiten konnte, wann immer er wollte, ganz nach seinem Rhythmus und den Erfordernissen der Aufträge.

Er arbeitete fieberhaft. Tag und Nacht zeichnete und schrieb er. Almut versuchte, ihn zumindest von der Nachtarbeit abzuhalten. Einmal löschte sie ihm sogar die Lampe. Sie machte sich Sorgen um ihn. Die Fürsorge seiner Frau war nicht das, was er jetzt brauchte. Er fragte sich, ob es eine gute Entscheidung gewesen war, das Büro im Haus einzurichten. Wie auch immer, je eher er den Entwurf und den Bauplan fertiggestellt hatte, desto schneller käme der endgültige Bescheid. Außerdem plagten ihn wieder Albträume. Nicht schlafen hieß nicht träumen müssen.

Die große Düne auf Taldsum war aufgekauft worden. Wenn die Pläne rechtzeitig erstellt und abgesegnet waren, könnte er Anfang nächsten Jahres, gleich nach dem Frost, mit dem Bau beginnen. Die Zeichnungen waren bereits auf dem Pergament. Das Zeichnen fiel ihm am leichtesten. Das Schriftliche machte ihm Mühe. Manchmal wurde er ungeduldiger, als es seiner Natur ohnehin entsprach. Heute hatte er leider den Ablauf des Bauvorhabens zu verfassen. Es half nichts. Er tunkte die Feder ein.

Die Lieferungen der Baumaterialien und die Ausführung der Bauarbeiten werden in folgender Weise zu beschaffen und auszuführen sein und die veranschlagten Summen nach Maßgabe der Lieferungen und der ausgeführten Bauarbeiten zur Verwendung kommen.

Er nagte am Federstiel. Wenn die Pläne akzeptiert würden, könnte er endlich wieder auf die Baustelle. Er sehnte sich danach, den Turm Stein für Stein wachsen zu sehen.
Folgende Abfolge der Arbeiten ist vorgesehen:
  Sukzessive Anlieferung der Materialien
  Bau einer Transport-Holzbahn zur Düne
  Aushub für das Fundament des Turmes
  Fundamentlegung
(Anm. Mit der Legung des Fundamentes wird auch das Wärtergebäude begonnen.)
  Sockelbau für den Turm
  Aufmauern der Steinlagen des Turms
  Parallel der Aufbau des Hohlpfeilers und der Granittreppe
  Einziehen der Stockwerke
  Bau des Lampenhauses und des Umgangs
  Einbau der Lampe

Almut rief zum Abendessen. Andreas Hartmann legte die Feder zur Seite. Die Details würde er nach dem Essen notieren.

Er ging die Treppe hinunter ins Speisezimmer. Jule und Hannes saßen bereits am Tisch, Brot und Wurst standen bereit. Almut brachte die Butter.

Andreas Hartmann beachtete seine Familie nicht. Auch den duftenden Gartenstrauß, der den Tisch zierte, nahm er nicht wahr. Seine Gedanken kreisten um den Bauplan.

Jule sprach das Tischgebet. Er hörte nicht zu.

»Mit Gottes Segen, Amen.«

Almut legte den Kindern Brotscheiben auf die Teller.

»Gehen Sie morgen Nachmittag mit mir zum Hafen, Vater?«

Almut warf ihrem Sohn einen strafenden Blick zu.

»Hannes, das hat Zeit bis nach dem Essen.«

»Ich kann nicht mit dir gehen. Ich muss arbeiten.«

»Andreas, bitte, erst das Essen, danach können wir uns unterhalten.«

Sie speisten. Andreas Hartmann aß hastig. Almut beobachtete ihn. Er bemerkte es erst nach einer Weile, verlangsamte sein Kauen. Sie goss den Kindern Milch nach. Ihre ruhigen Bewegungen machten ihn nervös. Er schlang das Brot hinunter, trank sein Bier in einem Zug aus, schnellte hoch.

»Ich mache weiter. Ich muss bis morgen Abend fertig werden. Übermorgen will ich die Unterlagen nach Berlin schicken.«

Hannes verzog das Gesicht. »Aber ich möchte zum Hafen!«

»Wir gehen nächsten Sonntag, einverstanden?«

»Andreas, ich hatte es dir gesagt. Nächsten Sonntag kommt Pastor Krause mit Familie.« Almuts Stimme klang sanft, aber bestimmt. »Aber nun lass uns doch bitte in Ruhe zu Ende essen. Gott hat uns die Speisen nicht geschenkt, damit wir sie missachten.«

Sie legte die Hand auf seinen Arm. »Gönn dir ein wenig Pause. Du hast schon wieder ganz dunkle Augenränder.«

Er arbeitete die ganze Nacht und den darauffolgenden Tag durch. Almut hatte zweimal versucht, ihm die Feder aus der Hand zu nehmen, um ihn zum Frühstück und zum Mittagessen zu bewegen. Er bat nur um Kaffee. Es war ihm nicht möglich, eine Pause zu machen, obwohl wieder jenes unruhige Flirren seine Adern durchströmte, er gleichzeitig todmüde war und merkte, dass ihm schwindelig wurde. Er musste weiterschreiben, so lange, bis alle Unterlagen erstellt waren, bis er sie ins Kuvert stecken und sie mit der nächsten Postkutsche dem Ministerium schicken konnte.

Seine Augen zuckten. Er kniff sie zusammen, rieb mit den Fingerkuppen über die Lider, blinzelte ein paar Mal. Almut hatte recht. Er übertrieb. Er müsste wirklich mehr Pausen machen, mehr schlafen, zumindest ausruhen. Gleichzeitig konnte er es nicht leiden, wenn Almut ihn ermahnte. Er trank einen Schluck Kaffee und arbeitete weiter.

Jule spielte im Nebenzimmer auf dem Harmonium. Andreas Hartmann raufte sich die Haare. Choräle, Choräle, immer nur Choräle. Und immer hakte es an derselben Stelle. Er sprang auf.

»Jule, bitte, üb heute Abend weiter.«

Seine Tochter schaute ihn traurig an. Schon tat es ihm leid, dass er sie unterbrochen hatte.

»Warte.« Er kehrte in sein Zimmer zurück, öffnete den Bücherschrank, schob einige Bücher beiseite, kramte in einem Papierstapel, der in zweiter Reihe des Schrankes lag. Jule war ihm gefolgt.

»Was suchen Sie?«

Er wühlte in einem anderen Stapel, dann in einem dritten. »Ah, hier sind sie.« Andreas Hartmann hielt einen Stoß vergilbter Seiten in der Hand. Er blätterte darin. Er reichte Jule die Hefte.

»Es sind Noten. Schau sie dir an. Vielleicht möchtest du auch was anderes als Choräle spielen. Zeig sie deiner Lehrerin.«

»Woher haben Sie sie?«

Andreas Hartmann schwieg. Eine tiefe Traurigkeit überfiel ihn.

»Ich erzähl es dir ein andermal.« Er strich seiner Tochter über das Haar.

⁂

Keike öffnete die Haustür. Horchte. Stille. Sie dankte Gott. Der Schwiegervater schlief. Sie hatte ihn geerbt, den Schwiegervater. Er war nicht ganz richtig im Kopf. Von der Rah gefallen. Lag in seiner Kammer, im Alkoven, schrie, murmelte, brabbelte Tag und Nacht. Nur wenn er schlief, stand sein Mund still. Ausgenommen, wenn er träumte. Sie legte ihre Jacke ab, hängte sie auf den verrosteten Haken in der Diele. Lautlos zog sie ihre Schuhe aus, schlüpfte in die Pantoffeln und schlich in die Küche. Sie bewegte sich so leise wie möglich, nahm zwei Schafsmistsoden, entfachte das Herdfeuer, setzte Teewasser auf. Sie war sehr hungrig, holte Brot und ein paar getrocknete Schollen aus der Kiste und schnitt sie in Streifen. Das Messer fiel auf den Steinboden. Poltern.

»Ahhhh. Das Eis, das Eis ... Halsen. So halst doch ... Pullt. Pullt ... Waaasser! An die Pumpen, Jungens ...

stopft das Leck. Nagelt Planken! Ahhh … das Eis, halsen … pumpen. Das Eis … das Eis … Pullt. Pullt … Waaasser! Waaasser!«

Keike zog die Schultern hoch. Sie stöhnte auf, riss ein Stück Brot vom Laib, ging zum Schwiegervater und stopfte es ihm in den Mund. Dumpfes Murmeln. Kau- und Schluckgeräusche. Hoffte, dass er wieder einschlief. Heute hatte sie Glück. Sie lief in die Küche zurück, hob das Messer auf. Ihre Lippen zitterten. Sie rammte das Messer in das Brot.

Das Wasser brodelte im Kessel. Sie goss Tee auf, das kochende Wasser schwappte über den Kannenrand. Sie packte die Kanne, setzte sie hart auf dem Eichentisch ab, erschrak. Horchte. Der Schwiegervater schlief weiter. Sie ließ sich auf den Stuhl fallen, schlug die Hände vors Gesicht. Seit vier Jahren dieses Geschrei. Seit vier Jahren versorgte sie den verrückten Schwiegervater. Der Schwiegervater hatte überlebt. Harck war ertrunken.

Der Wind heulte ums Haus. Keike füllte den Teebecher, führte ihn an die Lippen, starrte aus dem Fenster. Der Garten verschwamm vor ihren Augen. Der Totenvogel. In der Nacht, als Harck starb, war er zu ihr gekommen. Mit weiten Schwingen war der schwarze Vogel in die Stube hineingerauscht und hatte das Talglicht zum Erlöschen gebracht. Sie war nicht erstaunt gewesen. Sie wusste, dass Harck nicht wieder kommen würde.

Alles war wie jedes Jahr gewesen, wenn die Männer verabschiedet wurden. Die Flammen lohten zum Himmel hinauf. Alle standen um das Biikefeuer herum. Rauchwolken stiegen auf. Es roch nach verbranntem Stroh, Reisig und Heidekraut. Die jungen Männer turtelten mit ihren Bräuten. Die Kinder sangen und tanzten im Feuerschein. Sie zwitscherten wie die Schwalben im Frühling. Einige Jungen schürten das Feuer, wedelten mit brennenden Strohwischen umher. Ihre Gesichter glühten von der Hitze. Auch sie spürte die Glut auf den Wangen. Harck legte seinen Arm um ihre Schulter. Er fühlte sich an wie ein Knüppel, mit dem man Seehunde erschlug. Wie Totholz. Eine eisige Kälte kroch ihr den Rücken herauf. Dazu ertönte plötzlich von den Watten das Klagegeschrei der Rotgänse. Sie bellten wie furchtsame Hunde.

»Harck wird nicht zurückkehren«, kläfften die Vögel, »wird nicht zurückkehren.«

Es waren nicht die Rotgänse, sondern die Totenvögel, die Stimmen der Ahnen, die in die Nacht hineinschrien.

Sie hatte Harck nicht gewarnt. Sie hatte damals nicht darüber nachgedacht. Sie hatte es einfach nicht getan. Es hätte auch nichts bewirkt. Er hätte trotzdem seinen Seesack geschultert und sich zum Hafen aufgemacht.

Keike spürte alten Zorn in sich aufsteigen. Meistens hatte er dagesessen und geschwiegen. Seinen Tee getrunken und geschwiegen. Das Haus repariert und geschwiegen. Lag in ihrem Bett und schwieg, wälzte sich auf sie und schwieg. Blieb stets in seiner eigenen Welt. Am Tag und in der Nacht. Er war ein Fisch. Fische schweigen. Sie geben keinen Laut von sich. Nicht einmal im Todeskampf. Harcks Schweigen war wie ein tiefes Moor, in das man gezogen wird. Manchmal hätte sie ihn am liebsten gerüttelt und geschrien: »Bitte sag doch was!« Aber es hätte keinen Sinn gehabt. Er konnte über seine Arbeit reden: »Ich geh jetzt das Dach ausbessern.« Oder: »Ich fange uns Kaninchen.« Oder: »Ich bessere die Netze aus.« Das war alles, was über seine Lippen kam. Oft wusste sie nicht einmal, wo er sich aufhielt und was er gerade arbeitete. Er schlich sich aus dem Haus und kam zu den Mahlzeiten wieder. Aß und schwieg.

Manche Menschen schweigen im richtigen Augenblick, rücksichtsvoll, um nicht zu verletzen, um dem anderen zuzuhören. Sein Schweigen war wie eine heranziehende Gewitterfront, die sich nicht entlädt, wie eine Woge, die plötzlich stehen bleibt, der Lust beraubt, zu rollen und zu springen. Wenn Harck im Winter zu Hause wohnte, hatte sie sich einsamer gefühlt als allein mit den Kindern, lebte wie in einem dichtmaschigen Fischernetz gefangen, aus dem es kein Entrinnen gab.

Keike fröstelte. Sie legte ihre kalten Hände um den Teebecher. Vor der Fensterscheibe zitterte ein Spinnennetz. An seinen Fäden hingen Wassertröpfchen. In der Mitte klebte eine Fliege. Sie war bereits angefressen. Es fehlten ihr die Flügel und der Kopf. Keike starrte auf die Fliege. Sie presste die Lippen aufeinander. Wenn sie damals die Axt in der Hand gehabt hätte, hätte sie die Axt geworfen. Sie hätte sie geworfen.

⁂

Es war Sonntag. Kirchgang. Keike streifte die Strümpfe über, das Witwenkleid, setzte die Haube auf. Unter der Haube lag ihr hellblondes, zu einem Zopfkranz geflochtenes Haar verborgen. Die schwarze Haube, die ihr Haar einmauerte, ließ ihr Gesicht wie altes, aufgeweichtes Brot erscheinen.

Sie war jetzt achtundzwanzig Jahre alt, fühlte sich wie ein abgetragenes Kleid. Sie nähte und stopfte den löchrigen Stoff, der sie war, aber es half nichts. Sie blieb schwarz. Wie getrockneter Seetang. Keike strich über ihr Kleid, als könnte sie das Schwarz abwischen. Aber es blieb an ihr haften wie eine Seepocke am Stein. Sie war nicht hell oder bunt, sie war dunkel, düster. Sie leuchtete nicht. Leuchtete niemals. Raben waren schwarz und

Katzen, die Unglück brachten. Und das Schaf, das ehrlose. Auch Wolken, die ein Unwetter mit sich trugen. Keike sah an sich herunter. Sie war schwarz, wie Raben und Katzen, die Unglück brachten, wie dräuende Wolken, wie Pech, schwarz wie ein böser Traum.

Sie holte die Gesangsbücher, wickelte sie Marret und Göntje ins Tuch. Marret war sechs, Göntje vier Jahre alt, als sie ihren Vater verloren, dachte sie. Nur Marret kann sich noch an ihn erinnern. Sie selbst hatte ihren Vater nie gesehen. Sie wusste nicht, wie es war, einen Vater zu haben.

Keike küsste die Mädchen auf die Stirn. Möge der Herrgott sie schützen.

Die Kirche stand in der Inselmitte, im Krabbenbauch. Sie schlenderten der Kirche entgegen. Keike musste an ihren Traum denken. Sie hatte einen fremden Mann gesehen. Er trug feine Kleider. Gute Stiefel, graue Hosen und einen blauen Rock mit glänzenden Knöpfen. Er war auf dem Weg zum Strand. Dann kam sie mit Stine und Medje geflogen. Sie kreischten wie aufgeschreckte Vögel in der Nacht, flatterten und tanzten um ihn herum. Sie hatten Feuerkränze auf ihren Köpfen und sangen schrille Töne. Sie drehten sich immer schneller. Sie schnappte die Hand des Mannes und zog ihn in den Tanzkreis. Er musste den Reigen mittanzen. Plötzlich blieben sie stehen. Sie hielt einen Becher in der Hand und gab dem Mann zu trinken. Als er getrunken hatte, glühte er vor Verlangen. Sie lachten und führten ihn in die Heidefelder. Er gab ihnen, was sie sich wünschten und sie schenkten ihm, was er sich wünschte. Dann erloschen ihre Feuerkränze und sie zerstoben in alle Winde. Keike lächelte. Es war ein wunderschöner Traum.

Die Mädchen liefen vor. Sie flüsterten sich etwas zu und kicherten. Das helle Lachen ihrer Töchter konnte Keike nicht aufheitern. Sie fühlte sich sehr einsam, trotz der Kinder. Seit vier Jahren lebte sie ohne Mann. Und Harck? Sie hatte sich bemüht, Harck zu lieben. Es blieb ihr keine Wahl. Sie war ein Leben lang an ihn gebunden. Wenn sie ihn zurückwies, nicht versuchte, ihn zu lieben, wäre ihr Leben um vieles härter, glaubte sie damals. Sie hatte sich Mühe gegeben, Zuneigung für ihn zu empfinden, mit ihm zu lachen und zu scherzen. Hatte sich schön gemacht, gehofft, ihn dadurch zu beleben und ihre eigene Liebe zu entfachen. Sie war ihm eine gute Frau. Und er war kein schlechter Mann. Er schlug nicht und drängte sie niemals. Er war mit allem zufrieden. Egal, was sie anstellte. Ob sie sich hübsch kleidete oder nicht, ob sie etwas Gutes kochte oder nicht, ob sie ihn beachtete oder nicht. Je mehr sie dieser einfältigen Zufriedenheit ausgesetzt war, desto kühnere Ideen hatte sie, ihn aus seiner Stumpfheit herauszureißen, damit er etwas spürte und sie etwas für ihn empfinden konnte. Doch weder Harck veränderte sich, noch sie selbst fühlte irgendein Feuer in sich aufkeimen. Ihr Schicksal war besiegelt. Nach und nach unterließ sie ihre Versuche, etwas daran zu ändern. Sie hatte keinen Spaß mehr daran, bunte Bänder in ihr Haar zu flechten oder sich sonstige Albernheiten auszudenken, ihren Mann zu betören. Der Alltag wurde grau, grau und verstaubt wie ihr Hochzeitsstrauß, der eingemottet in der Aussteuerkiste lag. Manchmal glaubte sie, mit einem Greis verheiratet zu sein, obwohl Harck ein junger Mann war. Keike stieß einen Stein beiseite. Sie hatten wie verschrumpelte Möhren in einer Miete gelebt, verkrustet von Erdkrumen und umgeben von Grabgeruch. Ein

Glück, dass Harck zur See gefahren war. Schon nach zwei Wintern hatte sie sich nicht vorstellen können, ihn tagtäglich um sich zu haben. Sie tröstete sich, dass es hätte noch schlimmer kommen können und genoss ihre Zeit ohne Harck, so gut es ging.

Sie betraten den Kirchhof. Die Kinder liefen auf die Kirchentür zu. Keike schritt an den Leichensteinen der Männer entlang. Es waren verwaiste Steine, denn die Männer lagen auf dem Grunde des Meeres, als Skelette, von den Fischen abgenagt, ihre Knochen durchbohrt, gespickt mit Löchern, aus denen Luftblasen aufstiegen.

Die Grabsteine der Männer waren schneeweiß. Groß und erhaben hoben sie sich vom azurblauen Himmel ab. Sie leuchteten, von der Sonne angestrahlt, blendeten Keike. Sie sah an sich herunter. Keine Sonne der Welt konnte Schwarz zum Leuchten bringen.

Sie rief die Kinder. Sie gingen in die Kirche hinein. Die Mädchen setzten sich auf die Kinderbänke links vom Altar. Keike nahm tief im Schiff, auf der Seite der Witwen Platz. Sie legte ihr Tuch auf den Schoß, senkte ihr Haupt, wie es sich geziemte. Sie durfte nicht aufblicken. Musste ihre Augen auf ihr Tuch richten. Durfte nicht zu den Männern blicken, die von der Empore auf sie herab sahen. Nicht zu den Jungfrauen und Ehefrauen spähen, die näher am Altar saßen. Näher bei Gott platziert waren. Solange, bis auch sie zu Witwen wurden. Inselwitwen vermehrten sich wie Miesmuscheln. Sie verspannen sich zu Girlanden, verklumpten miteinander zu großen Kolonien. Sie vegetierten dahin, festgewachsen auf steinigem Untergrund. Die Fischer auf See erzählen, dass sie manchmal lang gezogene Bänder an der Inselküste sichten. Es werden wohl Miesmuscheln sein, denken sie. Oder Seetang. Aber dort stehen die

Witwen, die toten wie die lebenden, die sich die Hände reichen und einen Kranz um das Ufer ziehen.

Der Gottesdienst begann. Pastor Jensen sprach ein Gebet. »Ich armer sündiger Mensch bekenne vor Gott, dass alle meine Sünden mir von Herzen leidtun, und ich tröste mich der grundlosen Gnade und Barmherzigkeit Gottes und des teuren Verdienstes Jesu Christi, der zu uns gekommen ist, die Sünder selig zu machen, der für mich gelitten hat, für mich gekreuzigt und gestorben ist. So der Heiland mich gnädig von allen Sünden freispricht, so will ich mit Gottes Hilfe mein Leben bessern.«

»Ein Schiff, Schiff, Schiff«, wisperte es durch die Reihen.

Die Treppenstufen knackten. Die ersten Männer schlichen sich von der Empore herunter. Keike tippte Medje, die vor ihr saß, auf die Schulter und warf Stine einen Blick zu. Bis auf die Alten, die nicht mehr laufen konnten, leerten sich die Bänke.

Pastor Jensen knallte die Bibel auf den Altar. Sein Gesicht lief rot an wie ein gekochter Krebs. »Gott wird euch strafen für eure räuberischen Taten. Er wird keine Gnade walten lassen!«

2

DIE WOCHEN VERGINGEN. Andreas Hartmann hockte an seinem Schreibpult, ohne zu arbeiten. Die Sonne schien ihm direkt ins Gesicht. Er zog die rechte Seite des Vorhanges zu, blinzelte durch die freibleibende Scheibe in den Garten. Almut und die Kinder pflückten Äpfel. Hannes stand auf der Leiter. Und Jule hielt den Apfelfänger in der Hand. An Almuts Körperhaltung konnte er ihre Sorge um Hannes erkennen. Warum ließ sie den Jungen nicht herumklettern, wie er wollte? Als er in Hannes' Alter war, war er über Stock und Stein gelaufen und hatte alle Bäume der Umgegend bestiegen. Jeden Tag war er mit einer neuen Schramme nach Hause gekommen. Das gehörte doch zu einem Jungen. Sein Bild eines übermütigen Andreas' verblasste. Eine dunkle Wolke breitete sich in seinem Kopf aus. Schon mit zwölf Jahren hatte er alle kindliche Wildheit und Unbeschwertheit verloren. Seit dem Unglück war nichts mehr, wie es vorher gewesen war. Hannes war jetzt neun Jahre alt. Möge Gott den Jungen vor einem Schicksal wie dem seinen schützen.

Er trommelte mit den Fingern auf die Holzplatte. Gleichzeitig wippte sein rechtes Knie auf und ab. Warum erhielt er nicht endlich Antwort? Seit Wochen erwartete er das Schreiben des Ministeriums. Sein Entwurf war genau durchdacht und der Kostenvoranschlag mehrmals durchgerechnet. Zweifel überfielen ihn. Hatte er einen schwerwiegenden Fehler in den Berechnungen gemacht? Oder in den Bauplänen?

Er wühlte im Regal, holte zum hundertsten Mal die Pläne hervor, entrollte sie auf dem Tisch. Das Pergament knisterte. Es war zu dunkel im Zimmer. Er sprang auf, zog den Vorhang wieder auf, hastete zurück, überprüfte alle Zeichnungen, Turm-Längsschnitt, Querschnitt, Innenansicht, Wärterhaus. Er konnte keine Fehler entdecken. Unstet schlug er die erläuternden Texte auf.

… Der innere Raum des Leuchtturms bildet einen hohlen Zylinder von zwölf Fuß Durchmesser, in dessen Mitte sich ein hohler, runder Pfeiler von vier Fuß Durchmesser befindet, dessen Höhlung zwei Fuß beträgt …

Aber ja, das war alles in Ordnung.

… Das Wärterhaus wird am vorteilhaftesten am Fuße der Düne sein, damit das Licht bei unverschlossenen Fensterladen auf der See in keiner Richtung gesehen werden kann. Bei Anfertigung des Entwurfs ist nur auf den allernötigsten Raum für den Wärter Rücksicht genommen worden. Blatt V zeigt einen vertikalen Durchschnitt …

Mit einem heftigen Schubs schob er die Erläuterungen beiseite. Er kannte sie inzwischen auswendig. Wieder trommelten die Finger. Das Knie wippte. Er konnte sich auf nichts konzentrieren. Warum ging er nicht spazieren? Das würde ihm sicher gut tun. Er kramte den Kostenvoranschlag hervor und ging die einzelnen Positionen durch.

Materialtransport per Schiff, Transportweg zur Düne, Pferde und Karren, Steine und andere Materialien für

Fundament, Sockel, Turm, Wärterhaus und Hofpflasterung, Lampe, Arbeitslöhne ...
Gesamt: 39.465 Taler

Er war sich sicher, dass er mit der veranschlagten Summe nicht auskommen würde. Es ergaben sich im Verlauf des Baus immer unvorhergesehene Kosten. Es verstand sich von selbst, dass er dies bei seinen Berechnungen verschwieg. Ein angefangener Leuchtturm musste fertiggestellt werden. Es war leicht, weitere Gelder zu erhalten, wenn der Turm erst einmal begonnen war.

Wenn er ihn doch endlich bauen könnte.

Die Türklinke senkte sich. Almut trat ein. Ihre Wangen waren ungewohnt gerötet.

»Der Brief vom Ministerium, der Bote hat ihn gerade gebracht.«

Er sprang auf.

»Sei so gut und setz dich wieder. Du regst dich immer viel zu sehr auf.«

Er setzte sich widerwillig, schnappte nach dem Kuvert, das Almut ihm reichte. Er hätte den Umschlag gern aufgerissen, wagte es aber nicht. Er griff nach dem Brieföffner, ritzte das Kuvert auf, dass es ausfranste.

»Gemach, Andreas.«

Er faltete den Bogen auseinander, überflog die Zeilen. Auf seinem Hals zeichneten sich rote Flecken ab.

Ministerium für Handel, Gewerbe und öffentliche Arbeiten

Auf Ihren Entwurf und Bericht vom 13. Juni dieses Jahres ist der Baubeginn des Inselleuchtturms auf Taldsum vom König abgezeichnet und genehmigt. Mit der

Bestellung der Baumaterialien kann ab sofort begonnen werden, da die dazu erforderlichen Ausgaben aus dem Land- und Wasser-Neubau-Fonds geleistet werden.

Die Diäten für die Bauführung haben wir aufgrund der widrigen und primitiven Verhältnisse auf der Insel großzügig mit sechzig Taler pro Monat veranschlagt.

Der Bauinspektor Ricken wird sich in Kürze auf die Insel begeben und die Eingeborenen über den Leuchtturm und den Beginn der Bauarbeiten, die wir für Mitte März anberaumen, informieren.

Herr Ricken wird Sie nach dem Inselbesuch in Hamburg aufsuchen, um Sie über Einzelheiten zu informieren. Vorgesehen ist der 30. September.

gez. Von der Velden

»Es ist alles genehmigt!« Andreas Hartmann bebte vor Erregung. »Das wird der größte Turm, den ich bislang gebaut habe.«

Er umarmte Almut, was nicht mehr häufig vorkam. Almut wich zurück. Sie ergriff seine Hände.

»Willst du den Turm wirklich bauen? Du musst mit dem Schiff fahren. Es ist das erste Mal seitdem. Ich mache mir Sorgen um deine Nerven. Und du wirst uns das ganze Jahr über nicht besuchen können. Die Kinder werden dich vermissen. Und ich auch, Andreas.«

Andreas Hartmann zog seine Hände zurück. Almuts Worte hatten ihn verängstigt. Er hatte die Notwendigkeit, mit der Fähre überzusetzen, immer wieder verdrängt. Jetzt ließ sie sich nicht mehr beiseiteschieben. Ein dunkler Schatten schob sich über ihn. Er versuchte, den Schatten zu verscheuchen.

»Ich kann und will nicht ablehnen. Der Leuchtturm wird viele Menschenleben retten. Es wird der wichtigste Turm in den friesischen Gewässern. Ich werde ihn bauen.«

Almut faltete die Hände. »Der Herr möge dich begleiten und schützen, Andreas.«

⁂

Es wehte ein kräftiger Nordwest. Keike stromerte mit Stine und den Mädchen den Strand entlang. Sie hatten Glück. Es regnete nicht und Nissen und seine Leute waren auch nicht in Sicht. Sie suchten den Meeressaum nach Nützlichem ab. Sie hatten Kiepen und Beutel dabei. Und ihre Messer. Sie waren Tag und Nacht unterwegs, um Strandgut zu sammeln. Ohne Strandgut konnten sie nicht leben. Sie besaßen ein paar Schafe und einen Kartoffelacker, einen Bienenstock, einen Webstuhl und ein Spinnrad. Sie gingen in die Dünen, schnitten Strandhafer, drehten aus den Halmen Reepe und Seile. Sie pflückten Heide und banden Besen. Aber das reichte nicht, um durchzukommen. Gott segne den Strand!

Sie sammelten unentwegt. Wenn sie sich erwischen ließen, drohten ihnen hohe Geldstrafen oder Zuchthaus. Oder Prügel. Knudt Nissen prügelte, wenn man in seine Fänge geriet.

Der Strandvogt und seine Leute waren immer unterwegs. Wenn es stürmte, bei einfallendem Nebel und dunklem Wetter, bei Eisgang im Winter. Und in der Nacht. Nissen wollte ihnen nichts lassen. Überall mussten sie damit rechnen, dass er aufkreuzte. Er tauchte sogar bei zu ihnen zu Hause auf und schnüffelte herum. Keike schnaubte Luft durch die Nase.

Eines Tages werden die schwarzen Zauberwesen aus dem Reich der Inselnacht auftauchen, sie werden die Heiden aufsuchen, die Sandwüsten, die Moore, finstere

Scheunen. Sie werden auf den Kirchhöfen und Totenhügeln tanzen und mit langem, offenem Haar, das im Wind flattert, durch die Nacht fliegen. Und wenn sie durch die Inselnacht rauschen, geschehen grauenhafte Dinge. Weder Mensch noch Tier ist vor ihnen sicher. Auch Knudt Nissen nicht.

Keike hob einen Stein auf und schleuderte ihn ins Wasser. Jetzt war auch noch ein Bauinspektor von der Regierung gekommen. Es war beschlossene Sache. Nächstes Jahr sollte ein Leuchtturm gebaut werden. Wovon sollten sie leben? Sie brauchten die Strandungen.

Keike warf einen weiteren Stein. Wenn unwillkommene Fremde den Fuß auf die Insel setzen, werden sie ins Wasser gestoßen und mit langen Stangen auf dem Grund gehalten.

Eine größere Welle brach sich. Die Gischt spritzte Keike ins Gesicht. Sie leckte das Salzwasser von den Lippen. Es prickelte auf der Zunge, schmeckte bitter.

Sie zogen weiter am Ufer entlang, fanden Tücher, Kerzen, Garnrollen, Holzstücke.

»Da hinten«, rief Stine.

Stine lief vor. Sie winkte sie herbei.

»Ein Seehund! Er ist tot. Und nicht verfault.«

Gott war ihnen gnädig. Die Kinder tanzten um das Tier herum. Zu viert wuchteten sie den Seehund in den Korb und schleiften ihn über die Dünen nach Hause. Die Mädchen sangen und lachten. Ein schöner Tag. Es war ein schöner Tag für sie.

Vorm Haus rollte Keike den Seehund auf den Rücken. Sie nahm ihr Messer und schnitt ihn von der Mitte her auf. Stine zog das Fell samt Speck ab und spannte es auf ein Brett. Keike löste den Speck heraus und schnitt ihn klein, genau wie Grieben von einem Schwein. In einem großen Eisentopf kochte sie den Speck aus. Keike rührte.

Stinkende Dunstwolken stiegen auf. Marret und Göntje hielten sich die Nasen zu.

»Stellt euch nicht so an. Holt Salz und bestreut das Fell, damit es haltbar wird. Wenn ihr fertig seid, lauft zu Medje hinüber. Ich koche für alle Suppe. Sagt ihr, dass sie auch Öl für die Tranlampen und zum Einreiben gegen ihr Muskelreißen bekommt.«

Keike schnitt das Seehundsfleisch auf. Das Messer rutschte ihr aus der Hand und blieb mit der Spitze im Boden stecken. Es war nach links geneigt. Morgen durfte sie nicht mit den Kindern ans Wasser gehen, sagte das Messer. Morgen spülte das Meer vier Leichen an den Strand. Gott behüte die Mädchen vor solchem Anblick.

Keike hob das Messer auf und schnitt weiter. Wie viele Wasserleichen hatte sie schon gefunden? Sie wusste es nicht. Sie trieben mit dem Gesicht nach unten und mit herabhängenden Armen und Beinen im Wasser. Manche dümpelten einige Wochen lang im Meer. Sie hatten Totenflecke am Körper, ihre Waschhaut war abgelöst und ihre Gesichter und Körper stark gedunsen. Einige hatten Verletzungen von Schiffsschrauben und Bergehaken, oder sie waren von Krebsen, Fischen und Möwen angefressen.

Manchmal lagen Leute von der Insel im Sand. Verunglückte Berger oder Fischer, oder Frauen, die ins Wasser gegangen waren und wieder ans Ufer spülten. Aber meist schwemmten unbekannte Seeleute an. Die Gehilfen des Strandvogts verscharrten sie in den Dünen. Alle namenlosen Seeleute, die das Meer ausspuckte, lagen inmitten der Sandberge. Seit Jahrhunderten vergruben sie sie in der Inselwüste. Keike wusste nicht, wie viele Menschen unter dem Sand begraben lagen. Niemand wusste das. Hunderte, Tausende? Ertrunken, verunglückt, ermordet.

Keike blickte auf die Dünenkette, die sich längs des Strandes erstreckte. Der Wind trieb den Sand über die Hügel. Zuweilen wehte der Wind Knochen und Skelette frei. Zunächst krochen sie steif und starr vom langen Schlaf im Sand umher. Dann aber, im Schutze der Nacht, oder wenn dichter Seenebel sein Schleiertuch über die Insel legte, wurden sie immer munterer. Sie huschten mit schaurigem Geklapper über die Sandberge, gruben die anderen Toten aus und tanzten mit ihnen auf den Gipfeln der Hügel. In diesen Stunden erschallte ein grausiges Lachen und Knochenklappern von den Totenhügeln und drang in die Häuser. In diesen Stunden entzündeten die Menschen auf der Insel Kerzen und baten Gott um Vergebung ihrer Sünden.

Andreas Hartmann hörte klappernde Geräusche vor dem Haus. Eine Karosse war vorgefahren. Endlich. Der Bauinspektor. Er lief zur Tür. Ein hochgewachsener, schlanker Mann mit Hakennase und hohlen Wangen, die auf eine Magenkrankheit schließen ließen, kam auf ihn zu. Sein Mantel schlotterte um seinen Körper.

»Theodor Ricken, guten Tag. Herr Hartmann, nicht wahr?«

»Schön, dass Sie da sind. Ich erwarte Sie bereits mit Ungeduld. Bitte legen Sie doch ab. Wo ist denn das Mädchen? Imke!«

Das Mädchen kam gelaufen und nahm Ricken den Mantel ab.

»Meine Frau lässt sich vielmals entschuldigen. Sie hat kirchliche Verpflichtungen.« Andreas Hartmann führte Ricken in das Empfangszimmer. »Haben Sie eine gute Reise gehabt?«

»Fragen Sie nicht, es war eine Tortur. Die Wege auf dem Land sind unzumutbar. Entweder poltert man durch tiefe Schlaglöcher oder bleibt im Schlamm stecken.«

Almut hatte Pflaumenkuchen bereitgestellt, die kostbarste Tischdecke aufgelegt und das Besuchsporzellan mit den Rosé-Röschen gedeckt. In der Mitte des Tisches prangte ein prächtiger Asternstrauß mit Herbstgräsern durchsetzt.

Andreas Hartmann zeigte auf einen Stuhl. »Setzen Sie sich doch. Ich kann es kaum erwarten, Ihren Bericht zu hören.«

Das Mädchen kam mit dem Kaffee. Sie füllte die Tassen, danach verließ sie das Zimmer.

»Erzählen Sie. Wie war es auf der Insel?«

»Darf ich?« Ricken zeigte auf den Kuchen.

»Aber ja, bitte.«

Ricken führte ein Stück Kuchen zum Mund. Er biss hinein, kaute. Er aß das ganze Stück auf, spülte mit einem Schluck Kaffee nach.

»Köstlich«, murmelte er, indem er die Tasse zurückstellte. Er wischte sich einen Krümel aus dem Mundwinkel, blickte den Ingenieur ernst an. »Ich will ehrlich sein, Herr Hartmann, Sie werden es nicht leicht haben. Ich möchte Sie nicht entmutigen, aber die Verhältnisse auf der Insel sind alles andere als angenehm. Man muss es mit eigenen Augen gesehen haben, sonst glaubt man nicht, was sich dort abspielt.

Es erwartet Sie ein primitives Leben mit wenig Unterstützung seitens der Insulaner. Der Bau stößt auf Widerstand. Bis auf ein paar arme Schlucker werden wir auf der Insel keine Arbeitskräfte finden. Es ist auch schwierig, Arbeiter vom Festland einzustellen. Sie werden den Aufenthalt auf der Insel als Verbannung ansehen, was ich, nachdem ich dort war, gut verstehen kann. Wir müssen Handwerker finden, die die Insel nicht kennen. Vielleicht sollten wir auch die Löhne etwas höher setzen.«

»Ist das nicht übertrieben? Die Männer sind das schlichte Baustellenleben gewohnt und freuen sich nachher umso mehr auf ihr Zuhause. Mir selbst geht es genauso.«

»Dieser Kuchen, also wirklich, ein großes Lob an Ihre Frau.«

»Danke, ich werde es ihr ausrichten.«

Ricken beäugte ihn mitleidig. »Ich will Ihnen von der Versammlung berichten. Ich habe den Leuchtturmbau angekündigt und seine Notwendigkeit erläutert. Aber es gab einen Tumult. Alle riefen durcheinander. Jeder hatte eine andere Begründung, warum der Leuchtturm nicht nötig sei.

›Die Untiefen reichen weit ins Meer hinein. In dunklen Nächten werden die Schiffe das Licht viel zu spät sehen‹, meinte einer.

›Ein Leuchtturm wird die vom Kurs abgekommenen Schiffe nicht durch die enge Fahrrinne leiten, sondern sie noch mehr irreführen‹, ein anderer. Sie glauben nicht, was die Insulaner sich ausdenken, um den Leuchtturm zu verhindern.

Ein Leuchtturm sei sinnlos. Bei einem Schneesturm sei er gar nicht zu sehen. Und Seeleute, die ihr Schiff stranden lassen, seien dumm. Kein Leuchtturm auf Erden könne verhindern, dass dumme Seeleute Fehler machen.

Ein alter Fischer rief: ›Es sind doch die Stürme, die die Schiffe untergehen lassen. Ein Leuchtturm wird niemals Stürme dazu bringen, sich zu legen.‹

Das Unglaublichste, was mir zu Ohren kam, war, dass es Gottes Wille sei, wenn ein Schiff sinkt und die

Besatzung umkommt. Das ist doch wirklich ungeheuerlich.«

Andreas Hartmann stellte seine Tasse ab. »Es sind einfältige Menschen.«

Ricken schnäuzte sich. »Sie sind nicht so dumm, wie Sie glauben. Niemand will einen Leuchtturm, weil auf der Insel mit Strandungen mehr Geld zu verdienen ist als durch redliche Arbeit. Auf den Strandvogt können Sie auf gar keinen Fall zählen. Er hat einen sehr schlechten Ruf.« Er wischte einen Kuchenkrümel von seinem Jackett. »Außerdem haben wir eine Strandordnung, die unmenschliches Verhalten begünstigt. Die Berger erhalten ein Drittel vom Wert des gestrandeten Schiffes und der Ladung. Das heißt, wenn es keine Überlebenden gibt, fällt das, was am Strand geborgen wird, zu einem Drittel an den Berger, zu zwei Dritteln an den Eigentümer des Schiffes. Was auf offener See aufgefischt wird, geht sogar zur Hälfte an die Berger. Der Strandvogt, er heißt Knudt Nissen, verteilt den Bergelohn an seine Leute und verkauft das Strandgut. Ihm ist nicht zu trauen. Ein widerwärtiger Bursche übrigens.«

»Das schüchtert mich nicht ein. Ich werde Arbeiter finden und die Ärmel hochkrempeln. Ich werde den Winter über alles vorbereiten. Die Lampe ist schon bestellt. Ingenieur Klattke aus Berlin wird sie fertigen. Ich habe gute Erfahrungen mit ihm gemacht.«

»Ich freue mich über Ihren Tatendrang. Sie werden ihn nötig haben. Lassen Sie uns noch einmal alles genau durchgehen, bevor ich wieder nach Berlin fahre. Ich werde Sie unterstützen, wo ich kann.

Und halten Sie sich auf der Insel an Pastor Jensen und Kapitän Lorenzen. Sie sind etwas wunderlich, scheinen jedoch die einzigen Befürworter des Leuchtturms zu sein. Na ja, vielleicht übertreibe ich jetzt ein bisschen. Aber eins ist sicher: Die meisten Insulaner wollen den Leuchtturm nicht.«

◦❦◦

Es lag etwas Unheimliches in der Luft. Der Wind war eingeschlafen. Kein Halm bewegte sich, keine Feder flog über den Sand. Am Himmel braute sich pechschwarzes Gewölk zusammen. Wie Blei hingen die Wolken über der Insel. Plötzlich spalteten gleißende Blitze die Wolkenfront. Ein furchtbarer Sturm brach los. Tagelang peitschte er über die Insel, bohrte sich in die Dünenberge hinein und brachte sie zum Rauchen. Turmhoch wirbelte der Orkan den Sand durch die Luft.

Das Meer erbebte. Weiße Wasserberge stürzten mit Donnergrollen heran, erschütterten die Insel, dröhnten begleitet vom Aufheulen der Böen, das wie das Klagen verzagter Dünengeister klang, die ihre Wohnstatt verloren. Die Wellen jagten an das Ufer, nagten wie Ratten an den Dünen, bissen ihre Kanten ab, verschlangen sie gierig, um beim nächsten Aufbrausen des Windes erneut ihren unbändigen Hunger zu stillen.

Ein Schiff nach dem anderen strandete. Sie brachten Teerfässer, Baumwolle, Rotwein, Hafer, Weizen, Rinderschmalz, Kaffee. Und Holz, Holz, Holz. Das seeseitige Ufer war mit Holzplanken übersät. Die ganze Insel war auf den Beinen. Auch Keike, Stine und Medje kämpften sich durch den Sturm. Sie sammelten auf, was sie tragen konnten, schoben sich durch die Dünen, zu ihrem Versteck, stemmten sich gegen die auf sie einschlagenden Böen zum Ufer zurück, um weiteres Strandgut zu holen. Tag und Nacht schafften sie Schiffsgut beiseite. Keike hatte auch die Mädchen mitgenommen.

Sie mussten tragen helfen. Göntje lief auf eine Planke zu. Plötzlich schrie sie lauter als das tosende Meer. Ein Schrei, der Keike durch Mark und Bein fuhr. Sie rannte auf ihre Tochter zu. Das, was Göntje für Holz gehalten hatte, war ein abgerissenes Bein, das in einem Stiefel steckte. Keike hielt Göntje die Augen zu und riss sie beiseite. Sie verfluchte sich, dass sie die Mädchen mitgenommen hatte. Sie hätte voraussehen können, dass Leichen anspülten. Aber eines Tages mussten sie schließlich auch mit dem Anblick von Toten und Leichenteilen fertig werden. Sie waren allmählich alt genug. Dennoch schickte sie die Kinder mit Medje nach Hause. Medje dankte es ihr. Sie war am Ende ihrer Kräfte. Sie war zu alt geworden für diese Strapazen.

Sechs Tage und fünf Nächte suchten sie den Strand ab. Nach und nach hatten sie alles aufgesammelt, was sie ergattern konnten.

In den nächsten Tagen zog auf der Insel eine drückende Stille ein. Man ging sich aus dem Wege. Jeder verrichtete sein Tagwerk.

Keike hatte Wasser heiß gemacht. Vor ihr türmte sich ein großer Wäscheberg. Wenigstens fror sie bei dieser Arbeit nicht. Dieses Mal nahm sie auch warmes Wasser zum Spülen, wegen der vielen Planken, die sie gefunden hatten. Sie schrubbte und spülte die Wäschestücke. Dann spannte sie in der Tenne eine Leine. Die Mädchen hängten die feuchte Wäsche auf. Göntje war blass und schweigsam. Sie sprach nicht über das Bein. Kein Wort kam aus ihr heraus. Sie musste es verkraften. Es war noch glimpflich für den Anfang. Sie hatte keine aufgequollene und zerfressene Leiche anschauen müssen.

Keike wischte die Balge aus. Die letzte Woche war hart gewesen. Fünf Schiffe und fünf Mannschaften. Die

Berger waren in den ersten Tagen nicht hinausgefahren. Der Sturm wütete zu heftig. Erst am vierten Tag, als der Wind sich ein wenig ausruhte, war Knudt Nissen mit den Männern zu einer französischen Brigg hinausgerudert. Doch Wind und Strömung schlugen dem Boot entgegen. Sie kamen nicht an das Schiff heran. Sie konnten nur fünf Männer retten, die auf einem Floß lagen. Als die Seemänner das Ufer erreichten, fielen alle auf die Knie und beteten. Die Männer brachten die Franzosen in das Versammlungshaus und versorgten sie mit trockener Kleidung und heißer Suppe. Am folgenden Tag bargen sie zwei Schiffe. Eine Mannschaft wurde gerettet. Von den anderen blieben nur Leichen und Schiffstrümmer.

Keike hätte gerne ein Pferdefuhrwerk gehabt. Jeder, der einen Pferdekarren besaß, konnte Fuhrgeld verdienen beim Bergen der Schiffsladungen und zusätzlich etwas beiseiteschaffen. Nissen versuchte zwar, alles zu notieren, was auf die Wagen geladen wurde. Aber manches Fass verschwand dennoch.

Sie besaß weder Pferd noch Wagen. Und auch kein Boot. Witwen hatten, wenn es hoch kam, einen kleinen Handkarren und mussten das, was sie zum Leben brauchten, am Strand suchen.

Gestern war Nissen in ihre Häuser gekommen und hatte jeden Winkel durchwühlt. Bei Anna und Inken von gegenüber hatte er Planken gefunden. Zwei Wochen Zuchthaus bekamen sie für zwei Planken.

Sie legte den Lappen beiseite. Schon seit sechzig Jahren gaben die Nissen-Väter das Strandvogtamt an die Söhne weiter. Die Nissens waren immer anständig gewesen. Auch Knuth Nissens Vater, der Heinrich, hatte ein Auge zugedrückt und ihnen was gelassen. Aber Knudt Nissen zeigte alles an und prügelte. Schon als Junge war er ein Taugenichts. Er trieb sich auf der Insel herum, anstatt zu lernen und dem Vater zu helfen. Und er quälte Tiere. Er schleuderte Katzen in der Luft herum und ließ sie an die Wand prallen, auch Kaninchen und Vögel piesackte er. Dann fuhr er wie alle Jungen zur See. Als sein Vater starb, übernahm er die Strandvogtei, denn er war der Älteste der drei Brüder. Der Teufel soll ihn holen.

3

ANDREAS HARTMANN LAG HELLWACH IM BETT. Er wälzte sich von einer Seite zur anderen. Seine Unruhe steigerte sich von Tag zu Tag. Er konnte es nicht erwarten, endlich mit dem Leuchtturm zu beginnen. Die Gedanken rauschten durch seinen Kopf wie der Wind, der durch die Baumkronen fuhr. Es war seine Bestimmung, Leuchttürme zu bauen, Schiffe sicher zu leiten und Unglücke, wie er eines erlebt und überlebt hatte, zu verhindern. Er würde sein ganzes Leben lang Leuchttürme bauen, einen nach dem anderen. Und das teuflische Meer bezähmen. Wenn sein Leben einen Sinn hatte, wenn ihn ein Verlangen trieb, dann war es der Leuchtturmbau. Das Meer war ein Ungeheuer, ein riesiger Krake, der mit unzähligen Fangarmen ein Schiff nach dem anderen umschlang. Es verschluckte Abertausende von Menschen in seinem nimmersatten Rachen, um sie mit sich auf den Grund zu ziehen. Das Meer war eine Todesmaschine. Unaufhaltsam und gnadenlos donnerten und krachten die Wellen, stürzten wie eine Lawine über die Schiffe, deren Rümpfe auseinanderbrachen, deren Besatzung und Passagiere vor Angst und Verzweiflung solange schrien, bis auch die letzten tot von einer Holzplanke rutschten, an der sie sich festgeklammert hatten, bis auch sie untertauchten und nur noch das Gelächter des Meeres zu hören war, das Arm in Arm mit dem pfeifenden Wind einen Freudentanz aufführte, bis sich das Paar schlafen legte, um Kraft zu schöpfen, seine Gier nach Futter erneut zu befriedigen. Er hatte keinerlei sentimentale Gefühle, wenn das Meer still und glänzend in der Abendsonne oder im Mondschein dahinplätscherte. Eine glatte Wasseroberfläche bedeutete nur, dass sich die Meeresbestie auf neue Morde vorbereitete. Wenn das Meer ruhte, erschienen ihm Bilder des Entsetzens, Szenen, die er sein ganzes Leben lang nicht vergessen würde. Andreas Hartmann bemerkte, wie sein Herz immer schneller schlug und die Ader an seiner Schläfe zu pochen begann. Der Inselleuchtturm war eine Herausforderung. Nach dem Schiffsunglück hatte er sich geschworen, nie wieder Schiffsplanken zu betreten. Die Überfahrt würde ihn große Überwindung kosten. Andreas Hartmann biss sich auf die Lippen. Er musste es schaffen. Er legte seine Hand auf das pochende Herz, und tat einige tiefe Atemzüge.

Er hatte bereits Arbeitskolonnen gefunden und alles Material bestellt. Jetzt müsste er sich noch um die Transportschiffe kümmern. Und natürlich um einen Koch. Unterkünfte für die Arbeiter waren vorhanden. Ricken sprach von einigen Barackenhäusern. Andreas Hartmann war über jeden Zweifel erhaben. Nichts konnte ihn aufhalten, seinen Turm zu bauen. Nicht umsonst hatte das Meer die Eltern verschlungen und ihn lebendig wieder ausgespien. Er war dazu berufen, Leuchttürme zu bauen. Andreas Hartmann schloss die Augen. Er rollte sich zusammen und versuchte endlich zu schlafen.

Er war todmüde, gleichzeitig zu erregt, überspannt, um einschlafen zu können. Um zur Ruhe zu kommen, befriedigte er seine Lust. Er quälte sich dem Höhepunkt entgegen, stöhnte erstickt auf, um Almut nicht zu wecken, fiel schlaff und unglücklich auf sein Laken zurück. Draußen rauschte der Wind. Ein Fensterhaken klapperte. Er drehte sich zur Seite. Seine Gedanken wanderten weiter.

Er onanierte, wenn es ihn drängte. Andere Männer gingen ins Bordell, wie sein Bruder. Einmal hatte Friedrich ihn mitgenommen. Sie hatten einen Spaziergang gemacht. Plötzlich schlug Friedrich den Weg Richtung Hafen ein. Vor einem Etablissement, das ›Roter Anker‹ hieß, blieben sie stehen. In roten Lettern blinkte der Name über dem Eingang. Alle Fenster waren hell erleuchtet. Friedrich hakte seinen Arm unter den seinen und schmunzelte. Er, Andreas, zögerte, das Bordell zu betreten. Es blieb ihm keine Zeit zu überlegen.

Die Türsteherin führte sie mit aufreizenden Worten in den Salon. Der Geruch von schwerem Parfum, Zigarrenrauch und Alkohol schlug ihm entgegen. Der schummrig beleuchtete Raum war ganz in Rot gehalten. Sessel, Wände, Tischdecken. Alles rot. Die Frauen saßen auf den Kanapees, als gehörten sie zur Möblierung.

Sie setzten sich an einen kleinen runden Tisch rechts vom Eingang. Sofort kam eine Bedienung. Friedrich bestellte Branntwein. Der Bruder schien hier ein und aus zu gehen. Er aber hatte noch nie ein Bordell betreten. Weder vor seiner Ehe noch danach. Er fühlte sich wie ein dummer Junge. Er musterte die Frauen und Mädchen, Braune, Brünette, Blonde, schlank, mollig, zart und lieblich, mondän und verwegen, in tief ausgeschnittenen Korsetts, oder nur mit einem durchsichtigen Tuch umhüllt. Mit leuchtend rot geschminkten Lippen und entblößten Knien. Welche sollte er wählen? Welche zog ihn an? Er fühlte sich überfordert. Am liebsten wäre er geflohen. Gleichzeitig aber spürte er ein brennendes Verlangen.

Lustschreie ertönten aus der oberen Etage. Schwüle Klavierklänge schwebten durch den Salon. Die ganze Szenerie drückte ihn nieder und erregte ihn gleichzeitig. Die erhitzten Männergesichter, die halb nackten Frauen, all das Rot.

Friedrich hatte schnell mit einer schlanken, blonden Frau angebändelt und stieg mit ihr die Treppe aufs Zimmer hinauf. Er hatte ihm zuvor noch auffordernd gegen die Schulter geboxt.

Er blieb nicht lang allein am Tisch. Eine füllige Brünette steuerte auf ihn zu. Sie strich mit der Hand über seine Wange. Alles fügte sich. Er selbst wäre niemals auf eine Frau zugegangen.

Mit widersprüchlichen Gefühlen ließ er sich von ihr aufs Zimmer führen, fand sich wieder in einer roten Liebeshöhle verziert mit Satin- und Seidenstoffen und vergoldeten Spiegeln. In den Lüstern brannten rote Kerzen. Das Bett prangte in der Mitte des Zimmers. Es war aus schwarzem Holz und mit dunkelroten Vorhängen verhängt. Es glich einem Segelschiff, das zum Ablegen bereit war. Das Mädchen wollte sich mit ihm aufs Bett legen. Er setzte sich lieber auf den roten Fauteuil. Sie zog sich aus, ließ ihren Rock fallen, löste das Strumpfband, rollte die Strümpfe lasziv zum Fuß hin ab. Dann kam sie nackt auf ihn zu. Angst gepaart mit Ekel überkam ihn. Er verhinderte, dass sie sich auf seinen Schoß setzte, floh aus dem Zimmer und hastete auf dem direkten Wege nach Hause, zu Almut.

Andreas Hartmann presste das Kopfkissen über sein Ohr. Bis heute konnte er sich nicht vorstellen, einer der vielen Männer zu sein, deren Penisse eine Dirne tagtäglich in sich aufnahm. Er ekelte sich davor. Gleichzeitig bedauerte er seinen Widerwillen, der ihn hinderte, eine dieser Frauen zu lieben.

Friedrich war anders. Friedrich konnte sich vergnügen. Friedrich war immer der Unbeschwerte, Lustige gewesen. Ihm galten alle Sympathien. Er betörte alle Menschen mit seinem Charme. Auch die Eltern. Auch Mutter. Friedrich hatte immer Glück. Er war nicht auf dem

Schiff. Er war in Hamburg geblieben. Friedrich, Mutters Sonnenschein und Vaters Hoffnungsträger. Wenn die Eltern wüssten, dass Friedrich seine Frau betrog und dunkle Geschäfte in der Schiffsfabrik machte. Wenn sie wüssten, dass sich hinter seiner Holdseligkeit eine kaltblütige Ratte verbarg, die in einer stinkenden Kloake hauste und seinen Artgenossen lächelnd die Butter vom Brot fraß, und sie, wenn es darauf ankam, elendig verhungern ließ. Nie war es ihm so deutlich wie jetzt. Der charmante Friedrich lebte in einer Welt der Verlogenheit und Abgebrühtheit, die ihn anwiderte und abstieß.

Andreas Hartmann presste das Kissen noch fester auf das Ohr, als könne er dadurch seine Gedanken bezähmen.

Keike öffnete die Tür. Ocke Ketels, der Kojenmann, brachte die ersten Wildenten. Mit dem Herbst kamen sie in Scharen. Ocke fing sie mit den Lockenten ein. Sie dümpelten auf dem Teich der Vogelkoje. Ocke hatte ihnen die drei äußeren Schwungfedern mit dem Eckflügel abgeschnitten, sodass sie nicht mehr fliegen konnten. Die Wildenten ließen sich arglos auf dem Teich der Vogelkoje nieder. Ocke fütterte die Vögel gegen den Wind. Er trug ein Räucherfass mit schwelendem Torf mit sich, damit sie ihn nicht wittern konnten. Er verbarg sich hinter einer Wand aus Reet und warf Gerstenkörner, um sie in die Pfeifenkanäle zu locken. Die gezähmten Enten führten die Wildenten in die Kanalöffnung. Wenn die Enten in den Pfeifen waren, kam Ocke aus seinem Versteck heraus und erschreckte sie. Die Enten konnten den Ausgang nicht sehen, flüchteten weiter nach vorn. Sie versuchten, aufzufliegen. Ihre Köpfe stießen gegen das Netz, pressten gegen seine Maschen. Sie waren in der Reuse gefangen, schnatterten in Todesangst. Ocke griff eine Ente nach der anderen und drehte ihnen den Hals um. Er kringelte die ganze Schar. Mit Daumen und Zeigefinger fasste er Kopf und Schnabel, schwang den Körper der Ente über die Hand, drehte ihren Kopf, bis es knackte. Hunderten, Tausenden von wilden Enten brach er das Genick.

Keike stand an der Tür, starrte auf Ockes fleischige Hände, die ihre Hälse knickten. Ente für Ente. Hals für Hals. Ocke lud die Säcke mit den Enten von seinem Karren, schüttete einen nach dem anderen auf dem Boden der Tenne aus. Nach dem letzten Sack blieb er vor ihr stehen, nahm die Mütze ab, hielt sie in seinen Kringelhänden. Er wartete. Keike stierte auf seine großen Nasenlöcher, die nach oben gebogen waren. Sie bot ihm keinen Tee an. Sie wollte nicht, dass er länger blieb. Er stand noch eine Weile herum. Seine herabhängenden Mundwinkel zuckten.

»Ich hole sie morgen früh wieder ab.« Seine Stimme klang gepresst.

Endlich verschwand er. Keike bebte vor Anspannung.

Es war im letzten Mai passiert. Sie hatte am Fischgarten einige Löcher im Zaun ausgebessert. Dann war sie zum Ufer zurückgelaufen. Als sie sich den Dünen näherte, spürte sie ein Surren im Blut, so, als würde ein Mückenschwarm durch ihre Adern flirren. Genauso wie vor einem Gewitter. Sie sah sich nach allen Seiten um, bemerkte aber nichts. Außer Vogelstimmen, Wind und Meer, das in der Ferne rauschte, fiel ihr nichts auf.

Sie ging weiter, ihre Schritte, das Wattgurgeln in den Ohren. Plötzlich flogen hinter einer Düne Silbermöwen auf. Sie kreischten Warnschreie in den Himmel.

Sie blieb stehen und beobachtete die Vögel. Sie stürzten hinter einer Düne in die Tiefe. Sie wollten etwas vertreiben. Sie mied die Düne, wählte einen anderen Weg, um nach Hause zu gehen. Ihr Blut surrte immer noch. Ihr war nicht wohl. Sie beeilte sich, lief schneller als sonst. Plötzlich hörte sie ein schabendes Geräusch, danach rieselte Sand von der Düne neben ihr. Ocke schoss hervor. Er baute sich breitbeinig vor ihr auf.

Er grinste.

»Was willst du, Ocke?« Sie ließ ihre Stimme hart klingen.

»Ich will einen Kuss.«

»Mach, dass du verschwindest!«

Ocke blieb stehen. Seine Kringelhände ballten sich zu Fäusten.

Sie wollte an ihm vorbeigehen. Er versperrte ihr den Weg. Sie stieß ihn mit dem Ellenbogen beiseite. Er packte sie am Arm.

»Ocke, lass das!«

Er riss sie an sich. Sie wehrte sich. Er warf sie in den Sand, wälzte sich über sie und presste seinen Mund auf den ihren. Sie spürte seinen glühenden Dorn durch die Kleidung hindurch, versuchte, sich wegzurollen. Er griff ihr unter den Rock. Da dröhnte es in ihr, als ob eine gewaltige Woge an einen hohen Felsen schlug, als ob ein Wirbelsturm durch ihren Kopf zog, der tobte und schnaubte wie ein Drache.

Sie wusste nicht wirklich, was geschehen war. Ocke sprang schreiend auf und verschwand. Sie hielt das blutige Messer in der Hand. Sie hatte Ocke mit dem Messer verletzt. An mehr erinnerte sie sich nicht.

Keike starrte auf den Entenberg.

Stine und Medje kamen. Sie saßen bis spät in die Nacht auf ihren Schemeln und rupften. Die Enten mussten gerupft werden, solange sie noch warm waren. Sie mussten aufpassen, dass die Haut nicht einriss. Es gab zwei Pfennig Lohn pro Ente. Auf der Brust nahmen sie zunächst nur die oberen Federn weg, damit sie die darunter sitzenden Daunen gesondert pflücken und aufbewahren konnten. Sie durften die Federn behalten. Sie würden sie reinigen und später als Füllung für Bettdecken verkaufen.

Keine von ihnen liebte das Entenrupfen. Sie arbeiteten still, ohne zu plaudern oder zu singen. In Keike brütete die Vergangenheit. Warum hatte sie Harck geheiratet? Warum hatte sie sich der Mutter nicht widersetzt?

Keike spürte die niedergedrückte Starre, in der sie Jahre verbracht hatte. Sie fuhr ihr in alle Glieder. Ihr Leben mit Harck war frostig wie eine Winternacht gewesen. Je länger sie mit ihm lebte, desto unerträglicher wurde er ihr. Er störte sie bei jeder Verrichtung, ob sie die Kinder wickelte, strickte oder kochte. Die Mahlzeiten waren am schlimmsten. Sie konnte Harcks ausdrucksloses Gesicht nicht mehr ertragen. Sie hätte ihm am liebsten hineinspucken mögen. Stattdessen gewöhnte sie sich an, ihn nicht mehr anzusehen. Gegen seinen Geruch konnte sie nichts ausrichten. Sein Bart roch nur sonntags frisch. In der Woche sammelten sich in dem Stoppelfeld die Gerüche der Speisen vermischt mit dem Schweißgeruch von der Arbeit, ein Gemisch aus Fisch, Pfannkuchen, Schafsfett und anderen dumpfigen Dünsten.

Keike warf eine Ente auf den Tisch. Sie war fertig gerupft. Sie griff neben sich, nahm die nächste zur Hand, riss Feder für Feder heraus, indem sie die Federkiele zwischen Daumen und Messerrücken klemmte. Wenn Harck sich am Kamin rekelte und sie keine Luft mehr bekam, öffnete sie die Tür und ließ die Windstöße ein, die vom Meer her Frische brachten. Gierig sog sie die Luft in sich auf. Doch dann rief Harck: »Es ist kalt.« Den ganzen Winter sollten die Türen und Fenster geschlossen bleiben. Er genoss die stickige Wärme, die ihm niemals stickig vorkam. »Auf den Schiffen ist es immer kalt und nass«, sagte er. »Es zieht durch alle Ritzen.«

Bis auf den Schafsmist im Kamin glühte nichts in ihrem Haus. Manche Nacht, wenn sie nicht schlafen konnte, legte Keike ihren Schal um, floh in die schwarze Nacht hinaus und träumte unterm Sternenhimmel von Zärtlichkeiten, die sie niemals empfangen hatte. Sie sehnte sich nach einem Schiff, das am Horizont auftauchte und sie mitnahm in eine neue, glücklichere Welt. Immer mehr Friesen wanderten nach Amerika aus. Sie selbst war noch nicht einmal von der Insel herunter gekommen.

Es dämmerte bereits. Keike schmerzten die Hände und der Rücken. Und die Augen brannten. Die Kälte und die Müdigkeit zogen ihr in die Glieder. Die Enten lagen gestapelt auf dem Tisch. Ihre Köpfe hingen an der Tischkante herunter. Sie hockte inmitten toter, kahler Enten. Ihre Federn hatte sie in Säcke gestopft.

Sie saß auf dem Schemel und starrte auf die schlaffen, fahlen Vogelleichen. Der schale Geruch der Geflügelhaut betäubte sie. In jedem Winkel der Tenne stank es nach nackten Enten. Auch ihre Kleidung, ihre Hände, ihre Haut. Plötzlich sah sie sich selbst dort liegen. Nackt, bleich und leblos. Eine tote, gerupfte Keike. Abgebrüht, ausgenommen, ausgeblutet.

Ihr Hocker fiel um. Keike riss die Tür auf, stürzte hinaus. Sie raffte den Rock, rannte bis zum Meeresufer, streifte ihre Schuhe ab, stapfte ins Wattenmeer hinein, spürte kühlen Schlamm und spitze Muschelschalen unter ihren Füßen. Und frischen Wind. Mit Wattenduft. Gierig sog sie das würzige Aroma ein. Der Boden gab nach. Sie versank bis zu den Knöcheln im Schlick. Sie stapfte voran, um zu spüren, dass sie lebte. Muschelschalen, Schlamm. Der Wind, der sie umarmte. Weit draußen blieb sie stehen, blickte über den grauen Meeresboden, der von dunkelgrünen Seegrasteppichen durchzogen war, lauschte dem leisen Knistern der Schlickkrebse. Tränen flossen ihr die Wange hinab, verfingen sich in ihrem Mundwinkel. Sie weinte, so lange, bis die Tränen von selbst versiegten. Zaghaft begann sie zu singen, zunächst mit gebrochener, verweinter Stimme, schließlich immer klarer, beherzter. Sie sang, bis ihr Atem strömte wie die Flut. Plötzlich war sie nicht mehr traurig. Plötzlich begann das Watt hell zu glänzen. Sie sah, wie sich Himmel und Wolken in den Wasserpfützen spiegelten. Und wie das grüne Seegras Hoffnung schimmerte.

⁂

Name:	*Andreas Hartmann*
Alter:	*42 Jahre*
Körperlicher Status:	*175 groß, kräftige Muskulatur, schlank, Haut ziemlich blass*
Schädel:	*fronto occipitalumfang 553/2cm, druck- und klopfempfindlich*
Gesichtsform:	*rundlich*
Haare:	*grau*
Augen:	*grün, stumpf*
Augenbrauen:	*grau, schmal*
Nase:	*gerade, wohlgeformt*
Mund:	*volle Lippen*
Stirn:	*hoch gewölbt, Spuren langwierigen Kummers*

Kinn:	*gerundet, aber markant*
Zähne:	*auffallend gesund, hinterer Backenzahn links fehlt*
Zunge:	*belegt*
Herz:	*erhöhter Puls*
Leib:	*fest, druckempfindlich*

In unserer Unterredung mit Andreas Hartmann, die eine Stunde dauerte, erzählte er uns von seiner schrecklichen Tat. Fast jede Nacht habe er schlaflos und in Angstschweiß zugebracht. Auch die Nacht vor dem Verbrechen habe er in fürchterlicher Angst wach gelegen und sich bis zum hellen Morgen hin und her geworfen. Dann habe ihn ein Schauder überlaufen. Die Tat kam ihm als letzte Zuflucht vor. Er habe in einem Wahn gestanden. Zitat: Ich war nicht Herr meiner Sinne. Meine Grundsätze, meine Meinungen und Neigungen, alles widerspricht meiner Gräueltat. Ich glaubte an Gott. Gott, mein Gott erbarme dich meiner.

Nach dem Verbrechen habe er nur noch den Gedanken gehabt, seinem eigenen Leben ein Ende zu machen.

All diese Umstände erzählte er ohne die geringsten Zeichen einer Geisteskrankheit, sodass wir ihn zum Zeitpunkt des Verhörs als seines Verstandes vollkommen mächtig halten müssen. Was dagegen die psychologische Entwicklung seiner Tat und die Darstellung seines Gemütszustandes vor, und während derselben betrifft, so sind wir zu der Beurteilung gekommen, dass es höchstwahrscheinlich ist, dass besagter Hartmann zu der Zeit seiner Tat an Geisteszerrüttung gelitten hat. Zwar gehört diese Art der Geisteszerrüttung, wenigstens dem Grade nach, nicht zu den gewöhnlichen. Es war kein Blödsinn, also keine abnorme Schwäche des Verstandes, sondern vielmehr der fixe Wahn, worin der Kranke über andere

Gegenstände, die kein Objekt seines Wahnsinns sind, unvernünftig urteilt. Wenngleich der Kranke über andere Gegenstände ganz richtig urteilt und selbst über seinen Wahn anscheinend vernünftig spricht, so bemächtigt sich derselbe seiner im ferneren Verlauf des Übels so sehr, dass er nur für ihn Sinn hat. Unaufhörlich verfolgt ihn derselbe wie ein Gespenst. Vergebens versucht der Kranke, sich seiner als eines widrigen Denkens zu erwehren. Der Wahn quält ihn mehr, als ihn die Wirklichkeit gequält haben würde. Dieser wird am Ende der herrschende Gedanke, das obere Prinzip seines Handelns, alle anderen Rücksichten vergisst der Kranke, dessen ganze Tätigkeit sich bloß auf seinen Wahn einschränkt, er wird niedergeschlagen, verliert den Schlaf und die Lust zu anderen Arbeiten, wird misstrauend, wohl gar wütend bei Hindernissen und Widersprüchen. Er handelt seinem Wahn gemäß mit Konsequenz und Überlegung, wenngleich unter falschen Voraussetzungen und nach Gründen, die von einem Irrtum ausgehen. Lebensüberdruss und demgemäße Handlungen sind die gewöhnlichen Folgen dieser Gemütskrankheit.

Der Arrestant vollzog die Tat nach einer schlaflosen Nacht in einem gereizten Zustand seines Organismus, zwar mit Bewusstsein, aber ohne Besonnenheit, zwar mit Überlegung, doch mit der Überlegung eines krankhaften Vorstellungsvermögens. Unter obiger Voraussetzung ist es für höchstwahrscheinlich zu halten, dass der Arrestant vor und während seiner Tat an einer Melancholie gelitten hat und durch dieselbe in der Freiheit seines Vermögens beschränkt gewesen ist.

Unvermögen, sich selbst zu vernichten, aufgeschreckt durch eine unwillkürliche Erinnerung an die Vorsehung mit dem Bewusstsein der Tat, die ihn von dem, was ihm

am nächsten war, getrennt hatte, bemächtigte sich seiner eine neue Leidenschaft, die Reue über die verübte Tat und da die Seele zweier starker Aktionen auf einmal nicht fähig ist, geriet der Arrestant in den Zustand geistiger Umnachtung, in dem er sich jetzt befindet.
  Gez. Dr. Wilhelm Gutmann, untersuchender Arzt

4

DIE RINGELGÄNSE WAREN ZURÜCKGEKEHRT. Tausende von schwarzen Punkten saßen in den Seegrasmatten im Watt. *Rronk Rronk, Rronk Rronk*, tönte es von überall. Die Vögel waren hungrig, ihre Flügel, die sie bis auf die Insel trugen, lahm. Sie fraßen und ruhten, um neue Kräfte zu sammeln. Die auflaufende Flut scheuchte die Gänse auf. In dichten, schwarzen Wolken schwangen sie sich in die Lüfte, flogen zu den Salzwiesen, schwenkten hierhin, dahin, zogen Kreise und regneten als dunkle Tropfen auf die Wiesen nieder. Dann verstummte das Geschnatter. Die Gänse ruhten sich aus, auf einem Bein stehend, den Kopf tief im Gefieder verborgen. Schwarze Köpfe, die sich vor der Welt versteckten.

Mit den Ringelgänsen kehrten auch die Männer zurück. Alle Taldsumer waren am Kai versammelt. Auch Keike, Stine und Medje warteten mit den Kindern am Anleger. Die Kinder klammerten sich an die Röcke, ihre Köpfe in den Stoff gedrückt. Die Insel war in Nebel gehüllt. Feuchtkalte Dünste umwoben sie. Die Nebelwolken waberten Angst und Hoffnung. Sie hüllten alle in das trübe Kleid der Ungewissheit. Es war ganz still am Pier. Alle standen regungslos und schwiegen.

Keike und Medje hielten Stine die Hände. Sie fühlten sich kalt und klamm an.

»Wenn er heute nicht wiederkommt«, flüsterte Stine, »werde ich das Regenkleid tragen.«

Keike drückte ihre Hand.

Die Boote waren noch nicht zu sehen, als sie die ersten Stimmen hörten. Sie klangen wie Geisterstimmen. Ein *Ho!* erschallte. *Ruder nach Backbord!*, rief es aus dem Dunst heraus. Masten knarrten. Segel rauschten hinab. Plätschern. Glucksen. Getrappel auf Schiffsplanken. Das erste Boot durchbrach den dichten Hoffnungsschleier. Die anderen Boote folgten, Ankerketten rasselten. Die Männer verließen die Ewer. Erste Freudenschreie ertönten. Umarmungen folgten. Tränen der Freude und Erleichterung überfluteten die Mole. Meeresglück.

Alle Männer befanden sich nun an Land. Viele Frauen warteten immer noch am Pier, verloren in den Trübungen, umringt von ihren Küken. Der erste Klageschrei ertönte, mischte sich in den Freudentaumel der Frauen, die Ehefrauen geblieben waren. Immer lauter und kläglicher wurde der Trauergesang, in den sich das Weinen der Kinder vermengte und die Freudenmusik verdrängte. Einige Frauen sanken zu Boden. Sie flehten zu Gott. Aber da war kein Gott, der ihre Männer und Söhne wieder lebendig machte. Nur eine Gedächtnisrede in der Kirche und ein verwaister Leichenstein für jeden. Oder ein Holzkreuz. Oder ein Walfischknochen für die Armen. Das war alles, was Gott zu bieten hatte.

Gestrandet und erstarrt in Batavia
Verunglückt am Kap der Guten Hoffnung
Beim Schiffbruch auf Skagen samt Bruder erstarrt
Aus der Takelage gestürzt und in den Wellen versunken
Durch eine Sturzsee über Bord gespült, in Havanna gestorben

oder ähnliche Inschriften werden auf den Grabmälern zu lesen sein.

Aiken Gerrits wälzte sich am Boden. Sie heulte auf wie ein schwer verletzter Seehund. Aiken hatte zehn

Kinder. Drei waren im frühen Kindesalter gestorben, eine ihrer Töchter mit fünfzehn Jahren. Jetzt hatte ihr das Meer den Mann und drei Söhne genommen.

Inselfrauen lebten vom Tod umgeben. Waren sie Mädchen, starben ihre Brüder und Väter auf See oder ihre Mütter im Kindbett. Wuchsen sie zu Frauen heran, verloren sie ihre Männer und Kinder. Oder sich selbst.

Keike umfasste Stines Hand. Stine drückte so stark, dass es schmerzte. Ihr Mann, der Tükke, war weder unter den Lebendigen noch unter den Toten. Stine weinte nicht. Ihre Augen waren starr, ihr schmaler, strenger Mund von Bitterkeit gezeichnet. Sieben Jahre hatte sie auf Tükke gewartet. Ihre Tränen waren versiegt. Sie wickelte ihr Herz in ein Tuch und vergrub es in den Dünen. Dort würde es für Tükke weiterschlagen, solange sie lebte.

Sie gingen schweigend nach Hause. Die trüben Dünste umschlossen sie. Keike musste an Harck denken. In dem Jahr, als Harck nicht mehr wiederkam, hatten die Männer begonnen, das Schiff für die Fahrt klarzumachen. Sie prüften das Takelwerk, reparierten die Ösen und Rollen, schlugen schließlich die Segel unter. Sie verstauten den Proviant, Butter, Fleisch und Schinkentonnen, Wasser-, Bier- und Branntweinfässer und vieles mehr. Alles war zur Abfahrt bereit, aber der Winter wollte nicht weichen. Erst Ende März liefen sie aus. Sie hätte einen Monat Zeit gehabt, Harck von dem Totenvogel zu erzählen. Sie hatte es ihm verschwiegen.

»Es passierte am ersten Mai«, erzählte Niels, sein Kamerad, als er ihr Harcks Messer und den Seesack brachte. »Wir sichteten am Morgen junge Robben auf dem Eis und machten Fall mit allen Schaluppen, die wir hatten. Kurz darauf briste der Wind stark auf und es begann in dichten Flocken zu schneien. Wir konnten gerade noch an Bord gelangen, bevor der Sturm losbrach, ein Sturm, wie ich ihn noch nie zuvor erlebt hatte. Wir trieben immer weiter in die Bucht hinein, direkt auf das feste Eis zu. Unsere Reling und Schanzkleidung brach entzwei. In kurzer Zeit hatten wir so viel Wasser im Schiff, dass das Wasser in die Kojen hineinschlug. Wir mussten die Segel mindern. Es war aber unmöglich, auf die Rahe hinauszukommen. Ich sagte zu Harck: ›Komm, wir müssen es wagen, es geht um Leben und Tod.‹ Ich krabbelte zur Want hinauf und ließ mich beim Focktopwant heruntergleiten. Gleich darauf kam Harck mir nach. Um sich besser halten zu können, schlug er sein Bein hinten um mich herum und den Fuß über die Fockbrass. Ich brüllte ihm noch zu, es nicht zu tun, doch es war schon zu spät. Ein riesiger Brecher kam angerollt, das Schiff schlug fast ganz auf die Seite. Harck konnte sich nicht mehr halten. Ich packte ihn mit den Zähnen an seinem Jackenkragen. Dann fiel er vom Luv aufs Leeanker herunter und ging über Bord. An Rettung war nicht zu denken, Keike.« Er räusperte sich. »Ich wünschte, ich hätte ihn rechtzeitig warnen können. Hier ist seine letzte Heuer. Möge der Herrgott dich und die Kinder schützen.«

Keike fröstelte. Sie schlug ihr Tuch fester um die Schultern.

Sie erreichten Stines Haus.

»Ich werde Tükke endlich für tot erklären lassen«, sagte Stines Mutter. Stine ging wortlos in ihre Kammer.

»Für Stine wird er niemals tot sein«, flüsterte Keike, »auch wenn sie das Regenkleid trägt.«

Stine kam zurück. »Hier, nimm du es, Keike. Meinetwegen verbrenn es im Kamin.«

»Du meinst, ich soll dein Schreibebuch ...«
»Ich habe es damals nach Tükkes Abfahrt begonnen. Ich will es nicht mehr.«
Keike klappte den Einband auf.

10. Dezember
Mich friert. Ich sitze allein in der Küche und bin trüber Stimmung. Ich habe noch immer keine Nachricht von meinem lieben Mann. Ewig treu, das ist mein fester Schwur, denn mein Herz ist ewig sein, auch nicht die allerkleinste Spur eines anderen fällt mir ein.
10. Februar
Jetzt habe ich schon wieder sechzig Tage vergebens gehofft, noch immer keine Nachricht.
22. Februar
Es ist sehr kalt. Die Fenster sind gefroren. Es ist zehn Uhr. Ich gehe jetzt zu Bett. Möchte der morgige Tag mir doch einen Brief von meinem Geliebten bringen.
29. März
Hat sein Herz aufgehört zu schlagen? Habe ich mein Glück verloren? Traurig blicke ich dem Frühling entgegen. Die Vögel singen schon und Tükke ist immer noch nicht da. Womöglich liegt er auf dem Meeresgrund. Gottvater, hast du unsere Herzen vereint, um uns auf ewig zu trennen? Oh nein, ich kann es nicht glauben, denn du, Vater im Himmel, bist doch die Liebe. Du wirst uns wieder vereinen.
Es ist jetzt Abend. Ich sitze ganz allein auf dem Stuhl, auf dem sonst Tükke saß. Ach, käm er nur für eine Stunde, damit ich wüsste, dass er noch am Leben ist. Ich nehme sein Bild, betrachte es, drücke es an mein Herz.
Wo bist du, Tükke? Schreib wenigstens, dass du noch lebst ...

Keike schloss das Heft, umarmte Stine. Sie weinten, versuchten, sich die Sehnsucht aus dem Herzen zu spülen. Aber all die Tränen flossen vergebens.

∽⚘∽

Der Nebel löste sich auch am folgenden Tag nicht auf. Wie ein Leichentuch schwebte der weiße Dunst ums Haus. Keike hörte den Wasserkessel summen. Sie schlurfte zum Herd, legte etwas Reisig nach. Das Heidekraut knisterte, verbreitete einen herben Duft im Zimmer. Die Männer, die zurückgekehrt waren, saßen jetzt bei ihren Frauen und Kindern. Bei ihr schrie der Schwiegervater. Keike raffte sich auf. Sie beeilte sich, mit der Arbeit fertig zu werden. Sie wollte zu Medje hinüber gehen. Sie freute sich, dem Geschrei zu entkommen. Keike füllte warmes Wasser in die Schüssel, wusch den Schwiegervater, schrubbte Tisch und Herd, fegte die Stube und setzte flink einen Sauerteig an. Dann warf sie ihr Tuch über und lief zu Medje hinüber. Sie wollten Besen binden, bis die Mädchen aus der Schule kamen.

Alles lag bereit. Sie ordneten die braunen Halme schabten sie, und legten handgroße Bündel zusammen. Sie umwickelten die Garben mit Werg und fügten Bund an Bund. Keike hielt Medje die Halme, damit sie den Faden durchziehen konnte. Sie presste sie fest zusammen.

Sie schwiegen. Keike genoss die Stille. Sie betrachtete Medje. Tiefe Falten zogen sich über ihr Gesicht, wie eine Wattlandschaft kräuselte sich ihre Haut. Auf der Stirn, auf den Wangen, um Augen und Mund herum. Medje wickelte den Faden um die Halme und zog fest an. Auf ihren Händen zeichneten sich braune Flecken ab, die Finger waren leicht gekrümmt und geschwollen. Fast alle alten Frauen hatten Muskelreißen oder Gicht. Medje beugte den schlohweißen Kopf näher an das Gebinde.

»Meine Augen sind nicht mehr die besten«, seufzte sie.

Sie war sehr gealtert in der letzten Zeit. Sie legte keinerlei Sorgfalt mehr auf ihr Äußeres. Über ihrem Kleid trug sie eine abgewetzte Matrosenjacke. Sie selbst nannte sie »meine Takelage«. Die Jacke hatte Flecken, die Ärmelränder waren dunkel verschmutzt. Auch die Schürze war befleckt. Es klebten Teigreste daran, an einigen Stellen zeigten sich Fettflecken. Sie war jetzt achtundfünfzig Jahre alt. Seit fünfzehn Jahren war sie zum dritten Mal Witwe.

»Medje, du hast nie von deinen Männern erzählt. Hast du sie genauso geliebt wie Stine den Tükke?«

»Nur Boy, meinen ersten. Wir hatten fünf glückliche Jahre. Boy war jeden Winter zu Hause. Wir liebten uns wie die Turteltauben und freuten uns auf jedes Kind.«

Medje schwieg.

»Und dann?«

»Dann kam er nicht mehr wieder. Ich weiß bis heute nicht, ob er ertrunken ist oder noch lebt.« In Medjes Augen stauten sich Tränen. »Ich war so traurig, dass ich mit dem Gedanken spielte, ins Wasser zu gehen. Ich war dreiundzwanzig Jahre alt, hatte drei kleine Kinder zu versorgen. Ich liebte Boy. Wenn Mutter nicht gewesen wäre ...«

»Wann hast du wieder geheiratet?«

»Schon nach vier Jahren. Vater hatte dafür gesorgt, dass Boy für tot erklärt wurde. Ich heiratete Erik. Er war Witwer. Seine Frau war im Kindbett gestorben. Er war allein mit seinem neugeborenen Sohn.

Drei Jahre nach unserer Hochzeit starb er in Afrika an Gelbfieber. Ich war verzweifelt, ich hatte gerade Thesje geboren. Aber sehr traurig war ich nicht. Ich habe ihn nicht geliebt.«

»Und dein dritter?«

»Dass ich Torsten geheiratet habe, verzeihe ich mir nie. Er war Wattenfischer. Er trieb sich überall herum, wo Branntwein verkauft wurde. Bis spät in die Nacht saß er mit seinen Saufbrüdern zusammen. Dann kam er nach Hause, weckte alle mit seinem Gegröle auf und verlangte von mir, dass ich ihm was zu essen vorsetze. Eines Abends ging ich ihm nach. Kurz nachdem er im Haus von Kay Hansen verschwunden war, ging auch ich in die Schankstube. Die Männer saßen an einem schmutzigen Tisch und rauchten. Ich setzte mich zu ihnen und rief: ›Auch ein Glas für mich; mein Mann bezahlt.‹ Torsten tobte. Er schlug mich grün und blau und warf mich auf die Straße. Lange lag ich vor der Tür und weinte. Ich erzählte damals allen, dass ich die Stiege heruntergefallen war. Ich schämte mich so sehr.« Medje reckte die Hände zum Himmel. »Gott hat mich erlöst. Wir waren mit dem Boot unterwegs, um die Netze zu überprüfen, als er über Bord ging. Er muss vollkommen betrunken gewesen sein. Er ging einfach unter, obwohl das Wasser nur brusthoch stand.«

»Du hast ihn nicht retten können?«

Medjes Blick verhärtete sich. »Nein.«

Keike spürte einen Druck in der Lunge, der ihr bis zur Kehle hinaufstieg. »Medje, ich ... es war an einem Freitag. Ich stapelte gerade Kaminholz an der Schuppenwand, als Harck mit ein paar Kaninchen nach Hause kam. Er ging an mir vorbei, ohne mich zu beachten. Plötzlich warf ich einen Holzscheit nach ihm. Das Scheit sprang mir ohne mein Zutun aus der Hand, traf Harck an der Schläfe. Harck blieb stehen, befühlte seine Wunde, starrte auf das Blut, das an seinen Fingern klebte. Dann sah er mich an. Mit großen, erstaunten Augen. Ich drehte mich um und arbeitete weiter. Ich hatte kein schlechtes Gewissen, Medje, ich hatte nur Wut im Bauch. Und wenn ich die Axt in der Hand gehabt hätte, wäre er …«

»Das ist alles?«

Keike schluckte. »Bevor er im Frühjahr hinausfuhr, erschien mir der Totenvogel. Und die Nachtvögel schrien. Harck wird nicht mehr wiederkommen.«

༄

Früher als erwartet war der Winter eingezogen. Die Landschaft hatte sich in einen weißen Mantel gehüllt. Andreas Hartmann saß in der warmen guten Stube, die vom Duft nach Printen und Kaffee erfüllt war. Er konnte der Gemütlichkeit nichts abgewinnen. Er fühlte sich eingeengt, zur Untätigkeit verurteilt. Der Winter hatte viel zu früh begonnen. Die Zeit verging nur im Schneckentempo. Er hatte nichts mehr zu tun. Alle Vorbereitungen waren getroffen. Erst im Frühjahr konnte er weitere Schritte einleiten. Sollte er noch Tage und Wochen im Hause hocken? Und einer Bibelstunde nach der anderen lauschen? Almut lud ständig ihre Damen ein. Er mochte sie nicht. Er hörte ihre Stimmen durch die Decke. Sie saßen oben im Empfangszimmer, sangen und murmelten ihre Gebete. Auch Jule musste an den Betstunden teilnehmen. Er bedauerte seine Tochter.

Draußen tobte dichtes Schneegestöber. Andreas Hartmann sehnte sich nach der Baustelle. Er liebte seine Arbeit, seine Leuchttürme. Er hinterließ der Nachwelt etwas Wertvolles, schuf Feuerketten, Feuerkreise, die die Schiffe sicher leiteten. Seine Arbeit war nützlich und mannhaft. Sie forderte seine Standhaftigkeit und sein

Selbstvertrauen stets aufs Neue heraus und er konnte sich immer wieder beweisen, dass es kein unlösbares Problem für ihn gab.

Ohne seine Leuchttürme konnte er nicht leben. Wenn er nach der harten Bauzeit auf der Spitze seines Turmes, zwischen Himmel und Meer thronte, überkam ihn ein Gefühl von Freiheit und Weite, wie er es nirgendwo sonst erfuhr. Alle Sorgen fielen von ihm ab, die Brust weitete sich und sein Leib war von wohliger Wärme erfüllt. Und wenn das Leuchtfeuer über das Meer hinaus leuchtete, dann spürte auch er Licht in seinem Innern, und einen Moment lang schien es ihm, als wäre er selbst die Laterne, die in die Dunkelheit strahlte.

Er blickte in die Schneewand, das Murmeln der Frauen surrte in seinen Ohren. Es war noch nicht einmal Weihnachten.

Das Harmonium erklang. Die Frauen sangen Halleluja.

Die Tür öffnete sich, Hannes' Kopf erschien. »Vater, bauen Sie mit mir einen Schneemann?«

»Hannes, das ist eine sehr gute Idee.«

Sie zogen sich Jacken und Stiefel an, setzten die Mützen auf und stülpten die Handschuhe über. Sie liefen auf die Wiese. Jeder formte einen Schneeball. Der Schnee haftete gut. Sie rollten die Bälle durch den Schnee, bis zwei große Klumpen entstanden. Hannes versuchte, seine Rolle aufzurichten. Andreas Hartmann half ihm.

»Ich brauche noch eine Kugel, Hannes, eine etwas kleinere.«

Hannes rannte los. Nur mit Mühe gelang es ihm, die weiße Masse vorwärts zu bewegen. Drei grüne Spuren liefen jetzt durch die Schneedecke.

Andreas Hartmann schichtete die Schneeklötze aufeinander. »Wir brauchen noch einen vierten, einen noch etwas kleineren.«

Die vierte Rolle war fertig.

»Das wird die Spitze, Hannes. Wir bauen den Inselleuchtturm! Mit Türen und Fenstern und einer schönen Kuppel. Auf der einen Seite ist er geschlossen, auf der anderen zeigen wir die Innenansicht, wie bei einer Puppenstube. Da kommt eine Wendeltreppe hin und wir ziehen Stockwerke ein.«

Hannes hüpfte in die Höhe. Seine Augen glänzten. Er umarmte seinen Vater.

Sie bauten und planten den ganzen Nachmittag. Zu ihrem Glück hatte es aufgehört zu schneien. Als sie die letzte Verzierung auf dem Dach des Turmes angebracht hatten, dämmerte es bereits. Arm in Arm standen Vater und Sohn und bewunderten ihr Werk. Der Turm war prächtig geworden.

»Er ist fast so groß wie Sie, Vater.«

»Lauf in die Küche und lass dir von Imke ein Glas und einen Kerzenstummel geben. Aber pass auf, dass der Docht nicht nass wird.«

Hannes klatschte in die Hände.

Andreas Hartmann ebnete die Spitze des Turmdaches.

Er zog seine Handschuhe aus, kramte seine Zündhölzer aus der Manteltasche.

Hannes kam mit der Kerze. Sie setzten das Glas auf das Dach und entzündeten den Docht. Sie ließen ein bisschen Wachs ins Glas tropfen, mit dem sie den Stummel anklebten.

Ein schwacher Lichtschein flackerte im Dunkel. Hannes lehnte seinen Kopf an den Bauch seines Vaters. Vater und Sohn blickten verträumt in den kleinen Lichtpunkt.

Erst als ihnen die Kälte in die Glieder fuhr, liefen sie ins Haus zurück.

~∞~

Seit drei Tagen schütteten schwarze Wolken dicke Schneeflocken über die Insel. Über dem Meer stürzten die Flockenmassen kopfüber in die eisgraue See, ihrem jähen Ende entgegen. An Land blieben die Flocken liegen, hüllten Felder und Wiesen, Häuser und Dünen in weiße Tücher.

Die Sanddünen glichen Eisbergen. Kein Halm, kein Heidestrauch war mehr zu sehen. Alles Leben war unter einem dichten weißen Teppich verborgen. Wenn die Dünen ihr Schneekleid trugen, hielten auch die Toten, die in den Hügeln wohnten, Winterschlaf.

Keike schaute in das Schneetreiben. Die Flocken trieben wie Federn durch die Luft, verfolgten sich, vom Wind gestoßen, segelten zu Boden, ihrem Schicksal entgegen, eines Tages als Tautropfen in der Erde zu versinken. Keike fühlte sich ebenso hilflos wie die Schneeflocken, die ihrem unwiederbringlichen Los entgegentaumelten.

Die Zaunpfähle waren mit weißen Hauben bedeckt. Keike stellte sich vor, dass jedes Häubchen ein Engel war, der sie beschützte.

Im letzten Winter schliefen die Kinder unruhig. Sie fieberten, sprachen wirre Gedankenfetzen. Sie kühlte ihre Waden, ihre Stirn. Plötzlich entdeckte sie rote Flecken auf ihrer Haut. An den Ohren, auf der Brust. Sie fiel auf die Knie und betete. »Gott im Himmel, lass es nicht die Sprenkelkrankheit sein, lass sie am Leben!«

Sie rannte zu Medje hinüber. »Medje, die Kinder haben rote Pusteln.«

Medje untersuchte die Mädchen. »Hab keine Angst, Keike, es sind wohl nur die Röteln, du weißt, die kleine Jette hat sie gehabt.«

Medje behielt recht. Doch zwei Jahre zuvor waren viele Kinder auf der Insel an der Sprenkelkrankheit gestorben.

Keike faltete die Hände. »Lieber Gott, lass uns diesen Winter gesund überstehen.«

Die Böen klatschten die Flocken an die Fensterscheiben. Dichte weiße Streifen flogen durch die Luft. Endlose Bänder, die sich, vom Wind gepeitscht, zu hohen Wehen türmten.

Am frühen Nachmittag hörte es endlich zu schneien auf. Alle kamen aus den Häusern, um sich freizuschaufeln. Überall ertönte das Knarzen der Schneemassen unter den Stiefeln, das Schaben und Kratzen der Schippen, das dumpfe Aufschlagen des feuchtschweren Schnees am Wegesrand. Auf und nieder gingen die Körper und Schaufeln. Keike hielt mit dem Schaufeln inne, betrachtete die vielen schwarzen Punkte in der weißen Schneelandschaft. Die Witwen glichen hungrigen Krähen, die nach Nahrung pickten.

Das Wetter trieb seine Kapriolen. Plötzlich setzte Tauwetter ein. Die Wege waren aufgeweicht, dass sie nur mit Springstöcken aus dem Haus gehen konnten. Die Dünen hatten Ähnlichkeit mit Geisterwesen. Ihre abgetauten Spitzen ragten als gelbe Köpfe aus ihren weißen Mänteln hervor. Zuweilen sah Keike sie hin- und herwackeln, auf- und abnicken, als würden sie sich miteinander unterhalten.

Kurz nach dem Tauwetter kam heftiger Frost. Er überzog die ganze Insel mit einem weißlichen Schleier. Die Wiesen waren mit Kristallen überzuckert, die Pflanzen weiß überstäubt. Überall reihten sich winzige Eiströpfchen aneinander. Sie hafteten an den Halmen, Sträuchern, den Dächern und Zäunen. Schon nach wenigen Tagen hatte der Frost einen weißen Panzer um die Insel gelegt. An den Rändern der Wasserläufe im Watt bildeten sich Eisspiegel, die bei Flut losbrachen, sich klirrend übereinanderschoben, zu mächtigen Eisschollen anwuchsen, sich schließlich zu Eisbergen auftürmten und als weiße Kegel im Wasser trieben wie in der Arktis.

Keike saß mit Göntje und dem Schwiegervater in der Stube. Der Schwiegervater lag mit der Wärmflasche unter der Bettdecke im Alkoven. Er schien zufrieden, murmelte leise vor sich hin. Marret war noch in der Tenne und klopfte die Halmbündel weich. Sie wollten sie zu Seilen drehen. Ihre Schläge hallten durch das Haus. Keike hielt ihre heiße Teetasse an die vereiste Fensterscheibe. Eine Eisblume schmolz. Keike lugte durch das kleine Guckloch. Riesige Eiszapfen hingen wie Speere bis ins Fenster hinein. Sie setzte sich an den Kamin, trank einen Schluck Tee und blickte ins Feuer. Es schwelte.

Als Harck noch lebte, hatte sie die Tage bis zum Biikebrennen gezählt, denn dann fuhr er endlich wieder hinaus. Viele Frauen klagten, dass die Männer bald wieder in See stachen. Sie wurde von Tag zu Tag vergnügter. Sie benahm sich Harck gegenüber freundlicher, fragte ihn, ob er noch Sachen zu flicken hätte oder ob sie ihm vor der Abreise etwas besonderes kochen sollte. Aber es war ihm wie immer einerlei. Er nahm seine Seekiste und zog von dannen.

Marret kam mit den Halmfasern. Sie setzten sich auf die Hocker. Flink drehten die Daumen die weichen Halme. Marrets Seil wuchs am schnellsten. Sie schlang als Erste den Knoten. Sie war sehr geschickt.

Sofort nahm sie ein neues Halmbündel. Die Mädchen summten ein Frühlingslied.

Keikes Gedanken kreisten wie ihre Daumen. Jeden Frühling, wenn die Natur der Insel ein buntes Kleid nähte, wenn die Blumen hervorsprossen und ihre Knospen öffneten, wenn die Lämmer umhersprangen, wenig später die ersten Schwalben zurückkehrten und ihre Nester unter den Balken bezogen, wenn die Kinder ihr Tschilpen nachahmten und die Dünenrosen ihren samtig-frischen Duft verströmten, jeden Frühling, wenn sie auf der Bank vor ihrem Haus saß, und der Wind einen Hauch dieses betörenden Duftes an ihre Nase trug, spürte Keike ihr entbehrungsreiches Leben, spürte ihre Sehnsucht nach Liebe. Dann breitete sich in ihr ein tiefer Schmerz aus, der ihr von innen gegen die Brust drückte wie ein Felsblock. Die harte Arbeit half ihr, ihr Begehren abzuschwächen. Sie hatte so viel zu tun, dass sie abends todmüde ins Bett sank, in einen traumlosen Schlaf fiel und am frühen Morgen wieder mit dem Tagwerk begann.

Im Spätsommer, wenn das Licht weicher wurde, wenn der Herbst sich mit ersten Anzeichen ankündigte, die ersten Halme und Sträucher sich gelb verfärbten, die Heideblüten ihre Leuchtkraft verloren und ihre bräunliche Farbe annahmen, wenn immer mehr Rosenköpfe sich entblößten und zu kahlen Hagebuttenhäuptern formten, in diesen letzten Wochen vor dem einbrechenden Herbst, in denen der Wind schlief wie ein müdes Kind, um Kräfte für seine tosenden Stürme zu sammeln, war sie am traurigsten. Die unabwendbare Zukunft, wieder einen Winter mit Harck verbringen zu müssen, erschien ihr, wie durch eine Reuse zu kriechen, die sich immer mehr verengte und am Ende verschlossen war.

Das Feuer verglomm. Keike legte Reisig nach. Sie machte sich Sorgen. Wenn der Winter so weiter wütete, hätten sie bald nichts mehr zum Feuer machen, trotz der Planken, die sie im Herbst erbeutet hatte. Und ob die Vorräte reichten, wusste sie auch nicht. Und es gab keine Schiffbrüche. Das Meer war zu einer dichten Eisdecke zusammengewachsen, die Schiffe lagen im Hafen, ihre Ketten armdick in Eispanzern gefangen, ihre Rümpfe erstarrt. Zudem hatte der Frost die Austernbänke in den Watten ruiniert. Die Muscheln waren unter der Eisdecke erstickt. Es blieben ihr nur die Aale. Aale stechen war Männersache. Aber bei den Witwen gab es keinen Unterschied zwischen Männerarbeit und Frauenarbeit. Morgen wollte sie mit den jüngeren Frauen ins Eis gehen. Die Watten hielten jetzt. Beim Aalstechen nahmen sie niemals die alten Frauen und die Kinder mit. Man bekam leicht eine Lungenentzündung. Und sie mussten sich gegenseitig anseilen. Das Eis war trügerisch, besonders über den tiefen Wattenläufen. Wenn eine Frau durchbrach, konnten die anderen sie herausziehen. Erst, wenn sie gesichert waren, schwangen sie ihre Beile und schlugen Löcher ins Eis hinein, stachen mit den Stechern kräftig in den Schlick. Keike konnte in den Händen spüren, wenn sie auf einen Aal gestoßen war. Manchmal spießte sie sechs Aale auf einmal auf. Aber meistens schlug sie an die fünfzehn Löcher und hatte nur sehr wenig gefangen.

Keike setzte sich an den Tisch, entzündete eine Kerze. Sie blickte in den Kerzenschein. Musste sie ihr Leben lang so weiterleben? Sie war so entsetzlich müde. Von der Kerze hing eine lange Schnuppe herab. Sie nahm die Lichtschere, kürzte den Docht. Plötzlich knarrte die Tür. Ein schöner, fremder Mann trat ein. Vor Schreck fiel ihr der glimmende Docht herunter.

Er brannte ein großes Loch in das Leinentuch. Eine große Flamme loderte empor. Das Feuer breitete sich im ganzen Haus aus. Sie wollte die Kinder warnen, den Schwiegervater packen und aus dem Haus fliehen, aber sie konnte weder schreien noch laufen. Der fremde Mann kam auf sie zu und löschte den Brand, indem er seine Hand auf das Leinentuch legte. Dann küsste er sie auf den Mund. Ein Flammenkuss. Er verschwand wieder. Das Feuer im Haus war gelöscht. Die Glut war in ihr Herz gekrochen.

ZWEITE WELLE

1

Um zwei Uhr morgens stieg Andreas Hartmann auf den Wagen, um die letzte Wegstrecke zum Fährhafen hinter sich zu bringen. Er war missgelaunt. Seit er Hamburg verlassen hatte, fror er. Tagelang hatte es geregnet. Die Wege waren in einem fürchterlichen Zustand, der Kutscher ein Torfkopp. Andreas Hartmann rieb sich die Beine. Die Knochen schmerzten von der Feuchtigkeit. Zudem stieg ihm langsam die Angst in den Nacken.

Der Wagen holperte über die Landstraßen. Die ganze Gegend schimmerte in bläulichem Mondlicht. Die Wolken, die am Himmel vorüberjagten, glichen Gespenstern. Andreas Hartmann schauderte. Sie fuhren durch unendliche Heidefelder. Der blasse Mond, die schwarze, eintönige Landschaft deprimierten und ängstigten ihn. Es sind meine Nerven, dachte er.

Im Morgengrauen passierten sie ein schäbiges Dorf. Sie hielten vor einem Gasthof, um sich zu stärken und die Pferde zu füttern. In der Gaststube blakte ein Talglicht in einem eisernen Leuchter. Halb geleerte Krüge und Gläser standen auf dem Tisch.

»He da, ist da jemand?«

Eine schläfrige Magd schlurfte auf sie zu.

»Zwei Eierbier, bitte.«

Das Mädchen antwortete nicht. Sie schlappte zum Herd und machte Feuer. Sie bewegte sich wie eine Schnecke.

Andreas Hartmann schob einen Bierkrug beiseite, klebte mit dem Ärmel am Tisch fest.

Sie schwiegen. Was hätte er auch mit dem Kutscher reden sollen? Das Eierbier ließ auf sich warten. Er fürchtete, darauf verzichten zu müssen. Er durfte die Fähre auf keinen Fall verpassen.

Endlich kam die Trina mit dem Eierbier. Wenigstens schmeckte es gut. Er trank mit Genuss. Der Kutscher schlürfte so laut, wie er es noch nie gehört hatte. Andreas Hartmann warf ihm einen mahnenden Blick zu, was zu keinem Erfolg führte. Als der Dröhnbüdel seinen Bierkrug absetzte, hingen ihm Reste des Getränks im Bart. Zu guter Letzt rülpste er.

Mit einem heftigen Ruck fuhr die Kutsche an. Weiter ging es Richtung Höstebüll. Sie passierten einige Dörfer. Die Leute, die Andreas Hartmann auf der Straße sah, hatten verschlossene Gesichter. Sie lugten mürrisch unter ihren Mützen hervor.

Sie quälten sich weiter über aufgeweichte Wege. Bislang waren sie über die Geest gefahren, jetzt hatte die Marsch begonnen. Die Pferde versanken in dem schlammigen Lehm. Der Wagen schwankte wie ein Boot auf stürmischer See. Andreas Hartmann bedauerte, dass er den Auftrag angenommen hatte. Er hatte noch nie einen Leuchtturm auf einer Insel gebaut. Dieser Auftrag nötigte ihm ab, seine Füße auf Schiffsplanken zu setzen. Seit seinem dreizehnten Lebensjahr hatte er nie wieder ein Schiff betreten, nicht einmal ein Ruderboot. Mit Sorge lauschte er den Windgeräuschen. Ein Pfeifen. Der Wind hatte zugenommen. Die Böen stießen kräftiger. Auch das noch. Sein Magen fühlte sich an wie eine Bleikugel.

Am Mittag erreichten sie den Fährhafen. Andreas Hartmann rannte zum Häuschen. Sein Magen krampfte. Er hielt sich den Bauch, stöhnte, riss die Hosen herunter. Der Gestank, der aufdampfte, verursachte ihm Übelkeit. Soll doch ein anderer den Inselleuchtturm bauen, schoss es ihm in den Kopf. Sein Darm schoss in die entgegengesetzte Richtung. Ich gehe nicht auf das Schiff. Ich kann nicht. Ich gehe nicht. Du hast zugesagt, du hast den Vertrag unterschrieben. Es gibt kein zurück. Reiß dich zusammen. Er hätte gern tief eingeatmet, aber der beißende Gestank hinderte ihn daran. Endlich gab sein Darm Ruhe. Der Magen krampfte weiterhin, aber er konnte, er musste jetzt den Abort verlassen.

Mit weichen Knien ging er auf das Schiff zu. Die Wellen waren schaumbedeckt, eine graue wilde See lag vor ihm. Er fühlte sich wie eines der vor Angst blökenden Schafe, die in den Laderaum gepfercht wurden. Wenn er jetzt nicht all seinen Mut aufbrachte, müsste man auch ihn packen, um ihn auf das Boot zu hieven.

Endlich saß er auf dem Boot. Zusammengekrümmt hockte er auf der Bank und bemühte sich, nicht über seinen Zustand nachzudenken. Das Boot legte ab. Kaum hatten sie sich vom Ufer entfernt, blies der Wind noch stärker. Das Schiff setzte hart und krachend auf. Die Wogen peitschten über die Reling. Das Fährschiff füllte sich mit Wasser. Andreas Hartmann wurde übel. Der Mageninhalt stieg ihm die Speiseröhre hinauf, klumpte sich hinter seinem Rachen zusammen, explodierte. Er spie Gift und Galle. Dann fiel er vor Erschöpfung in einen tiefen Schlaf und erwachte erst wieder, als das Schiff die Insel erreicht hatte.

Er stand an Deck, warf einen ersten Blick auf die Insel. Dünen und Heide, Heide und Dünen. Trostlos und kahl. Dazu ein paar verwitterte Häuser, ein verregnetes, windschiefes Dorf. Alles umhüllt von grauem Niesel, den der Wind trieb. Andreas Hartmann fühlte sich zu matt, um bestürzt zu sein. Er dachte nur daran, von Bord zu kommen.

Ein Matrose nahm ihn huckepack und trug ihn ans

Ufer. Bevor er trockenen Boden unten den Füßen hatte, ging sein Träger in die Knie. Andreas Hartmann schrie auf. Seine Stiefel und Hosen waren durchnässt. Der Seemann lachte, watete durch das Wasser, setzte ihn hart auf der Insel ab. Andreas Hartmann zitterten die Knie. Einige Männer lungerten an der Mole herum. In ihren graublauen Jacken und Hosen wirkten sie bedrohlich. Unter den Wollmützen und Bärten äugten griesgrämige Mienen heraus. Einige Männer hatten weiße Tonpfeifen in den Mundwinkeln. Sie schienen an leeren Pfeifen zu saugen, denn es stieg kein Rauch auf. Die Kerle hatten ihre Arme vor der Brust zu einem Bollwerk verschränkt. Ein Haufen Wilder, dachte Andreas Hartmann.

Ein grimmiger Mann mit hartem, kantigen Gesicht und einem Körperbau, der einer Seemannskiste glich, kam ihm behäbigen Schrittes entgegen. »Nissen, ich bin der Strandvogt, ich soll Sie zur Unterkunft bringen.«

Mehr kam nicht über seine Lippen.

Ein Pferdefuhrwerk stand bereit. Andreas Hartmann holte seine Taschen. Niemand half ihm beim Aufladen. Er stieg auf. Der Wagen setzte sich mit einem heftigen Ruck in Bewegung. Andreas Hartmann fror erbärmlich. Er hatte eiskalte Beine.

Die Insellandschaft sah überall gleich aus, sofern man etwas erkennen konnte. Einige Häuser waren verfallen. Löcher klafften in den Reetdächern, vermoderte und eingestürzte Dachbalken kamen zum Vorschein. Hinter dem Dorf kam das Nichts. Andreas Hartmann schloss die Augen. Rickens Worte fielen ihm ein. Verbannung, hörte er ihn sagen. Es wird den Männern wie eine Verbannung vorkommen.

Das Geklapper der Pferdehufe ertönte, umsponnen von Windgeräuschen. Der Niesel wehte ihm in Schwaden ins Gesicht. Es ging noch eine Weile geradeaus, dann bogen sie nach rechts in einen kleinen Stichweg ab, der in die Dünen führte. Der Strandvogt hielt an. Nissen schwieg. Er blieb auf dem Bock sitzen. Andreas Hartmann hatte verstanden. Er stieg ab, sah ein paar Hütten, die am Rand der Düne standen.

»Wo ist meine Unterkunft?«

Nissen zeigte mit dem Finger auf die kleinste Baracke direkt am Fuße der Düne.

Andreas Hartmann lud sein Gepäck ab. Kaum hatte er die letzte Tasche ergriffen, schnalzte Nissen. Der Wagen machte einen Satz nach vorn. Nissen drehte um und ruckelte von dannen.

Er öffnete die Tür seiner Baracke. Die verrosteten Scharniere knarrten. Der Gestank von Schafsmist schlug ihm entgegen. Er stellte sein Gepäck ab. Jemand hatte den Ofen angeheizt. Immerhin. Aber er rauchte und rußte und Wärme schien er nicht zu spenden. Nicht einmal einen anständigen Ofen hatte er in dieser Bude. Andreas Hartmann hauchte warmen Atem in seine Hände, rieb sie fest aneinander. Er setzte sich auf einen wackligen Hocker, zog seine nassen Stiefel und Strümpfe aus. Wohin war er geraten? Er erhob sich wieder, streifte die durchnässte Hose ab, kramte eine trockene Hose und Strümpfe aus seiner Tasche, zog sie über. Er hob die Bettdecke an, legte sich auf das Feldbett. Es hing durch. Er wickelte sich fest ein. Erstarrt blieb er in der Mulde liegen. Er war so erschöpft, dass er in einen festen, traumlosen Schlaf fiel.

Er war gerade zu sich gekommen, als es klopfte. Er richtete sich auf. »Ja, bitte?«

Die Tür öffnete sich. Ein alter Mann trat ein. Er war sicher schon an die siebzig Jahre alt. Tiefe Falten durchzogen sein Gesicht. Jede Falte schien für ein Abenteuer zu stehen. Er nahm die Mütze ab. Das Kopfhaar, das sich um die Glatze kränzte, war schlohweiß, ebenso der buschige Bart, der Mund und Kinn wie ein Vogelnest umgab. Er war so dicht gewachsen, dass er nur die Unterlippe des Mundes sehen ließ.

»Moin, ich bin Kapitän Lorenzen, willkommen auf der Insel.«

Andreas Hartmann erhob sich. »Guten Tag, Herr Ricken hat mir schon von Ihnen erzählt. Wollen Sie sich nicht setzen?«

»Nein danke, nicht jetzt. Ich möchte Sie zum Essen einladen. Ihre Leute kommen ja erst morgen. Also, ich wohne im Süderdorf, rechts vom Hökerladen, direkt am Hauptweg. Es ist das Haus mit dem Ruderblatt neben dem Eingang. Kommen Sie so um sechs. Sie brauchen etwa zwanzig Minuten. Das Haus ist nicht zu verfehlen.«

»Danke. Ich komme gern.«

Lorenzen musterte ihn. Seine Augenbrauen waren in der Mitte zusammengewachsen. Darunter lagen starre, lichtgraue Augen.

»Also, bis dann.« Der Kapitän drehte sich um und verließ die Baracke.

Andreas Hartmann ging den Weg durch die Dünen, der zum Hauptweg führte. Feuchte Dünste schwebten durch die Luft. Er zog seine Mütze über die Stirn. In der Dämmerung erschien ihm die Insel noch unwirtlicher. Die Dünenberge und die grauen Heidesträucher wirkten wie ein endloser, dunkler Schleier. Diese Insel war in der Tat alles andere als einladend. Plötzlich kreischte etwas neben ihm. Er fuhr zusammen. Ein Fasan kam aus dem Gebüsch gelaufen, kreuzte seinen Weg. Dummes Vieh, mich so zu erschrecken.

Er bog in den Hauptweg ein. Er freute sich auf den

Abend, war froh, einen Gesprächspartner zu haben. Außerdem hatte er einen Bärenhunger.

Auf dem Weg war keine Menschenseele zu sehen. Jedoch bemerkte er, wie sich Vorhänge und Schatten an den Fenstern einiger Häuser bewegten. Er fand den Hökerladen, stand schließlich vor dem Kapitänshaus, das einen sehr gepflegten Eindruck machte. Das Dach war neu gedeckt, Fenster und Eingangstür frisch gestrichen. Das Grundstück war mit einer Mauer aus Feldsteinen umfriedet, auf denen kurz geschnittene Rosenbüsche wuchsen. Andreas Hartmann ging auf die Tür zu. Rechterhand stand das Ruderblatt, in das Lorenzen seinen Namen geschnitzt hatte.

»Da sind Sie ja. Kommen Sie rein.« Der Kapitän führte ihn in die Stube. »Warten Sie einen Moment, ich hole kurz das Wasser für den Grog.« Lorenzen lachte.

Die Augen, dachte Andreas Hartmann, wirkten abwesend, beinahe stumpf, trotz des Lachens.

Die Stubenwände waren mit blau bemalten holländischen Kacheln bestückt. Sie stellten die Geschichte vom *Sündenfall* dar. Über der Tür hing eine lange Barte eines Wals mit Schnitzereien, die eine Walfischjagd darstellten. Alle Möbel waren aus erlesenem Zedernholz gefertigt. Lorenzen kam zurück.

»Sie haben schöne Möbel.«

»Ich habe das Holz aus Ostindien mitgebracht und sie dann hier fertigen lassen.«

Andreas Hartmann ließ seinen Blick über die vielen Souvenirs schweifen. »Die vielen Andenken! Das ist ja wie auf einem Basar.«

»Tja, ich hatte es mir angewöhnt, von überall was mitzubringen. Die Holzfigur da drüben ist ein Fruchtbarkeitsgott aus Kairo, und der Buddha auf der Fensterbank kommt aus Hongkong. Über jeden Gegenstand, den Sie hier sehen, kann ich eine kleine Geschichte erzählen.«

Lorenzen goss heißes Wasser über den Rum. Das Rumaroma verbreitete sich im ganzen Zimmer. Er setzte sich. »Prost, Herr Hartmann.«

»Prost.«

Der Kapitän nippte am Grog. »Der Walfischzahn neben dem Buddha stammt von meiner ersten Reise. Ich war Schiffsjunge und fuhr auf dem Walfänger meines Vaters mit. Es war der größte Wal, den er jemals gefangen hatte. Eine Schaluppe kenterte. Drei Mann kamen ums Leben.« Er zeigte auf die Wand. »Den Federschmuck hat mir ein Häuptling geschenkt, nachdem wir die Friedenspfeife geraucht hatten. Danach beschossen die Eingeborenen uns mit Pfeilen.«

»Und der Schuh daneben?«

Lorenzen zuckte zusammen. Seine Augen verfinsterten sich. Er griff nach seinem Glas. Beinah hätte er es umgestoßen.

»Sagen Sie mir lieber, wie sind Sie dazu gekommen, Leuchttürme zu bauen?«

»Mein Vater war Wasserbau-Ingenieur.«

»Ihr Vater ist bereits im Ruhestand?«

»Er lebt nicht mehr.«

»Das tut mir leid.«

»Meine Eltern ertranken bei einem Schiffbruch, auf dem Rückweg von England.«

Lorenzens Blick trübte sich. »Das Meer – das Meer ist sogar stärker als Gott.« Sein Kinn schob sich von einer Seite zur anderen. Die Gesprächspause zog sich in die Länge. Er stützte sich mit den Händen auf der Tischplatte ab, um aufzustehen. Die Stuhlbeine schabten auf dem Boden. Er wankte leicht.

»Nun lassen Sie uns Krabbensuppe essen. Es sind

die ersten Krabben in diesem Jahr. Ich habe sie selbst gefangen und nach dem Rezept meiner Frau gekocht. Mit einem ordentlichen Sud aus Fischköpfen und einem Schuss Rum.« Ein wieherndes Lachen folgte. Das ganze Gesicht glich einer Maske.

Lorenzen deckte Teller und Löffel. Seine Bewegungen waren unruhig. Er stellte den Topf auf den Tisch, füllte die Teller. Von der Kelle kleckerte Suppe auf den Tisch. »Gut, dass ich keine Tischtücher benutze.«

Wieder das merkwürdige Lachen, das hart klang. Er wischte die Suppenspritzer von der Platte.

»Und nun guten Appetit, mit Gottes Segen.«

Sie aßen die Krabbensuppe. Ein feiner Fischgeruch zog durch das Zimmer.

Andreas Hartmann hätte gern ein paar Fragen zur Insel gestellt. Lorenzen kam ihm zuvor. »Wie gehen Sie beim Bau vor?«

»Zuerst lasse ich die Transportstrecke vom Hafen zur Düne bauen. Sie ist bereits von Herrn Ricken vermessen. Es geht nicht anders, als den Bohlenweg quer über die Wiesen zu ziehen. Das ganze Baumaterial und alle Steine werden mit Pferdekarren transportiert. Die letzte Wegstrecke die Düne hinauf müssen die Arbeiter alle Steine per Hand hinaufschaffen. Das wird Zeit kosten und eine kräftige Plackerei werden. Ende März, spätestens Anfang April muss das Fundament stehen.«

»Na, dann passen Sie man auf, dass Sie bei der ganzen Buddelei die Inselgeister nicht aufschrecken. Sie mögen es nicht, wenn man sie stört. Ich habe Herrn Ricken gesagt, dass die Düne nicht geeignet ist.«

Andreas Hartmann lachte.

»Lachen Sie nicht, mit den Geistern ist nicht zu spaßen.«

»Das meinen Sie doch nicht ernst. Das ist doch dummer Aberglaube.«

»Sagen Sie das nicht.« Lorenzen wirkte entspannter.

»Meine Großmutter erzählte mir von vielen unheimlichen Wesen, die auf der Insel wohnen.« Er führte einen Löffel Suppe zum Mund, schluckte.

»Als Junge saß ich in ihrer Kate und hörte Stunde um Stunde zu. Einmal erschien ihr ein wunderschöner grüner Vogel. Er flatterte vor ihr her. Sie wollte ihn greifen, aber er ließ sich nicht greifen. Er lockte sie mit seinem Geflatter in die Dünen hinein. Dann zauberte der Vogel einen Nebel hervor, in dem er verschwand. Meine Großmutter wusste nicht mehr, wo sie war. Der Vogel hatte sie irregeführt. Sie fand nicht mehr nach Hause. Fast wäre sie erfroren. *Hüte dich vor ihnen, Jacob*, flüsterte sie mir zu. *Die Zauberwesen verwandeln sich nicht nur in Vögel, auch in Katzen und Seehunde. Du wirst von ihnen geplagt und gequält, ohne dass du es merkst. Sie legen dir Zauberkränze aus bunten Federn ins Kopfkissen. Dann kannst du kein Auge mehr zu tun, bekommst Kopfweh, wirst ganz matt und schwindest dahin wie der Tau in der Sonne. Guck jeden Abend in dein Kopfkissen, Junge, wenn du einen Federkranz darin siehst, nimm ihn sofort heraus.*«

»Das sind Ammenmärchen. Sie glauben doch nicht wirklich daran.«

»Als Junge habe ich immer in mein Kopfkissen gesehen. Zumindest, wenn ich nicht einschlafen konnte.«

Lorenzen füllte Suppe nach.

»Es geschehen noch heute merkwürdige Dinge auf der Insel. Der Erk Olufsen ist vor Kurzem spurlos verschwunden. Wir haben ihn überall gesucht. Die Insel hat ihn verschluckt.«

Andreas Hartmann winkte ab. »Er wird verunglückt sein.«

»Mag sein. Nirgends verlieren sich Spuren so schnell wie im Sand. Ein kräftiger Wind genügt und ein Körper wird im Nu von Sand überdeckt.« Lorenzen löffelte etwas Suppe. »Der neue Inspektor war gekommen. Aber er hatte nur Angst. Sein Vorgänger war bei den Ermittlungen in den Dünensee gefallen. Der Neue fragte kaum etwas. Er ging gleich in die Schankstube. So macht er es jetzt immer, wenn er kommt. Meistens schreibt er in seinen Bericht: *ins Wasser gegangen wegen Insel-Melancholia.* Oder: *Beim Fischen ertrunken und nicht wieder gekommen.* Oder: *in einer Diebeshöhle in den Dünen verschüttet.*

Er trinkt seinen Grog und wartet auf die Flut, die ihn wieder ans Festland bringt, denn er will auf keinen Fall länger als nötig auf der Insel bleiben.«

Lorenzen lachte. »Der Neue hat verstanden, dass die Insel ihre eigenen Gesetze hat. Aber nun mal im Ernst, der Erk kannte jeden Winkel der Insel. Und sein Boot lag im Hafen vor Anker. Wodurch sollte er verunglückt sein? Na ja, vielleicht ist er doch in den Dünen umgekommen. Broder Lüders erzählte mir, er hätte Erk als Gonger über der Möwendüne schweben sehen.«

»Das ist doch ausgemachter Unsinn!«

»Nein, nein, es lässt sich nicht alles mit dem Verstand erklären. Man muss hier leben. Dann sieht man viele Dinge anders.« Der Kapitän kniff die Augen zusammen. Er zeigte mit der Löffelspitze auf Andreas Hartmann. Meine Großmutter hatte das *Zweite Gesicht.* Da gibt es nichts. Bei meiner ersten Reise hatte sie prophezeit, dass das Schiff verunglücken würde. Und so passierte es. Also, wir sind nach Grönland unterwegs, liegen bei Cuxhaven, als der Wind immer stärker aufbrist und die Wolkentürme sich schwarz über uns zusammenbrauen. Viele Schiffe machen kehrt und laufen in den Hafen ein, wir aber kreuzen seewärts. Wir müssen alle zwei Stunden halsen. Nach zehn Tagen haben wir Grönland erreicht. Wir müssen immer mehr pumpen, weil wir ein Leck am Steven haben. Die Zimmerleute können es nicht ausbessern. Dann kommt Dünung auf. Uns bricht die Ruderpinne, sodass wir das Ruder wegnehmen müssen. Unser Schiff bekommt schwere Stöße. Es kriegt immer mehr Lecks. Wir pumpen und pumpen, und es kommt noch schlimmer.«

Sein Kinn schob sich nach vorn. Er riss die stahlgrauen Augen auf. »Also, wir segeln in das Eis hinein. Es wird immer dichter und schwerer, und wir glauben zerquetscht zu werden. Dann gelingt es uns, die Schaluppen zu setzen und wir können uns mit ein wenig Proviant auf eine Eisscholle retten. Das war im April, wir befanden uns auf achtundsechzig Grad neunundzwanzig Minuten Nord-Breite. Wir sitzen nun auf der Scholle und sehen zu, wie das Schiff vom Eis zermalmt wird. Uns bleibt nichts anderes mehr übrig, als uns mit den Schaluppen über das Eis …«

Die Zeit verging. Lorenzen verlor sich im Meer der Einzelheiten. Andreas Hartmann ermüdete.

»… kommen wir auf Island an. Dort bekamen wir in einem Haus warmes Essen … durften im Stall schlafen. Reykjavik … Kopenhagener Sloop. Ende Mai … glücklich wieder zu Hause. Meine Großmutter sagte nur: ›Ihr dummen Jungs.‹ Und gab mir eine Ohrfeige. Sie konnte übrigens auch mit ihren Pantoffeln Sturm machen.

Tja, das war das. Oh, da fällt mir noch was ein. Auf einer Reise in die Südsee, ich war bereits Kapitän, war ein rechtschaffener Schiffszimmermann zu mir gekommen und erzählte mir, dass er den Klabautermann auf dem Schiff gesehen hätte. ›Ich habe ein Stück Brennholz nach ihm geworfen‹, sagte er. Am nächsten Tag hatte sich der Zimmermann das Bein gebrochen ...«

Andreas Hartmann erhob sich. »Ich muss jetzt gehen, die Arbeit ruft. Ich muss alles für morgen vorbereiten. Danke für die Suppe.«

Lorenzen rührte mit dem Löffel in der Suppe. »Sie müssen schon gehen?«

2

Zwei Frachtschiffe waren eingetroffen. Sie brachten Holz und Werkzeuge für den Bohlenweg, Wagen, Pferde sowie dreißig Arbeiter, den Koch und viele Kisten voller Küchengerätschaften und Nahrungsmittel. Sofort ließ Andreas Hartmann die Männer die Schiffe entladen, solange die Tide dies noch zuließ. Erst danach erlaubte er ihnen, ihr Quartier in den Baracken zu beziehen. Das sorgte für Unmut, aber er war fest entschlossen, den Arbeitern von Anfang an zu zeigen, dass sie nicht zum Faulenzen auf die Insel gekommen waren. Er hatte die Erfahrung gemacht, dass man sie nicht zu freundlich behandeln durfte. Außerdem musste er jeden Tag ausnutzen, an dem das Wetter günstig war. Überdies hatte Ricken recht: er fand auf der Insel keine Arbeiter. Wer den Verdienst nicht unbedingt brauchte, weigerte sich. Nur wenige Tagelöhner packten mit an. Die meisten Männer fuhren ohnehin zur See. Die Handvoll Bauern arbeitete auf dem Feld. Die paar Handwerker waren nicht der Rede wert. Und die Alten standen herum und gafften.

Er hatte Glück. Der Arbeitstrupp vom Festland war brauchbar und das Wetter blieb trocken. Bis Sonntag wollte er die Bohlen verlegt haben. In der nächsten Woche dann der Aushub der Baugrube. Sie musste ausgeschachtet sein, bevor die Granitblöcke für das Fundament eintrafen.

Sonntag. Keine Werkzeuggeräusche. Nur vereinzelt das hämische Kreischen einiger Lachmöwen am Himmel. Andreas Hartmann trug seinen guten Anzug. Er sammelte einen Flusen vom Jackenärmel, klopfte auf der linken Schulterpartie ein paar Schuppen ab. Dann schlüpfte er in seine polierten Stiefel, zog seine wollene Jacke über, klemmte seine Pfeife in den rechten Mundwinkel und stolzierte Richtung Kirche. Er war guter Dinge. Der Bohlenweg lag. Und Pastor Jensen hatte ihn zusammen mit Kapitän Lorenzen zum Essen eingeladen. Bei dem Gedanken an einen deftigen Sonntagsbraten lief ihm das Wasser im Mund zusammen.

Andreas Hartmann genoss den Spaziergang. Die Arbeiter waren schon vorausgegangen. Da die meisten Männer auf See waren, gab es auf den Kirchenbänken genügend Platz für alle.

Die Inselkirche hatte zwei Eingänge. Andreas Hartmann betrat sie durch die Südtür, die nur die Männer benutzen durften. Er schnupperte. In Kirchen roch es immer nach einer besonderen Art abgestandener Luft, einer Mischung aus Feuchtigkeit, Kalkfarbe und Holz, aus Lehm und menschlichen Ausdünstungen. Er hatte diesen Geruch nie leiden können. Er vereinigte das Aroma von Trauer, Tod und Seelennot, ein modriger, schwerer Duft, der ihn stets bedrückte. Warum konnte er niemals das Glück riechen? Schließlich fanden auch Hochzeiten und Taufen in der Kirche statt. Bei seiner Hochzeit, dachte er, hatte er auch kein Glück gerochen.

Er stieg die Treppe zur Empore hinauf, betrachtete die großen Kronleuchter an der Decke. Die Kerzen brannten nicht. Die großen Fenster an der Nord- und Südseite spendeten genügend Licht. Er nahm seinen Platz ein, faltete die Hände, betete, setzte sich. Er spähte zu den Frauen hinunter. Die jüngeren Inselfrauen waren sehr schön. Sie hatten rosige, frische Gesichter mit munteren, lebhaften Augen. Ihr Körperbau war kräftig. Es gefiel ihm, dass sie muskulös waren. Almut war körperlich sehr zart und zerbrechlich. Ihre Stärke lag in ihrer Standhaftigkeit und in ihrem unbeugsamen Willen. Andreas Hartmann seufzte. Ein weiteres Mal lugte er zu den Inselschönheiten.

Die älteren Frauen hatten ihre Gesichtsfarbe ganz und gar verloren. Ihre Haut war wettergegerbt, von Falten und Runzeln durchzogen. Trübe und stumpf starrten sie vor sich hin. Wie alte Schildkröten. Sein Blick fiel auf die Witwenbänke. Dort sah er keine Gesichter, nur schwarzes Tuch. Die Köpfe der Witwen waren gesenkt. Ihre Hauben formten ein schwarzes Viereck.

Der Küster sprach das Eingangsgebet. Dann begann die Gemeinde zu singen.

Wenn wir in Wassersnöten sein,
so rufen wir zu dir allein,
o treuer Gott und bitten dich:
Hilf uns doch jetzo gnädiglich.

Drum steur und wehr, o Vater, ab,
dass nicht das Meer werd unser Grab;
verhüte, dass durch deinen Grimm
wir nicht im Wasser kommen um.

Sieh Herr, nicht unsre Sünden an
und was der Mensch versehen kann,
durch Jesum lass uns gnädig nach
die Sünd und alles Ungemach.

Jensens sägend-nasale Stimme dröhnte durch den Kirchenraum.

»Gott, der Herr, ist uns gnädig. Er rettet uns vor des Wassers und des Unglücks schrecklicher Gewalt. Gott ist uns ein Leuchtturm. Sein Licht ist noch dann zu sehen, wenn andere Lichter nicht mehr zu erkennen sind. Es leuchtet uns in stürmischen Zeiten, wenn unser Lebensschiff in den Wellen schwankt und droht, unterzugehen. Gott zeigt uns die richtige Richtung, er bringt uns wieder auf den richtigen Kurs. Sein Licht rettet unser Lebensschiff aus der Not und führt uns in den sicheren Hafen. Unser Inselleuchtturm ist ein Wahrzeichen Gottes.«

Andreas Hartmann war dem Pastor dankbar. Er trat für seinen Leuchtturm ein. Sein Herz konnte sich dennoch nicht für ihn erwärmen. Die Stimme dieses Mannes, seine ganze Erscheinung, löste in ihm ein Frösteln aus. Jensen war vielleicht fünfzig Jahre alt. Er war ein kleiner, dicklicher Mann. Sein kahler Kopf glich einer Birne. Zwischen den Augenbrauen zog sich eine tiefe Ärgerfalte bis zum Nasenbein hin. Blaue stechende Augen stierten vorwurfsvoll in den Kirchenraum. Seine dünnen, spitz nach vorn gezogenen Lippen erinnerten an einen Vogelschnabel.

»Es ist Gottes Wille, dass der Leuchtturm gebaut wird. Unser Vater im Himmel schickt uns das Licht des Lebens und der Erkenntnis! Er lässt sein Licht leuchten, wacht die Nacht hindurch, er tröstet, erfreut, ermutigt, weist den Weg und rettet aus Gefahr und Not. Wie wohl tut es auf dem Meer das göttliche Leuchtfeuer zu erblicken, aber welch Zittern und Zagen kommt über den Seemann, wenn er im Sturm in die Finsternis der Küste verschlagen wird. Wir wollen unserem Herrn danken für seine Güte und Barmherzigkeit. Lasst uns beten.

Dank dir oh Vater meines Lebens,
Dass Du mich froh zurückgebracht,
Ich flehte nicht zu Dir vergebens:
Du hast mich väterlich bewacht.
Durch deine Gnade bin ich hier,
Dein Schutz und Schirm war über mir.

Aus dem hinteren Kirchenschiff ertönte eine Frauenstimme. »Wir bitten dich, oh Herr, zwar nicht, dass Schiffe stranden und umkommen im Heulen des Sturms und im Rasen der See – aber wenn es schon deinem Ratschluss gefällt, sie stranden zu lassen, dann, oh Herr, führe sie hier an den Strand – zum Wohle der armen Bewohner dieser Insel. Amen.«

»Amen«, erschallte es aus allen Richtungen.

»Amen. Amen«, antwortete das Echo.

Jensens rechter Mundwinkel zuckte. Er warf die Bibel auf den Altar, stampfte mit den Füßen auf und schrie: »Der Herr kennt die Seinen und weiß sie zu beschirmen in jeglicher Gefahr; aber die Spötter und Verächter, die Gottlosen, zerschmettert er. Der Herr wird dich strafen, Weib, vermaledeites. Der Herr wird dich strafen!«

»Der Herr wird dich strafen. Weib vermaledeites.«

Keike spürte, wie der Zorn in ihr brodelte. Es fühlte sich an wie ein nahendes Unwetter, das die Luft verdüsterte, bevor Donner und Blitz sich entluden. Sie hatte große Lust, den Pastor in seinen eigenen Kuhmist zu stoßen, ihn mit der Mistgabel zu kitzeln und ihn mit der stinkenden Masse zu bedecken. Er sollte ihr gestohlen bleiben mit seinem Leuchtturmgeschwätz.

Der Pastor brauchte kein Strandgut. Er lebte von ihrem Land und Geld. Er besaß den zehnten Teil allen fruchtbaren Landes auf der Insel. Dazu viele Kühe und Wiesen. Das meiste Land hatte er verpachtet. Selbst den Friedhof hatte er verheuert. Er kassierte einige Hundert Mark dafür. Und die Pächter durften ihre Heuer nicht einmal abverdienen. Dem Pastor gehörten auch an die fünfzig Demat Heideland. Er hatte genug zum Brennen. Sein Schornstein rauchte immer. Und er scheute sich nicht, den Frauen Land wegzunehmen, »im Namen Gottes«, zur Bekämpfung ihrer Sünden. Bleib mir vom Leib mit deinem Leuchtturmgott, du scheinheiliger Gottesdiener. Es kann nicht Gottes Wille sein, dass wir hungern, weil du uns bestiehlst.

Keike dachte an Marrets Geburt. Sie war Wöchnerin gewesen. Sie hatte vor Marrets Taufe das Haus verlassen, um sich Windeln von Medje zu holen. Jette Bendixen petzte es dem Pastor. Zur Strafe musste Keike ein Stück Land abgeben. Alle Mütter, die die Sünde begangen, vor der Taufe des Neugeborenen das Haus zu verlassen, mussten ein Stück Land an die Kirche verschenken. Der Pastor nannte es verschenken, aber er zwang sie dazu. Ist das gerecht, Gott der Leuchttürme?

Bevor sie dem Pastor die Wiese übergab, hatte sie dreimal draufgespuckt. Und als er sie betrat, verdorrte das Gras unter seinen Füßen. Selbst Tau und Regen machten die Wiese nicht wieder grün. Und auch im Frühling und im Sommer blieb sie braun. Bis heute wuchs nichts mehr auf diesem Land.

Keike ging nicht nach Hause. Sie lief zum Strand. Sie scherte sich nicht um ihre gute Sonntagstracht. Sie raffte ihre schwarzen Röcke, rannte so nah wie möglich am Meeressaum entlang. Wasser und Sand spritzten auf. Ihr Rock bedeckte sich mit hellen Flecken. Es war ihr egal. Sie rannte. Ihre Haube fiel herab. Die Zöpfe lösten sich. Sie wirbelten und klatschten um ihren Kopf. Manche Schläge schmerzten. Sie atmete die kalte Salzluft ein, die ihre Lungen durchströmte wie eine gewaltige Welle, die an den Strand rollte. Sie lief. Ihr Atem zerschnitt ihr die Brust wie eine Sichel. Aus dem Nichts erschien vor ihr ein Rudel wilder Hunde. Sie blieb keuchend stehen. Die Hunde umkreisten eine schwarze Gestalt. Sie kläfften. Einige heulten wie hungrige Wölfe. Es war der Pastor, der in ihrer Mitte stand. Die Hunde bedrängten ihn immer stärker, sie keiften immer lauter, bedrohlicher. Ihr Bellen trug weit über das Meer. Es war sicher noch auf dem Festland zu hören. Jäh versiegte das Gebell. Keike hörte nur noch Knurren. Dann Schnappen. Die gefletschten Zähne bissen zu. Mitten in das Gottesschwarz hinein. Tuchfetzen flatterten im Wind. Wunden klafften. Blutige Hundemäuler.

Sie hatte das Schmatzen der Hunde in den Ohren. Sie rannte zurück. Stolperte. Stürzte. Konnte sich nicht abstützen. Ihr Gesicht schlug auf dem Meeresboden auf. Muscheln ritzten ihr die Wange ein. Ihre Tränen vermischten sich mit dem Blut, das aus ihrer Wange tropfte. Sie blieb einfach liegen. Trotz der Kälte. Sie stellte sich vor, nicht mehr aufzustehen, einzuschlafen und sich vom Meer forttragen zu lassen. Spürte eine Eisflut in sich, fühlte sich wie eine Eisscholle, unter die sich die Flut schob. Die Eismasse wurde von der Welle emporgehoben, stürzte über Strand und Dünen, barst über ihrem Haus in zwei Teile und begrub ihre Kinder unter sich. Keike bäumte sich auf, riss sich hoch. Sie hob ihre Haube auf, stopfte die Zöpfe unter das schwarze Tuch und lief so schnell sie konnte nach

Hause. Die Hunde waren nicht mehr zu sehen, auch der Pastor nicht.

～❦～

Andreas Hartmann saß mit Kapitän Lorenzen und dem Pastor auf dem Wagen. Pastor Jensen hatte sich immer noch nicht beruhigt. Sein Gesicht war gerötet.

»Das ist unzumutbar, unzumutbar!«

Lorenzen verdrehte die Augen. »Mensch, Lukas, glaubst du, dass du die Menschen im Zorn erziehen kannst? Es gehört sich wirklich nicht, mit der Bibel zu knallen und mit den Füßen zu stampfen. Das ist nicht das erste Mal, dass dir das passiert.«

Jensen erhob den Zeigefinger. »Das wird böse enden, böse enden wird das mit den Frauen. Die Witwen sind am schlimmsten. Niemand zügelt sie. Die Männer fehlen. Man muss sie härter bestrafen.«

Er hörte nicht auf zu zetern. »Und ich, ich schinde mich ab und niemand dankt es mir. Man lässt mich kilometerweit weg von der Kirche wohnen. Ein Drittel meiner Einkünfte muss ich für Pferd und Wagen und den Knecht ausgeben …«

»Du kannst es dir leisten«, brummte Lorenzen.

»So gut wie du, Jacob, habe ich es gewiss nicht.«

Der Wagen hielt vor dem Pastorat.

»Sehen Sie sich dieses marode Haus an, Herr Hartmann. Nicht nur, dass der Schwamm in den Wänden sitzt, nein, man lässt mich in einem Pfarrhaus wohnen, das auf Pfosten von gestrandeten Schiffen steht. Bei starken Stürmen biegen sie sich in alle Himmelsrichtungen. Es schert niemanden, wie gefährlich es ist, hier zu wohnen.«

»Nu übertreib mal nicht.« Der Kapitän klopfte auf einen Balken. »Steht doch alles stramm, Lukas.«

»Sieh doch hin. Alles ist faulig, das Holz, die Balken, auch das Dach lässt zu wünschen übrig.«

»Ein neues Pastorat geht auf Kosten der Gemeinde. Wir haben das Geld dafür nicht. Alle werden sicher helfen, dein Haus zu reparieren, mehr ist nicht drin.«

»Die Gemeinde ist mir ein neues Haus schuldig. Das Pastorat ist eine Bruchbude. Reparaturen richten gar nichts aus. Hier kann und will ich nicht länger mit meiner Familie wohnen.«

Lorenzen errötete. »Bei Dienstantritt warst du mit dem Haus zufrieden und hast uns zugesagt, nichts weiter zu fordern.«

»Der Herr selbst gab mir ein Zeichen. Ich habe auch meiner Familie gegenüber eine Verantwortung. Eva mag in dem schwammigen Haus nicht mehr wohnen. Sie fürchtet um die Gesundheit der Kinder.«

Jensen hustete hart und trocken. »Entschuldigen Sie, Herr Hartmann, dass ich mich so aufrege. Meine Frau wartet sicher schon mit dem Essen.«

Frau Jensen hatte in der guten Stube gedeckt. Jensens hatten vier Kinder, zwei Mädchen und zwei Jungen. Die Mädchen waren Zwillinge, er schätzte sie auf zwölf Jahre. Sie saßen steif auf ihren Stühlen und gaben keinen Laut von sich. Andreas Hartmann dachte an seine Kinder. Er vermisste Jule und Hannes sehr. Gleichzeitig spürte er in der Stube des Pastors die gleiche Enge, der er zu Hause immer wieder entfloh. Der Geruch im Zimmer verstärkte seine Beklommenheit. Es roch ungelüftet, muffig, nach abgestandenem Schweiß und Blähungen, oder als würde hinter irgendeinem Balken eine tote Maus verwesen.

Frau Jensen, eine kleine, rundliche Frau trug das

Essen auf. Weißkohl mit Hammelfleisch. Der älteste Sohn sprach das Tischgebet. Er leierte es herunter wie eine Litanei. »Wir danken dir, guter Gott, für die Speise, die hier für uns bereitsteht. Wie gut bist du, oh Vater im Himmel, dass du uns alles gibst, was wir bedürfen. Wie viel mehr gibst du uns als den armen Menschen, welche bitteren Hunger leiden. Lehre uns dafür dankbar zu sein, und etwas zu teilen von dem, was wir zu viel haben. Daran hast du gewiss Freude, oh Vater des Mitleidens, dass wir unseren Mitmenschen Gutes tun, gleich, wie du uns wohl tust und vergibst um deines Sohnes Christi willen. Oh gib uns, was gut ist, wenn wir nicht darum bitten, und halte ab von uns, weiser Gott, was böse ist, auch wenn wir in unserer Blindheit danach schreien und jammern. Amen.«

Frau Jensen teilte das Essen aus. Sie selbst nahm sich zuletzt und am wenigsten. Während des Essens schwiegen alle. Die Messer und Gabeln schabten und klapperten auf den Tellern. Im Hintergrund tickte die Standuhr. Die verbrauchte Luft im Zimmer war jetzt zusätzlich von Kohlgeruch erfüllt. Andreas Hartmann kaute langsam. Sein Nacken versteifte. Lieber hätte er in seiner Baracke gesessen und die anstehenden Arbeiten für die nächste Woche durchdacht. Einer der Töchter fiel die Gabel aus der Hand. Sie schlug auf dem Teller auf. Sie erhielt einen strafenden Blick, der bedeutete, dass sie die Stube zu verlassen hatte.

Endlich wurden die Teller und Schüsseln abgeräumt. Frau Jensen zog sich mit den Kindern zurück.

»Wie steht es, Herr Hartmann?«, fragte Kapitän Lorenzen. Auch er schien sichtlich erleichtert über das Ende der Mahlzeit.

»Die Bohlen sind gelegt. Ich bin zufrieden. Nächste

Woche heben wir die Baugrube aus. Dann kommen die Steine.«

»Es wird höchste Zeit mit dem Leuchtturm. Wegen der vielen Brandungen und der verschieden starken Stromläufe vor der Insel.«

»Ja, das ist auch in den Genehmigungsunterlagen vermerkt.«

»Tausende von Handelsschiffen sind vor der Insel gestrandet. Neulich waren es zehn Schiffe in einem Monat. Und in den nächsten fünfzig Jahren werden die schwersten Stürme aus Nordwest erwartet.«

Pastor Jensen hob die Augenbrauen. Er spitzte seine schmalen Lippen. »Mein Ältester, der Matthias, er lebt jetzt in Hamburg, war der Erste, der der Regierung den Vorschlag machte, einen Leuchtturm auf der Insel zu bauen. Aber er erhielt nicht einmal eine Antwort.«

»Man scheut die Kosten. Viele gefährliche Küsten sind noch unbefeuert. Niemand will daran etwas ändern. Die Regierung nicht und die Küstenbewohner und Strandvögte am allerwenigsten. Hier auf Taldsum ist es doch nicht anders. Seit ich auf der Insel bin, sehe ich mit eigenen Augen, wie es alle an den Strand auf Beutezug treibt.«

Lorenzen nahm seine Pfeife aus dem Mund. »Die Menschen auf Taldsum sind arm. Die großen Zeiten des Walfangs sind vorbei.«

»Warum wird die Insel nicht zum Seebad? Viele Inseln verbessern ihre Einkünfte durch Kurgäste. Die Frauen könnten in ihren Häusern Gäste aufnehmen und etwas verdienen.«

Jensen schnaubte. »Ein Seebad? Hier auf der Insel? Das ist der Untergang aller Sittsamkeit, die wir uns bewahrt haben. Die neuen Moden und der Luxus verderben unsere Frauen. Es kommen lauter verrückte

Städter auf die Insel, die meinen, Nacktbaden könne sie heilen. Gott behüte uns davor! Die vielen Leuchtturmarbeiter auf der Insel machen mir schon genug Sorgen. Ich kann nur hoffen, dass Sie die Männer unter Kontrolle haben und sie unseren jungen Mädchen und Frauen nicht nachsteigen.« Jensens Lippen spitzten sich. »Überhaupt, die Insel braucht kein Seebad. Die Taldsumer sind nicht so arm, wie man denkt. Sie sind eher dumm und selbstsüchtig. Zum Beispiel die Sanddünen. Sie wandern und bedrohen unsere Häuser und den Hafen. Sie richten mehr Schaden an, als eine Feuersbrunst. Sie würden allerdings nicht wandern, wenn man sie nicht wandern ließe. Aber jeder lässt sie fliegen, wohin sie wollen. Anstatt mehr Sandhafer zu pflanzen, lässt man die Dünen wandern, genauso wie mein Haus vermodert, bis es mich unter sich begräbt. Eines Tages wird man meine Familie unter den Trümmern des Pastorats finden. Schauen Sie, dort, Herr Hartmann, der Mittelbalken, morsch, und der Fußboden, feucht, alles feucht ...«

Lorenzen wurde laut. »Nun hör doch auf. Ich will dir mal was sagen: Dass du dich für den Leuchtturm einsetzt, liegt nur daran, dass du keine Inselschäfchen verlieren willst. Wenn die Männer ertrinken, hast du weniger Einkommen. Das willst du verhindern. Darum geht es dir. Und außerdem wohnst du nicht schlechter als ich.«

Jensens Gesicht lief rot an. Seine Schultern hoben sich. »Mir das zu sagen! Nachdem ich euch allen Jahr für Jahr beistehe und Trost und Segen spende. Und dein feines Kapitänshaus, Jacob Lorenzen, ist so warm und trocken wie der Sand im Hochsommer.« Jensens Augen formten sich zu Schlitzen. »Vielleicht ist die Wärme von der Feuersbrunst auf deinem Schiff ja in dein Haus geweht und hat alles so mollig werden lassen. Wenn das so ist, dann schick mir ein bisschen Feuerhitze, damit sie auch meine Balken trocknet.«

Lorenzens Stuhl polterte zu Boden. »Du Satan in schwarzer Kutte.«

Der Kapitän schlug die Tür hinter sich zu.

Andreas Hartmann war verstört. Er erhob sich. »Ich werde mich auch lieber auf den Weg machen.«

Jensens Glatze glühte. »Das will ich Ihnen sagen, Jacob Lorenzen hat über vierhundert Menschen auf dem Gewissen. Er hat sie alle auf dem Gewissen. Und es wird nun endgültig das letzte Mal sein, dass er mein Haus betreten hat.«

Andreas Hartmann schwankte die Inselstraße entlang. Er fühlte sich elend. Ihm war schwindelig. Ein abgrundtiefes Gefühl der Verlassenheit erfasste ihn. Die Insulaner, die trostlose Landschaft flossen in ihn hinein wie ein vergifteter Trank, der ihn betäubte. Und tief unter der Betäubung schwelte Angst. Nackte Angst. Die Angst war sein Zwilling. Sie war an ihm festgewachsen, nirgends ließ sie ihn frei. Arbeiten, arbeiten, das war das einzige Mittel. Er schritt voran. Der Nebel überzog ihn mit einem fein zerstäubten Niesel. Er machte seine Stimmung noch dunkler, seine Angst noch lastender. Aus den Dünen heraus ertönte ein Laut, der wie das Jaulen eines verendenden Tieres klang. Sein Herz verkrampfte sich.

Zeugenvernehmung in der Strafsache Hartmann, Andreas.

Aufgenommen im November, den 27. des Jahres 1868.

Die Zeugen wurden von dem Gegenstand der Vernehmung verständigt, zur Wahrheitsangabe ermahnt und vernommen wie folgt:
Karl Johannsen, Lehrer, protestantisch, Justus-Internatsanstalt zu Berlin:

»Andreas Hartmann war ein in sich zurückgezogener Junge, aber er hatte einen beweglichen Geist. Er war ein fleißiger Schüler. Er war begabt, strebsam und anständig. Besonders die Wissenschaft interessierte ihn. Er hat oft in der Internatsbibliothek gesessen und gelesen. Die Technik interessierte ihn besonders. Der Anstaltsarzt bezeichnete ihn als gesund. Körperlich war Hartmann auch kräftig. Er war aber sehr unruhig. Morgens stand er immer als erster auf. Er hatte ständig etwas Gehetztes an sich. Auch beim Lesen. Er schien die Texte förmlich zu verschlingen. Ich ermahnte ihn manches Mal, ordentlich mit den Büchern umzugehen und nicht so wild umzublättern. Er hatte die Neigung, sich zu verlieren. Er las und vergaß die Zeit. Und wenn man ihn ansprach, schreckte er auf, als wäre er von etwas bedroht.

Nachts schrie er häufig. Er träumte schlecht. Er war nicht zu beruhigen und wir wussten nicht, was wir mit ihm anstellen sollten. Erst im Karzer kam er zur Ruhe.

Aber ein Verbrechen, wie er es begangen hat, hätte ich ihm nie zugetraut. Immerhin habe ich mich nicht darin getäuscht, dass er begangene Vergehen und Verbrechen offen und ehrlich eingesteht. Hartmann ist, nun, ich muss wohl sagen, war eine aufrichtige Natur.

Es steht für mich außer Zweifel, dass sich sein einst so scharfer Verstand durch irgendwelche leidigen Umstände umnachtete, sodass er zu dieser Tat fähig wurde.«

Julius Krause, Pastor der Familie Hartmann in Hamburg:

»*Andreas Hartmann war geachtet und bei den meisten beliebt. Sein Haushalt machte den Eindruck guter Ordnung. Ich war mit der Familie eng befreundet. Wir wurden immer gastlich und freundlich aufgenommen. Es ging sehr harmonisch bei den Hartmanns zu. Es war eine glückliche Ehe, möchte ich sagen. Von sittlichen Verfehlungen ist mir nie etwas bekannt geworden. Ich hätte es sicher erfahren, wenn in der Gemeinde so etwas über Hartmann gesprochen worden wäre. Ich schließe das vollkommen aus. Das Familienleben war ruhig und friedlich. Und zu seinen Kindern war er freundlich und nachsichtig.*

Nach dem Inselaufenthalt war er verändert, das muss ich zugeben. Er war noch weniger gesprächig als sonst, oft in sich gekehrt. Aber ich denke, das war seine Natur. Er hatte immer schon Tendenz dazu. Er arbeitete ja auch oft die Nächte durch. Wenn ich mit seiner Frau beim Tee saß, hörte man ihn stundenlang in seinem Arbeitszimmer auf und ab gehen. Ich habe ihm, als er von Taldsum zurückkam, geraten, sich einmal ordentlich auszuruhen.

Ich kann nichts anderes sagen, als dass er ein guter Mensch war, etwas ungeduldig, in beständiger Aufgeregtheit seines Gemüts, aber nie beleidigend oder gar gewalttätig. Mir ist das alles ein Rätsel. Wenn man mich gefragt hätte, wer in der Gemeinde der aufrichtigste Mensch ist, hätte ich frischweg geantwortet: der Andreas Hartmann. Aber er muss wohl so sehr an seelischen Kämpfen gelitten haben, die nicht nach außen drangen, die uns verborgen geblieben sind. Er hat mir niemals etwas anvertraut, was seine Tat erklä-

ren könnte. Ich kann es immer noch nicht fassen. Ich weiß noch, wir waren zu Gast, als sein Sohn Hannes sich einmal ein Loch in den Kopf stieß und stark blutete. Seine Frau wollte ihm das Loch zeigen, da hatte er zu ihr gesagt: ›Du weißt doch, dass ich kein Blut sehen kann‹.«

3

DER REGEN PRASSELTE an das Fenster der kleinen Baubaracke. Andreas Hartmann fühlte sich wie ein Gefangener. Die Arbeiten standen still. Die Baugrube war noch nicht fertig ausgehoben. Und die Steine kamen auch nicht. Warum nicht? Er wischte die beschlagene Scheibe trocken. Die Insel hüllte sich in Grau. Grau der Himmel, grau die Dünen, grau die Heide, grau das Meer. Seit Tagen regnete es Tampen aus den Wolken. Regen oder Nebel, Nebel oder Regen. Er hatte diese meerumspülte Einöde jetzt schon satt, dieses graue Nichts, in das er ständig stierte. Die Insellandschaft war auch ohne den Grauschleier trostlos genug. Um sich von seinen düsteren Gedanken abzulenken, breitete er die Baupläne auf dem Tisch aus, glättete das Papier, indem er mit der rechten Hand über die Zeichnungen strich. Sein Blick folgte der Treppe und den Etagenböden. Stockwerk für Stockwerk erklomm er seinen Turm. Vom Eingang über den Betriebsmittelraum, zum Wohnraum bis hinauf zur Laterne. Wann würde sie endlich leuchten? Wo blieben die Fundamentsteine? Er hatte sie rechtzeitig geordert. Es war zum Verzweifeln. Andreas Hartmann starrte aus dem Fenster.

Die Arbeiter drückten sich in ihrer Baracke herum. Sie spielten Karten, tranken zu viel Bier, hänselten und stritten sich. Diese verfluchte Insel. Alles verschwor sich gegen ihn. Wer weiß, vielleicht hatten die Insulaner auch etwas mit der ausbleibenden Lieferung zu schaffen. Aber sie sollten sich wundern. Keine Macht der Welt würde ihn, Andreas Hartmann, davon abbringen, sein Werk zu vollenden. Er war auf der Insel und würde erst wieder abfahren, wenn der Leuchtturm stand und aufs Meer leuchtete.

Das Talglicht flackerte. Andreas Hartmann kürzte den Docht. Er sehnte sich plötzlich nach Almut und den Kindern. Er faltete die Baupläne zusammen, holte einen Briefbogen hervor.

Meine liebe Almut,
Es ist ein lausiges Wetter. Die Arbeiten stehen still. Ich nutze die Gelegenheit, Dir meine ersten Eindrücke zu schildern.
Der Leuchtturmbau scheint unter einem schlechten Stern zu stehen. Schon die Anreise war alles andere als vergnüglich. Besonders die letzte Wegstrecke war abscheulich. Die Überfahrt war für mich, wie Du Dir denken kannst, ein Ritt durch die Hölle. Ich will nicht näher darauf eingehen. Ich bin froh, sie überstanden zu haben. Nun sitze ich in meiner Baubaracke und schreibe Dir, umgeben von trostloser Einöde. Es fehlt jede Spur von Zivilisation auf der Insel. Das Eiland besteht zum größten Teil aus Heidekraut und Dünen. Nur schmale Marschränder stehen für Ackerbau und Viehzucht zur Verfügung. Fast alle Menschen leben hier vom Fischfang und der Seefahrt. Die Inselbewohner sind von einer Ungeschliffenheit, dass ich daran verzweifle. Ich bin in ein Nest von Strandräubern geraten. Ricken hat recht. Bis auf den Pastor und ein paar Kapitänsfamilien will niemand auf der Insel einen Leuchtturm. Alle bereichern sich an den Schiffbrüchen und fürchten um ihr Einkommen. Pastor Jensen erzählte mir, dass es hier noch vor nicht allzu langer Zeit Strandräuber gab, die die Überlebenden, die sich mit letzter Kraft an den Strand robbten, ertränkten oder am Strand erschlugen. Und dass sie die Schiffe vorsätzlich irreleiteten. Sie banden eine Lampe

an den Schwanz eines Pferdes und gingen den Strand entlang, um eine Schiffslaterne vorzutäuschen.

Dies sind meine ersten Eindrücke von der Insel, meine Liebe. Ich weiß Dir nichts Anmutigeres zu berichten. Fast alle Insulaner verdammen mich und die Handwerker. Alle empfinden den Leuchtturm als Bedrohung. Sie wollen die Schiffsunglücke, um Bergegeld zu kassieren und Strandgut zu stehlen. Auch die Frauen. Obwohl ihre Männer und Söhne auf See umkommen. Einige Frauen haben ihre ganze männliche Familie verloren, weil die Väter mit ihren Söhnen auf demselben Schiff fuhren.

Es gibt viel mehr Frauen als Männer auf der Insel. Es kommen zweihundertsiebzig Männer auf dreihundertdreißig Frauen, sagt der Pastor. Überall sehe ich Witwen herumlaufen.

Ich habe es nicht leicht. Schon bei meiner Ankunft ahnte ich, was mich erwartet. Der Matrose, der mich an Land trug, war schwankend durchs Wasser gewatet. Dann ging er in die Knie, sodass sich meine Stiefel mit Wasser füllten. Ich schimpfte, aber das störte ihn nicht. Er lachte nur und tauchte mich bis zu den Oberschenkeln ein. Zwei Wochen zuvor war die Nordsee noch mit Eisschollen bedeckt. Aber sorge Dich nicht. Ich habe mich gleich umgezogen und mich nicht erkältet.

Trotz aller Widrigkeiten bin ich voller Tatendrang. Ich lasse mich nicht einschüchtern. Ich werde mit meinem Leuchtturm Licht in das Dunkel der Inselwelt bringen, gegen die Primitivität und für den Fortschritt kämpfen. Möge mein Leuchtturm den Schiffen als Stern unter den Wolken leuchten und sie von den gefährlichen Sänden und Klippen dieser Region abhalten. Hier sind Schiffbrüche so häufig, dass viele Inselbewohner ihre Häuser und Felder nicht mit Steinen, sondern mit Schiffsplanken umfrieden.

Lass Dir abschließend sagen, dass ich Dich und die Kinder sehr vermisse und ich mich aufrichtig auf meine Rückkehr freue. Bis dahin wird allerdings noch einige Zeit vergehen. Ich werde auf dieser trostlosen Insel meinen Mann stehen und mit all meiner Kraft den wohl wichtigsten und höchsten Leuchtturm in meiner bisherigen Laufbahn bauen.

Gott, dein Wort ist meines Fußes Leuchte und es ist ein Licht auf meinem Wege.

Ich werde Dir bald wieder schreiben. Grüße die Kinder und gib ihnen einen Kuss von mir.

Dein Andreas

Andreas Hartmann faltete den Briefbogen, steckte ihn in ein Kuvert, fügte die Adresse hinzu. Er sah sein Haus, Almut und die Kinder vor sich, wie sie gemeinsam am Tisch zu Mittag aßen. Es war eigenartig, wenn er von einer Baustelle kam und wieder eine Zeit lang zu Hause wohnte, hatte er schon nach einigen Wochen das dringende Bedürfnis, wieder auf eine neue Baustelle zu fahren. Er liebte Almut, ganz gewiss, sie war eine tüchtige Frau, er konnte sich keine bessere vorstellen. Er liebte ihre Tatkraft. Sie war immer für ihn da, und natürlich für die Kinder, liebend und aufopfernd. Aber ihr strenges Haushaltsregiment und ihre Frömmigkeit nahmen ihm die Luft zum Atmen. Die ständigen Bibel- und Gebetsstunden, die Sauberkeit und absolute Ordnung bei steter Verkündung der christlichen Tugenden verwandelten sein Zuhause in ein Mausoleum. Er hatte das Gefühl, nur noch auf Strumpfsocken laufen zu dürfen und das Leben einstellen zu müssen. Almuts ständige Ermahnungen, ihre einfältige Frömmigkeit entnervten ihn. Sie stellte die Köchinnen nach ihrer Bibelkenntnis ein, nicht nach ihrer Kochkunst und die

Hebamme wählte sie danach aus, ob sie den Katechismus aufsagen konnte. So kam es immer wieder dazu, dass er mit Erleichterung das Haus verließ und Gott dafür dankte, einen Beruf auszuüben, der ihm ermöglichte, der häuslichen Enge zu entfliehen.

Hatte er jedoch einige Zeit auf dem Bau verbracht, sehnte er sich nach Almut, nach den Kindern und nach der geordneten Häuslichkeit. Ich habe eine kultivierte und schöne Frau, dachte er. Sollte er sich über eine treue, fromme und liebende Frau beklagen? War er wieder zu Hause, begann der Kreislauf von vorn. Die anfängliche Wiedersehensfreude verwandelte sich schnell in ein schales Gefühl der Dankbarkeit. Wenig später war er von ihren Anweisungen und Belehrungen peinlich berührt.

Danach folgte immer das zermürbende Gefühl des Eingesperrtseins, das ihn wieder aus dem Haus trieb. Dennoch, er führte eine gute Ehe. Almut war für die Häuslichkeit zuständig. Es war ihre Welt. Er respektierte ihr ordnungsliebendes, religiöses Leben. Die Ehe mit Almut bescherte ihm ein behütetes Zuhause, für dessen Erhaltung er mit seiner Arbeit sorgte. Solange er seine Baustellen hatte, seine Leuchttürme bauen konnte, war er ein glücklicher Mann.

―❦―

Das Wetter hatte sich beruhigt. Keike kletterte auf die Leiter, um das Dach auszubessern. Es hatte bei den Stürmen stark gelitten. Der Wind war durchs Reet gefegt. Einige Dachsoden waren heruntergefallen, und am obersten First hatten sich die Holzpflöcke gelöst.

Keike füllte die Lücken aus. Sie arbeitete nicht gern auf dem Dach. Früher hatte Harck es repariert. Aber sie war es nun seit Jahren gewohnt, alles allein zu machen. Sie knotete ihre Fischernetze, ging fischen und bestellte die Saat. Sie erntete, fuhr das Heu ein, schlug Heide und stach Torf für die Wohlhabenden auf der Insel, und im Herbst drosch sie wochenlang das Korn für die Bauern, um ein paar Pfennige mehr zu haben. Sie kannte nur Arbeit und Armut. Keike schwindelte. Sie hielt sich fest, fand das Gleichgewicht wieder. Sie mühte sich mit einem Bündel ab. Es wollte nicht richtig sitzen.

Immer nur Arbeit. Acht Jahre alt war sie gewesen, als die Mutter sie zum Kühehüten schickte. Sie musste die Rinder in den Dünen zusammentreiben. Sie hatte nur ein Stöckchen in der Hand und große Angst vor den Tieren. Aber das nützte nichts. Sie brauchten die Pfennige, die sie als Kuhmagd verdiente. Mutter und sie waren ja allein. Keike passte das Halmbündel ein, drückte es fest. Wieder rutschte es weg. Mutter war sehr streng. Ihre Berührungen waren hart, ihre Stimme fest. Wenn sie, Keike, vor Hunger weinte, rief Mutter ihr in barschem Ton zu, mit dem Gejammer aufzuhören und dass es nichts änderte. Dann schickte sie sie zu den Kaninchenfallen, zum Beerensammeln oder zum Betteln, wenn die Natur nichts zum Essen bot. »Man muss durchkommen, Keike.« Man muss durchkommen, man muss durchkommen, echote die Stimme der Mutter. Keike schwankte, klammerte sich an die Leiter.

»Heirate Harck«, hörte sie die Mutter rufen, »er ist ein guter Junge. Sein Vater ist Speckschneider. Eines Tages wird auch Harck Speckschneider sein. Er wird gut verdienen und im Winter zu Hause sein.«

»Aber ich liebe ihn nicht. Er gefällt mir nicht.«

»Harck wird seine Heuer nicht verhuren und dir keine Krankheiten ins Haus schleppen. Das ist mehr Liebe, als du verlangen kannst.«

»Aber ich bin ein Sturmkind.«
»Stürme legen sich, Keike.«
An ihrem Hochzeitstag band Mutter ihr das rote Kopftuch der Ehefrauen. Auch ihr Kleid und die Schleifen waren rot. Sie bebte vor Aufregung, aber sie glühte nicht. Das Feuer loderte nicht. Es war windstill in ihrem Herzen.

Der Brautwagen kam, an den Ecken mit Blumen dekoriert und hoch oben der Spinnrocken. Sie wurde auf den Wagen gehoben. Harck ritt voran. Die Brautjungfern gingen hinter dem Wagen. Sie trugen den Teekessel. Überall flatterten an den Wegen bunte Fahnen. Und die Hochzeitsgäste sangen »Wie schön leuchtet der Morgenstern, voll Gnad und Wahrheit vor dem Herrn ...«

Sie hatte nur Bruchstücke gehört, hatte neben Harck gestanden und geträumt. Die Zauberweiber kamen geflogen. Eine von ihnen sprang Harck auf die Schulter und drückte ihm die Arme zusammen. Die anderen hoben sie empor und setzten sie auf den Dünensee zu den weißen Schwänen. Als sie das Wasser berührte, verwandelte sie sich in einen Schwan. Sie flatterte fröhlich mit den Flügeln, erhob sich in die Lüfte und flog nach Süden.

»Schatz ... König ... Bräutigam ... Freudenkrone ...«

Das Lied endete. Die Menschen lachten. Warum die Braut denn so mit den Armen rudere, wollten sie wissen.

Sie betraten die Kirche. Sie stand zu Harcks Rechten, Harck zu ihrer Linken. Der Pastor segnete sie.

»Was Gott zusammengefügt, das soll der Mensch nicht trennen.«

Nun waren sie Mann und Frau.

Alle zogen zum Haus. Sie bekamen den Ehrenplatz

unter dem Spiegel. Es gab den Hochzeitspudding. Dann brachten die Brautjungfern den Schinken. Sie hatte keinen Bissen hinunterbekommen.

Das Fest währte die ganze Nacht. Die Gäste tanzten und sangen ›Raum ist in der kleinsten Hütte für ein glücklich liebend Paar‹. Sie zogen sie mit Harck auf die Tanzfläche. Sie mussten tanzen und sich küssen. Sie tanzte, küsste, drehte sich, wie ohnmächtig. Plötzlich sah sie die roten Zwerge kommen. Sie waren aus den Tiefen der Dünenberge, der Moore und Heiden aufgestiegen, um ihr Brautgaben zu überreichen. In leuchtenden Kostümen brachten sie ihr Geschenke. Ein Schälchen Beeren oder Muscheln, ein Töpfchen Milch oder Honig, einen Besen, hölzerne Löffel. Der letzte brachte ein Bettlaken. Es war weiß. Hinter dem Zwerg mit dem Bettlaken schritt der König. Er hatte eine Korallenkrone auf dem Kopf. Als er ihr in die Augen schaute, verwandelte er sich in den Mann, von dem sie träumte. Der König kam auf sie zu, reichte ihr die Hand. Seine Augen leuchteten wie Smaragde.

»Du bist meine Königin«, flüsterte er und führte sie sanft in das Himmelbett.

Küsse, Schwindel, Hände, die sie packten. Sie wurden in die Schlafstube gezogen. Die Brautjungfern zerrten an ihren Beinen. Sie zogen ihr die Strümpfe aus, schwangen sie über dem Kopf und tanzten um sie herum. Dann verließen sie das Zimmer. Sie saß auf der Bettkante, starr und kalt wie ein Eiszapfen. Harck kam auf sie zu. In der Ferne sah sie, wie ihr König zurück in die Höhlen unter die Erde kroch. Und sie musste rote Tränen weinen, die am Morgen als düstere Flecken auf dem Laken hafteten.

»Heirate Harck«, tönte es wieder

»Aber ich bin doch ein Sturmkind.«

»Du bist ein Sturmkind, Keike, geboren in einer Sturmnacht. Niemand befürchtete eine hohe Flut, weil der Mond im letzten Viertel stand. Dann aber kam das Wasser so schnell, dass wir uns nicht mehr in das höher gelegene Nachbarhaus flüchten konnten. Das Wasser stieg und stieg. Die Wellen schlugen Fenster und Türen heraus. Wir mussten auf den Heuboden fliehen. Wir hörten, wie die Wogen an die Hausmauer schlugen, wie die Kühe im Stall brüllten, bis das Wasser sie mit sich riss und ihre Todesschreie in der Gischt untergingen. Ich höre es noch heute, dieses verzweifelte Brüllen.

Das ganze Haus erbebte unter der Wucht der Wellen. Deine Großmutter und ich kletterten in den östlichen Teil des Bodens. Wir befürchteten, dass die westliche Mauer zuerst einstürzen würde. So geschah es. Der Dachstuhl brach ein. Der Hahnenbalken stürzte auf mich herab. Großmutter beeilte sich, Heu herauszupflücken, damit ich nicht erdrückt werde, doch der Dachstuhl samt Dach sank immer tiefer. Wir beteten zu Gott. Plötzlich hoben sich Dachstuhl und Dach. Wie ein Zelt. Sturm und Flut trugen es fort. Wir lagen unter freiem Himmel, um uns herum die tosenden Wasserfluten. Der Heuboden schwankte hin- und her. Wir erwarteten jeden Augenblick den Tod. Da sprach der Allmächtige zu den Wogen: ›Bis hierher und nicht weiter!‹ Und Meer und Wogen wichen zurück. Die Ebbe kam und als das Wasser weit genug gesunken war, brachten uns die Nachbarn in ihr Haus. Zwei Stunden später kamst du zur Welt, Keike.

Als das Wasser gesunken war, lief ich zur Kirche, um Gott zu danken. Ich ging mit dir auf dem Arm über den Kirchhof. Das Wasser hatte die Särge aus der Erde aufgespült. Viele waren zerbrochen. Überall lagen die Gebeine der Toten verstreut. Köpfe, Gerippe, Knochenteile. In all dem Totengebein sah ich eine Ente umherlaufen. Sie begann, in einen morschen Sarg ein Nest zu bauen. Da wusste ich, Keike, dass dein Vater nicht mehr zurückkehren würde.«

Keike stand auf der Leiter, ihren Leib gegen die Sprossen gepresst. Die Ente, dachte sie, die Ente in den Totenknochen, die mit dem Nest im Sarg, diese Ente war sie selbst.

4

Andreas Hartmann schickte die Arbeiter in die Baugrube. Die Männer kletterten die Leiter hinab.

»Beeilt euch, der Grund muss geebnet sein, bis die Steine kommen.«

Die Arbeiter stießen ihre Schaufeln in den Sand. Sie brauchten die dreifache Kraft, um die durchfeuchteten Sandmassen zu bewegen. Missmutig stachen sie zu, dumpf fielen die feuchtschweren Klumpen in die Karren. Plötzlich ließ einer der Männer seine Schippe fallen.

»Da.« Er zeigte mit dem Finger in den Sand.

Die Arbeiter liefen zusammen.

Andreas Hartmann stand am Grubenrand. »Was ist los? Warum geht es nicht weiter? Ist jemand verletzt?«

»Da liegt ein Totenschädel«, rief Martens, der Vorarbeiter. »Wenn das kein schlechtes Zeichen ist.«

Alle Männer ließen nun ihre Werkzeuge fallen.

Einer nach dem anderen kletterte die Leiter hinauf.

Martens trat vor. »Wir gehen da nicht wieder runter, solange das Ding da liegt.«

Andreas Hartmann war machtlos. »Dann hol den Strandvogt.«

Andreas Hartmann kletterte in die Baugrube. Er betrachtete den Schädel. Vorsichtig schob er mit der Schaufel den Sand beiseite. Weitere Knochen kamen zum Vorschein. Darauf noch ein Schädel.

Er spürte, wie Angst in ihm aufstieg. Nun ließ auch er die Schaufel fallen und erklomm die Leiter. Auf halber Strecke gaben seine Beine nach. Er umklammerte die Leiter, als würde er an einem Mast hängen. Einen Moment lang, er wusste nicht wie lang, verharrte er in dieser Position.

»Ist was?«, rief ein Arbeiter vom Grubenrand hinunter.

Er kam wieder zu sich. Es fiel ihm schwer, die Hände zu lockern. Mit flauen Knien und noch immer schwindlig erklomm er Sprosse für Sprosse. Am Rande der Grube setzte er sich. Sein Gesicht war schweißbedeckt, trotz der kühlen Witterung. Ohne sich zu erklären flüchtete er in seine Baracke.

Der Strandvogt hatte sich Zeit gelassen. Er kam erst am späten Nachmittag. Andreas Hartmann hatte sich wieder gefasst.

»Dort unten liegen menschliche Skelette. Bergen Sie sie bitte, damit wir weiterarbeiten können.«

»Vor morgen früh wird das nichts. Es dämmert schon.«

»Warum sind Sie so spät gekommen? Mein Vorarbeiter ist schon heute Morgen bei Ihnen gewesen.«

Nissen antwortete nicht. Er hielt das Gespräch für beendet.

»Nun, was ist?«

»Morgen, ich schicke meine Männer.«

Der Morgen graute. Zwei Strandvogtgehilfen kamen. Sie hatten Säcke und Schaufeln dabei.

»Wo liegen sie?«

Andreas Hartmann zeigte auf die Stelle.

Sie stiegen in die Grube hinab. Sie hoben drei Skelette aus. Drei vollständig erhaltene Skelette, mit Wirbeln, Rippen, Armen, Beinen. Dann noch ein vierter Schädel ohne Torso. Die Männer steckten die Knochenteile in die Säcke, trugen sie auf dem Rücken über die Leiter nach oben. Dort luden sie sie auf den Wagen. Beim Aufschlagen der Säcke auf dem Karren ertönte helles Knochengeklapper.

Andreas Hartmann erschauerte. »Passen Sie doch auf!«

Die Männer beachteten ihn nicht.

»Wann wird man sie beerdigen?«

»Es sind Strandleichen. Wir werden sie woanders einbuddeln.«

»Aber man muss sie doch beerdigen.«

Die Männer antworteten nicht. Sie warfen den letzten Sack auf den Wagen. Andreas Hartmann zuckte zusammen. Wieder dieses Geräusch aufeinanderschlagender Knochen.

»Ho«, rief der Fuhrmann. Der Wagen ruckelte von dannen.

»Großer Gott«, flüsterte Andreas Hartmann.

Die Sargträger kamen. Medje sank in die Knie. Kraftlos hing sie in Keikes Armen und weinte stumme Tränen. Sie flossen in ihr Trauertuch, wie Regentropfen, die in Rinnsalen die Fensterscheibe hinunterglitten. Frederike war das dritte Kind, das Medje zu Grabe trug. Sie starb vor drei Tagen, mit ihrem Kind im Bauch. Das Kleine lag verdreht. Die Hebamme hat es nicht herausbekommen.

Keike stützte Medje. Sie folgten dem Sarg. Der Pastor und der Küster gingen dem Leichenzug voran, murmelten Gebete, bis sie die Kirche erreichten. Als die Träger Frederikes Sarg am Altar abstellten, sangen alle:

*Mitten wir im Leben sind,
von dem Tod umfangen.*

Medje bäumte sich auf. Ein Klageschrei zerriss die Luft im Kirchenschiff. Er gellte ins *Kyrieeleison*.
Keikes Kehle schnürte sich zu. Sie konnte nicht mehr weitersingen.

*Lass uns nicht versinken,
in des bittren Todes Not.*

Medjes Klagerufe hallten durch die Kirche. Alle Frauen weinten. Sie weinten um ihre Kinder, die sie verloren hatten und noch verlieren würden. Weinten einen Ozean von Tränen, in dem sie ertranken. Und wenn sich das Tränenmeer aufbäumte, wenn der Sturm die Wellen peitschte, versanken auch die Männer in den Tiefen der Fluten. Und wenn die Frauen nicht schwarze Kindersärge in ihren Herzen stapelten, dann schichteten sie die vom Meer ausgelaugten Knochenreste ihrer Männer.
Kyrieeleison.
Medje warf sich über den Sarg. Ihr Leib schlug hart gegen das Holz. Keike zog sie zurück. Medje wehrte sich nicht. Sie hatte keine Kraft mehr.
Sie standen am Grab. Keike stützte Medje. Medje ließ eine Haarlocke von Frederike durch ihre Finger gleiten. Der Pastor nahm den Spaten zur Hand und schippte Erde auf den Sarg.
»Erde zur Erde, Asche zu Asche, Staub zum Staube.«
Medje starrte in die Grube. Keike warf ein Knäuel Zwirn, eine Nadel, etwas Leinenzeug und eine Schere auf den Sarg. Frederike sollte Ruhe finden, und nicht als Wiedergängerin zurückkehren müssen.
Die Träger warfen die Enden der Trageriemen kreuz-

weise über den Sarg. Dann schlossen die Totengräber das Grab. Die Erde fiel dumpf auf das Holz hinab. Dazwischen helle Schaufelgeräusche, ab und an schlug ein Kiesel ans Metall. Dann nur noch leises Schaben. Die Totengräber strichen die Erde glatt.

Keike blickte auf Frederikes Grabstein.

*Wie die Blume bald vergehet
So ist unser Leben, sehet.*

Er war an beiden Seiten mit einer gebrochenen Blüte geschmückt. Wenn Inselfrauen die Geburten überlebten und alt starben, waren ihre Steine mit ganzen Blumen verziert, als Symbol für ein langes Leben. Starben sie früh, blühten auf ihren Leichensteinen gebrochene Blüten.

Die Abendsonne warf ausgedehnte Schatten über den Friedhof. Keike blickte auf die schwarzen, lang gezogenen Streifen, die Stein für Stein verbanden. Sie bildeten eine Kette aus ganzen und gebrochenen Blumen. Alle Inselfrauen waren Inselschatten. Schwarze Blüten, die sich danach sehnten, als roter Mohn zu leben. Roter Mohn hatte einen schwarzen Stempel in der Mitte, aber das Rot der Blütenblätter überwog. Die Blütenblätter waren zart und empfindsam wie Seidenpapier. Wenn die Sonne sie durchflutete, platzten sie auf und man sah sie weit über die Insel leuchten.

Wie schön wäre es, eine Mohnblume zu sein. Oder ein Marienkäfer, der seine roten Flügel spreizt, sich surrend vor Vergnügen in die Lüfte erhebt, und die schwarzen Punkte auf seinem Rücken nicht mehr spürt. Schwarze Flecken, die verfliegen wie ein zarter Duft.

Die Flut war höher als gewöhnlich. Bernsteinzeit. Sie würden zwischen dem Meerestorf, den Braunkohlen und Holzstückchen schöne Brocken finden. Bernstein war honiggelb oder rot. Er schimmerte grün oder braun. Wenn man ihn entdeckte, war er meistens verkrustet. Erst geschliffen glänzte er wie die Augen ihrer Töchter.

Die Mädchen liefen voraus. Sie bewarfen sich mit Quallen, lachten und hüpften im Watt umher. Ich liebe euch, meine kleinen Seepferdchen, dachte Keike. Ich werde immer dafür sorgen, dass ihr zu essen habt und die Schule nicht versäumt. Ich werde arbeiten, so viel ich kann. Keike hörte die Mädchen lachen. Und ich werde euch beschützen. Sie ließ sie nur zu zweit über die Insel laufen, drohte ihnen mit den Mondmännchen und ihrem Geisterschiff, wenn sie nicht horchten. Das Geisterschiff war unsichtbar. Es kreuzte des Nachts vor der Insel, geräuschlos, ohne dass das Wasser gluckste oder Masten knarrten. Die unsichtbaren Männchen brachten unartige Kinder auf das Schiff. Die Kinder kamen niemals zurück. Und wenn es windstill war und der Mond rund wie ein Ball, konnte man das Kichern der Männchen und das Jammern der Kinder hören.

Wieder das helle Lachen ihrer Töchter. Keike wischte sich die Tränen aus den Augen.

»Wer den ersten Bernstein findet, kriegt morgen das größte Ei zum Frühstück.« Die Kinder wussten es längst. Bernsteintage waren Eiertage.

Sie stocherten mit Stöckchen in den schwarzen Wattenflecken.

»Ich habe einen!« Göntje gluckste vor Freude.

»Schlag den Stein an den Zahn. Aber sei vorsichtig.«

Göntje zog die Oberlippe nach oben. Ihre schneeweißen Zähne strahlten. Sie legte den Kopf zur Seite, führte den Brocken zum Mund. Mit verträumtem Blick klopfte sie das Steinchen an den Zahn. Horchte. Ein weiches *klockklock* ertönte.

»Ein Bernstein!«

Keike sah in Göntjes Augen das Meer leuchten. Ihr Herz zerfloss. »Dann steck ihn ein, mein Seepferdchen.«

Sie suchten weiter, hoben diesen und jenen Klumpen auf. Göntje zupfte an ihrem Rock.

»Mutter, erzähl vom Meermann und seiner Frau.«

»Aber ich habe dir die Geschichte schon so oft erzählt.«

»Nochmal!«

»Also gut. Vor langer Zeit geriet ein Segelschiff auf der Reise nach England bei einem fürchterlichen Sturm in große Gefahr. Plötzlich klemmte auch noch das Steuerruder. Als die Schiffsleute über Bord sahen, um nach dem Ruder zu schauen, tauchte dicht am Ruder der Kopf eines Wassermanns aus den Wellen auf. Die Seemänner erschraken, denn der Wassermann sah aus wie ein grünes Ungeheuer. Er hatte einen langen Bart aus Seetang und große, grüne Fischzähne. In der rechten Hand hielt er einen Aalstecher mit fünf Zacken und scharfen Widerhaken.

›Holt den Kapitän‹, rief der Wassermann, ›macht schnell.‹

Die Seemänner gehorchten.

›Wer bist du und was willst du?‹, fragte der Kapitän.

›Ich bin der Meermann, meine Frau bekommt ein Kind; sie braucht Hilfe. Der ganze Ozean bäumt sich auf von ihren Schreien. Sie tobt und wütet. Deine Frau muss zu uns herunterkommen und ihr bei der Geburt helfen.‹

›Meine Frau ist unter Deck. Sie kann nicht kommen‹, antwortete der Kapitän.

›Sie muss kommen!‹ rief der Wassermann. ›Sonst macht meine Frau noch höhere Wellen, und ihr geht alle unter.‹

Die Frau des Kapitäns hatte alles gehört: ›Ich komme‹, rief sie und stieg mit dem Meermann hinab in die Tiefe.

Die See beruhigte sich bald. Die Wellen bewegten sich so sanft, als würden sie eine Wiege schaukeln. Eine kleine Welle trug ein Wiegenlied an das Ohr des Kapitäns. Nun wusste er, dass das Kind geboren war. Da tauchte seine Frau wieder aus den Tiefen der See auf.

›Das Meerweib hat ein Kleines bekommen‹, rief sie.

›Und sie sagt, dass wir Frauen von nun an alle unsere Neugeborenen aus dem Meer fischen können.‹«

»Hast du mich auch aus dem Meer gefischt?«, fragte Göntje.

Und wie immer antwortete Keike: »Aber sicher.« Und sie zog an ihren Ohren. »So habe ich dich herausgezogen und dann in ein warmes Wolltuch gewickelt und mit nach Hause genommen.«

Keike ließ Göntje unter ihren Rock kriechen.

Göntje kicherte. Auch Marret schlüpfte unter den Rock. Sie waren glücklich.

Sie kehrten zum Ufer zurück. Keike blickte auf die Dünenlandschaft. Die Dünen hatten viele Gesichter. Der Wind wehte ihnen Kräuselfalten in die Haut. Wenn es Nägel regnete, waren sie mit kleinen Löchern übersät, wie ein fetter, schwerer Käse. Dann lagen die Sandkörner traurig und träge in ihrem Dünenbett und warteten auf bessere Zeiten. Schien die Sonne, kleideten sich sie sich in Samt und Seide und jedes Sandkorn glänzte wie ein kleines Juwel. Die Körner erfreuten sich ihrer Leichtigkeit, rieselten die Berge hinab, tanzten über Berg und Tal. Wenn es stürmte, rauchten die Dünen wie Schornsteine. Und bei Nebel trugen sie Leichenkleider. Und im Winter hüllten sie sich in weiße Mäntel.

Manchmal zogen die Dünen Fratzen. Sie schnitten Grimassen, rollten mit den Augen, lachten mit weit aufgerissenen Fischmäulern aus ihren Grasbärten hervor. Ihre Stimmen schmirgelten im Wind und sie knirschten mit den Zähnen.

Keike erschrak. Auf einer Dünenspitze sah sie Ocke stehen. Sie erkannte ihn an seiner schiefen Statur. Sie nahm die Mädchen an die Hand, blieb stehen. Ocke verharrte auf dem Dünenkopf. Auch Keike rührte sich nicht. In der Ferne hörte sie die Enten schnattern. Sie kamen vom Watt her geflogen. Die Entenschar kam immer näher, zog über ihre Köpfe hinweg. Die Vögel flatterten mit den Flügeln, umkreisten Ocke. Schwarze, wilde Schatten umtobten ihn, zeichneten fliehende Bilder in den Sand. Die Enten sammelten sich über dem Kojenmann. Wie eine Gewitterwolke hingen sie über ihm. Dann stürzten sie sich auf ihn, packten ihn mit ihren breiten Schnäbeln. Sie erhoben sich mit der schweren Last in die Lüfte und flogen zu den Schlickwatten. Dort warfen sie Ocke ab. Das Watt schmatzte und gurgelte, als es sich über ihm geschlossen hatte. Die Enten lachten, dass es noch auf dem Festland zu hören war. Die klügste Ente schnatterte: »Lasst uns tanzen, denn es brechen neue Zeiten für uns an!«

∼⚬∼

Endlich traf das Schiff mit den Steinen und einem Trupp Steinmetze ein. Andreas Hartmann geriet in ein Baufieber, das er nicht mehr stoppen konnte. Sogleich ließ er die Granitblöcke entladen. Die Arbeiter legten Ketten um die Steine und hängten sie an den Haken des Krans. Er beobachtete, wie die Last langsam nach oben gehievt wurde, in der Luft hin und her schwankte, bis sie schließlich mit lautem Krachen auf die Pferdewagen niedergingen. Er war sehr ungeduldig. Das Abladen dauerte zu lang. Er hatte viel weniger Zeit für den Transport eingeplant.

»Geht das nicht ein bisschen schneller? Macht voran!« Er fuhr zur Baustelle zurück und prüfte jede ankommende Fuhre. In der Zwischenzeit lief er in seine Baracke, warf einen Blick auf den Bauplan, machte einige Notizen, eilte darauf in den Werkzeugschuppen. Sein Blick fiel auf die Mörtelsäcke. Sie waren aufgeschlitzt und mit Wasser verdorben.

»Zum Teufel! Steinhart das ganze Zeug. Wenn ich den Mistkerl erwische.« Er zählte das Werkzeug durch. Vierundvierzig Kreuzhacken, elf Pickel, neun Vorschlaghammer, zwei Schraubstöcke ... Keine neuen Diebstähle. Auch die Kartons mit den Nägeln schienen unangetastet. Er hatte jetzt keine Zeit, vierhundert verschiedene Arten von Nägeln in Hunderten von Päckchen zu überprüfen.

Die neue Fuhre kam.

»Nun macht schon! Das Abladen dauert viel zu lang.«

Wie sollte er mit diesem disziplinlosen Haufen von Männern seinen Turm fertig bauen? Sie hatten zu viel herumgelungert. Der Maurerpolier war ein besonders unangenehmer, streitsüchtiger Mann. Er war schon mehrmals betrunken gewesen. Er hatte weder sich selbst noch seine Leute unter Kontrolle.

Andreas Hartmann warf seine Mütze zu Boden. Das Steineabladen würde bei diesem Tempo noch Tage in Anspruch nehmen.

Die Baustelle erwachte zu neuem Leben. Überall hämmerte und klopfte es. Er ließ die Männer nicht aus den Augen. Jeder Granitblock musste exakt eingefügt werden, die Steine ganz dicht neben- und aufeinander sitzen, damit sie sich nicht verschoben. Die Steine wurden mit Holzpflöcken und Mörtel verbunden. Die erste Fundamentlage brauchte viel Zeit. Dummerweise hatte sich einer der Arbeiter auch noch einen Fuß gequetscht. Fast hätte der Stein ihn erschlagen.

Die weiteren Schichten wuchsen schneller. Die Arbeiter murrten, als er ihnen keine Pause gönnte und gleich den Sockel, auf dem dann der eigentliche Leuchtturm errichtet werden würde, bauen ließ. Andreas Hartmann versprach ihnen nach dem Bau des Sockels eine kleine Prämie und ein Fass Bier. Voran, voran, es musste vorangehen.

Am Freitag Abend spürte er die Anstrengungen der letzten Tage. Er versuchte, zur Ruhe zu kommen, stopfte seine Pfeife. Er entzündete den Tabak, paffte. Zur Ruhe kam er nicht. Er fühlte sich verspannt. Sein Nacken schmerzte. Er konnte nicht länger in seiner Baracke herumsitzen. Ein Gang zum Strand würde ihm gut tun.

Er nahm den direkten Weg über das Heidefeld, dann stapfte er durch die Dünen. Es war stockdunkel. Der Himmel war von einer dichten Wolkenschicht überzogen, hinter der sich Mond und Sterne versteckten. Nur die Glut seiner Pfeife leuchtete in der Finsternis. Feuchter Dunst umwaberte ihn. Heute erschien ihm die Insel noch finsterer als sonst. Der Sand gab unter seinen Füßen nach. Schritt für Schritt knirschte es unter den Stiefeln, Schritt für Schritt durchdrang ihn plötzlich ein einziger Gedanke. War er wirklich ein glücklicher Mann? Konnte er sein Leben als glücklich bezeichnen?

Diese Insel, die Leere, das Nichts, das ihn umgab, ließen ihn auf den Grund seiner Seele blicken. Auf diesem Eiland konnte er sich nichts vormachen. Diese Insel führte ihm vor Augen, was ihm fehlte. Traurig zog er an seiner Pfeife. Ein schwaches Glimmen erhellte die Dunkelheit, die ihn umhüllte. Plötzlich flogen ein paar Vögel auf. Ein Flügel streifte seinen Kopf. *Klüklüt, klüklüt,* schrie es über ihm. Vor Schreck fiel ihm die Pfeife aus der Hand. Er drehte um und machte sich auf den Rückweg. Die Lust, zum Strand zu gehen, war ihm vergangen. Er wollte nur noch in sein Bett steigen, die Decke über den Kopf ziehen und schlafen.

Er geht durch Heide und Dünen. Die Glut seiner Pfeife leuchtet als einziges Licht in der Dunkelheit, denn der Himmel ist bedeckt und es sind keine Sterne zu sehen. Plötzlich wird es um ihn herum so hell, dass er geblendet ist und sich die Hand vor die Augen halten muss. Er blinzelt in das Licht und sieht, dass drei Frauen mit Feuerkränzen auf ihren Köpfen einen Reigen um ihn herumtanzen. Die Frauen sind wunderschön, aber sie singen eine abscheuliche Melodie, die in den Ohren schmerzt. Sie heulen und jaulen und sie drehen sich immer schneller. Eine der Tänzerinnen ergreift seine Hand und reißt ihn mit sich. Er kann sich nicht wehren. Er muss den Ringeltanz mittanzen. Plötzlich bleiben die Frauen stehen. Die Frau, die seine Hand ergriffen hat, hält einen funkelnden Becher in der Hand und gibt ihm zu trinken. Er setzt den Becher an und trinkt. Der Trunk perlt auf seiner Zunge. Er fühlt eine heiße Glut in sich aufsteigen. Die Frauen lachen und locken ihn in die Heidefelder. Sie fangen an, ihn zu liebkosen, küssen jeden Winkel seines Körpers, bis er lichterloh in Flammen steht und wie die Feuerkränze leuchtet, und er gibt ihnen zurück, was sie sich wünschen. Die Feuerkränze der drei Schönen erlöschen. Die Frauen erheben sich in die Lüfte und verlieren sich im Schwarz des Nachthimmels.

Andreas Hartmann erwachte am frühen Morgen. Er fühlte sich matt, aber gleichzeitig auch wohlig erquickt. Ungewohnt beschwingt und gut gelaunt begab er sich zur Waschschüssel, benetzte sein Gesicht mit Wasser, wusch sich unter den Achseln. Dabei bemerkte er ein paar eigenartige, rote Flecken auf seiner Haut. Er dachte nicht weiter darüber nach und streifte seine Kleider über. Als er seine Jacke überzog, entdeckte er ein Brandloch im Stoff. Er konnte sich nicht erklären, wie das passiert war. Es wird wohl die Pfeife gewesen sein, dachte er.

Er öffnete die Tür. Die Wolken hatten sich aufgelöst. Er atmete die gute Luft ein und lief tatendurstig zum Werkzeugschuppen hinüber.

Lorenzen kam ihm entgegen. »Hab von den Skeletten gehört, da wollte ich mal nach Ihnen schauen. Ich hab's ja gesagt, dass die Düne nicht geeignet ist. Jetzt haben Sie sie aufgescheucht.« Er marschierte an den Rand der Baugrube. »Wo haben sie denn gelegen?«

Andreas Hartmann schüttelte den Kopf. »Das ist doch vollkommen unwichtig. Lassen Sie uns lieber darüber reden, warum man die Menschen auf Taldsum nicht gebührend und mit Gottes Segen beerdigt.«

Kapitän Lorenzen antwortete nicht darauf.

»Ich will Ihnen eine Geschichte erzählen, damit Sie besser verstehen. Vor vielen hundert Jahren spülten die Wellen den Leichnam eines Seemanns an den Strand. Die Inselmänner höhlten einen großen Baumstamm aus, legten den Toten hinein und begruben ihn. Von da an tobte die See, das Wasser brach ins Land herein und wälzte unvorstellbare Sandmassen vor sich her. Es war ein loser, sehr feiner Sand, den der Sturm trocknete und weit ins Land hineinblies. Fast die ganze Insel war von nun an mit Sand bedeckt. Jeder fragte sich, wer das verschuldet hätte. Da sagte die weiseste Frau der Insel:

›Der fremde Mann, den wir begraben haben, ist ein Wassermann gewesen. Er kann nicht wieder ins Wasser zurück. Deshalb kommt das Wasser und holt ihn. Lasst uns den Sarg öffnen. Wir müssen uns beeilen und ihn dorthin bringen, wo er hergekommen ist.‹

Die Männer gruben den Toten aus und luden ihn auf einen Ochsenkarren. Mit erhobenen Schwänzen jagten die Ochsen auf das Meer zu, wo die Wellen sie samt Wagen und Wassermann verschlangen.

Seit dieser Stunde blieb die Wasser- und Sandflut aus. Nur die Dünen, die der Sturm einmal aufgetürmt hatte, blieben stehen. Und mit den Dünen kamen die Inselgeister, die lebenden wie die toten, die Zwerge, Hexen und Zauberweiber, sie alle bauten sich Höhlen und verborgene Schlupfwinkel inmitten der Inselberge.«

Lorenzen fixierte Andreas Hartmann mit seinen lichtgrauen Augen. »Sagen Sie nicht, dass ich Sie nicht gewarnt hätte. Man darf sie nicht stören. Keinen Schritt würde ich mehr in die Grube tun.« Plötzlich lachte er. »Na, noch ist Ihr Kopf ja dran. Also, ich komm mal wieder vorbei und seh nach dem Rechten. Ich muss jetzt gehen, sonst verpasse ich die Krabben.«

5

Keike, Stine und Medje standen hüfttief im Wasser, um Krabben zu fangen. Sie wateten durch die Priele, schoben den Netzrahmen vor sich her, den Stiel gegen den Leib gestemmt. Das Wasser war eiskalt. Ihre Kleider durchnässt. Sie froren erbärmlich. Medje war eigentlich schon viel zu alt für diese Arbeit. Ihre Knochen und Gelenke schmerzten. Das kalte Wasser war für alle Frauen ungesund. Früher oder später kam das Muskelreißen. Oder sie kriegten es an den Nieren. Einige starben daran. Aber noch lebten sie und sie mussten essen. Das Waten lohnte sich. Sie füllten die Krabben in die Körbe.

Seenebel zog auf. Sofort machten sie sich auf den Rückweg. Als sie das Ufer erreicht hatten, konnte man den Nebel mit Kübeln schöpfen. In dichten, weißen Schwaden lastete er auf der Insel. Sie liefen nach Hause, zogen sich trockene Kleider an. Auch Keike zog sich um. Dann schürte sie das Feuer und kochte ihren Anteil der Krabben.

Die Kinder halfen beim Pulen. Vor ihnen häuften sich die Schalen. Keike schaffte einen halben Eimer in der Stunde. Die Mädchen waren langsamer. Ein Gedanke blitzte in Keike auf. Sie schmunzelte. Einen Teil der Krabben briet sie in der Pfanne. Sie aßen sie mit Brot und Rührei. Das war ein Festessen. Die Kinder durften essen, soviel sie wollten. Ihre Wangen glühten. Keike stellte noch Krabben für Frikadellen beiseite. Der Rest wurde haltbar gemacht. Sie holte drei Tonkrüge, Salz und Schafsfett herbei, ließ Marret die Krabben schichten.

»Du musst sie sorgfältig in Salz einlegen, Marret.«

Die letzte Fettschicht übernahm sie selbst. Es durfte

keine Luft mehr an die Krabben herankommen. Sie bestrich die Krabben mit dem Schafstalg und brachte den Tonkrug in die Miete. Dann nahm sie den Sack mit den Krabbenschalen und stellte ihn in den Schuppen.

Die Woche verging schnell. Keike machte Marret und Göntje für den Gottesdienst fertig. Sie flocht ihre Zöpfe, bürstete die Kleidchen aus, schnürte die Schuhe.

»Lauft zu Stine hinüber und geht mit ihr in die Kirche. Sagt dem Pastor, dass mir nicht wohl ist.« Sie zupfte an der Sonntagstracht der Mädchen und küsste sie auf die Stirn. »Stine wird heute auch für euch kochen. Und nun lauft.«

Der Schwiegervater rief sein ›Pullt pullt, ah, das Wasser.‹ Keike gab ihm zu essen und zu trinken. Er lächelte. Sie streichelte ihm die Hand.

Sie lief in den Schuppen und holte die Kiepe mit den Krabbenschalen. Seit Tagen faulten sie bereits vor sich hin. Sie bedeckte die stinkende Masse mit einem Tuch, hob den Korb auf den Rücken, ging zu ihrem Versteck im Geistertal und zog sich die Männerkleider an. Dann schlich sie durch die Dünen zur Baustelle.

Die Baustelle war verlassen. Alle Männer saßen in der Kirche. Sie pirschte sich an die Unterkunft der Arbeiter heran, lugte durchs Fenster. Auch in der Baracke war niemand zu sehen. Sie öffnete die Tür, schlüpfte lautlos hinein und verteilte so schnell wie möglich die Krabbenschalen unter den Bettdecken der Männer. Dann schlich sie zum Haus des Ingenieurs. Sie sah sich in seinem Zimmer um. Es standen einige Bücher auf der Fensterbank. Auf dem Tisch lag ein großes Papier. Sie erkannte den Leuchtturm. Sie streute ein paar Handvoll Krabbenschalen über den Plan. Den Rest verteilte sie im Bett. Plötzlich hörte sie, wie sich hinter ihr die Tür öffnete. Sie konnte sich nirgendwo verstecken. Sie …

»Wer da?«

Der Ingenieur rannte auf sie zu, packte sie blitzschnell an den Armen. Es schmerzte. Sie versuchte sich zu befreien, zerrte und wand sich. Er ließ nicht locker. Er war sehr stark. Seine Hände umklammerten sie wie zugeschnappte Krebsscheren. Sie trat ihn mit den Füßen. Er warf sie aufs Bett. Sie lag in den Krabbenschalen. Ihre Mütze rutschte herunter. Das Haar kam zum Vorschein. Er hielt inne. Sein Griff lockerte sich. Keike nutzte die Gelegenheit, um zu flüchten. Es gelang ihr nicht. Die Scheren klappten wieder zu. Ihre Blicke trafen sich. Seine Augen funkelten vor Wut.

»Was fällt dir ein?«

Keike schwieg. Sie hielt seinem Blick stand. Doch sie spürte, wie ihre Augen aufweichten. Sie versuchte, zornig zu bleiben, aber sie wurde von Blütenblättern überrieselt. Eine heiße Welle überrollte sie. Sie spürte, wie ihr Herz aufsprang, wie ihr Gesicht glühte und sich mit tiefer Schamesröte überzog. Sie schlug die Augen nieder.

Er ließ sie los. »Mach, dass du verschwindest! Und lass dich hier nicht mehr blicken.«

Andreas Hartmann lehnte am Türrahmen. Zornig blickte er der Frau nach. Sie stolperte über den Bauplatz. Sie hatte einen Stiefel verloren. Sie humpelte in die Dünenberge, entschwand hinter der weißen Nebelwand. Er ging hinaus und hob den Stiefel auf. Es war ein Männerstiefel. Er untersuchte ihn genauer, drehte und wendete ihn. Dabei fielen getrocknete Moosflechten heraus. Ein Lächeln huschte über sein Gesicht. Mit dem Stiefel in der Hand kehrte er um. Er stellte ihn in seine

Kammer neben die seinen. Wenn man ihn gefragt hätte, warum er das tat, hätte er nicht antworten können.

Dieser Gestank. Er öffnete das Fenster, ging zum Tisch, schüttelte die Sauerei vom Bauplan herunter, sammelte die Schalen vom Bett ab und wechselte das Laken. Dann schlug er sein Bautagebuch auf und schrieb:

Krabbenanschlag auf Bauingenieur. Nur mit knapper Not überlebt.

Er konnte ein Lachen nicht unterdrücken. Noch nie hatte er mit einer Frau gekämpft. Noch nie war er von einer Frau getreten worden. Noch nie hatte er solche Augen gesehen.

Nur gut, dass er den Gottesdienst geschwänzt hatte. Er schüttelte den Gedanken ab und widmete sich ernsten Aufgaben. Endlich war ein nicht geringer Teil der Ziegel und Granitsteine vorhanden. Er notierte:

Die Granitstufen können gleichzeitig mit dem Aufmauern des Turmes und Pfeilers versetzt werden. Der Pfeiler erhält oben eine Öffnung ein Fußbreit und eineinhalb Fuß hoch, um zu dem abgelaufenen Gewicht des Drehapparates gelangen zu können. Es sollten auch in einigen Geschossen Öffnungen im Pfeiler angebracht und mit eisernen Türen versehen werden. Der Pfeiler endet auf einer Höhe von siebenundsechzig ein Viertel Fuß, um für den Aufenthalt der Wärter mehr Raum zu gewinnen. Das oberste Turmgeschoss ist für die Wärter vorgesehen. Darin wird auch die Maschine zur Bewegung des Leuchtapparates aufgestellt werden. Da die stehende eiserne Welle, die den Lampenring trägt, einer zu großen Länge ausgesetzt sein würde und zu sehr vibrieren könnte, ist es ratsam, den Entwurf dahin abzuändern, dass die Maschine in dem darüber befindlichen Raum innerhalb des Unterbaus der Laterne aufgestellt wird. Der hohle Raum des Pfeilers für das bewegende Gewicht würde dann noch durch die Wärterstube hindurchzuführen und mit einem Eisenmantel zu umgeben sein.

Eine Frau in Männerkleidung. Und so stark. Sie war ... sie war zum Küssen schön. Er musste an den Moment denken, in dem ihr die Kappe vom Kopf rutschte und ihr Haar zum Vorschein kam. Ihre Augen flackerten wild und trotzig aus der goldenen Pracht hervor. Plötzlich schimmerten sie samtig weich. Warum hatte er sie nicht einfach geküsst? Stattdessen hatte er sie wie ein dummer Junge davonlaufen lassen und ihr nachgerufen, sie solle nie wieder kommen. Ja, was denn. Recht so. Sie war ein ungezogenes Frauenzimmer. Außerdem hätte er sich niemals getraut. Überhaupt, was bildete er sich ein. Hirngespinste, nichts als Hirngespinste. Sie war schön, zugegeben, wunderschön. Er hatte ihren festen, kraftvollen Körper durch die Kleidung hindurch gespürt. Ihm war heiß geworden.

Herr Ingenieur, nun ist es genug! Konzentrieren Sie sich auf die Arbeit!

Auch bei der Decke musste er den Bauplan ändern.

Die Decke über der Wärterstube ist nicht zu wölben, sondern aus gusseisernen Balken mit Deckplatten und einem Ziegelpflaster oder aber einem Überzug von Portland-Zement zu konstruieren. Eine kuppelartige Überwölbung verliert wegen der darin anzubringenden Treppenöffnung zu sehr das statische Gleichgewicht.

Andreas Hartmann hielt inne. Er sah zum Stiefel, ermahnte sich zur Konzentration. Hatte er an alles gedacht? Die Gesimse. Er wollte sie vom ursprünglichen Plan abweichend mit Granit abdecken. Auch die Wasserschläge sollten mit Granit gebaut werden. Er musste den Arbeitern auf die Finger sehen, damit sie die Fugen sorgfältig verkitteten. Es durfte kein Wasser in das Mauerwerk eindringen. Das Feuchtigkeitsproblem stellte sich auch beim Unterbau der Laterne.

Die Trommel der Laterne wird mit Klinkerziegeln eineinhalb Stein aufgeführt werden können, aber die Ziegel müssen in Zement vermauert und auswendig einen Putz aus Portland-Zement erhalten, um das Eindringen der Feuchtigkeit zu verhindern.
Der Umgang um den Leuchtapparat im Innern wird wie geplant durch eine eiserne Konsole gebaut, die in das Mauerwerk des Unterbaus eingreift ...
Fehlt es nicht an Baumaterialien, werde ich den Turm und das Wärterhaus im Zeitplan vollenden können. Die Arbeiter sind bereits informiert, auch sonntags zu arbeiten, um die durch das Warten verlorene Zeit aufzuholen.

Wenn alles gut ging, könnte er wieder zu Hause sein, bevor die Herbststürme einsetzten. Etwas bedrückte ihn bei diesem Gedanken. Fuhr er wirklich gern heim? Überkam ihn nicht schon nach wenigen Stunden dieses Gefühl der Enge, der Unsicherheit, das er auf den Baustellen nie empfand? Zu Hause bemühte er sich stets, alles richtig zu machen, aber er wusste nie, was richtig war. Überall spürte er Almuts Augen.
Er sah Almut durch das Haus wandeln, ruhig, mit ihrem beseelten Lächeln auf den Lippen. Manchmal beneidete er sie. Ihr schien nichts zu fehlen. Sie hatte ihren Glauben, ihre Regeln, nach denen sie ihr Leben einrichtete.

Andreas Hartmann sah den Stiefel vor sich. Er spürte den Fußstoß an seinem Schienbein. Warum konnte er nicht ein einziges Mal mit Almut streiten? Sie wurde nie laut. Sie sagte ihm in aller Güte, was sie von ihm wünschte und warum. Das erstickte seinen Drang, aufzubegehren. Sein Widerwille kehrte sich nach innen und drückte ihm auf den Magen. Warum schrie sie ihn niemals an? Warum schrie er nicht? Andreas Hartmann schnupperte. Der faulige Krabbengeruch lag noch in der Luft, obwohl er gelüftet hatte.

Einmal war es ihm gelungen, laut zu werden. »Ich rauche, wo ich will, und dies ist mein Zimmer«, hatte er geschrien.

Almuts Lippen bebten. Tränen standen ihr in den Augen. »Ich werde ein Gebet für dich sprechen, Andreas.« Sie drehte sich um und verließ den Raum.

Diese Beherrschtheit, diese drückende Ruhe, diese betulichen Zärtlichkeiten; am liebsten hätte er sie einmal gepackt, kräftig durchgerüttelt und aufs Bett geworfen. Andreas Hartmann fuhr sich mit den Händen über das Gesicht. Er schämte sich dieses Gedankens. Was geschah mit ihm? Diese Insel stellte alles auf den Kopf. Was wollte er denn? Er führte eine harmonische Ehe. Alles war doch, wie es sein musste. Seine Frau war fürsorglich, seine Kinder gerieten prächtig. Sie wohnten im Haus der Eltern, am Dammtorwall, mit großem Garten und Obstbäumen. Das Haus hatte einen großen Raum, in dem er an seinen Entwürfen arbeiten konnte und noch eine Einliegerwohnung, in der später eins seiner Kinder wohnen könnte. Er führte ein vollkommenes Leben.

Andreas Hartmann starrte auf sein Baubuch. Manchmal hatte er den Eindruck, dass alles an Almut nach Kirche roch. Ja, so war es, sie stank nach Kirchenmuff.

Und er ebenso. Aus jedem Knopfloch dünstete es heraus. Alle Feiertage gingen sie in die Kirche. Sie ließen keinen Sonntag aus. Dazu kamen alle anderen Gelegenheiten. Geburtstage, Todestage, Beerdigungen, Hochzeiten, Taufen ... Hatte er es nötig, in die Kirche zu gehen und einen Gott anzubeten, der seine Eltern in die Fluten stürzte, obwohl die Mutter für eine verdammte alte Bibel gestorben wäre? »Gott verzeih mir«, flüsterte er, »ich weiß nicht, was mit mir los ist.«

Andreas Hartmann versuchte, sich wieder auf seine Arbeit zu konzentrieren. Er blätterte in seinen Aufzeichnungen. Das Bau- und Ingenieurwesen sagt mir zu, dachte er, Mathematik ist mir immer schon leichtgefallen. Auch Naturphilosophie, Zeichnen und Mechanik haben mich sehr interessiert. Jetzt baue ich Leuchttürme. Die Arbeit ist vielseitig. Das gefällt mir. Jede Baustelle ist ein neues Abenteuer. Er blätterte. Die Buchstaben verschwammen vor seinen Augen.

Er konnte Almut nur entkommen, wenn er auf die Baustelle fuhr. Sie kontrollierte ihn. Sie sammelte jede einzelne Schuppe von seiner Jacke. Sie war Tag und Nacht dabei, über ihn zu wachen. War er denn ein Kind, das ständig beaufsichtigt werden musste? Was war nur mit ihm? Er war undankbar. Almut sorgte für sein Wohl und er beschwerte sich darüber.

Wenn er mit einer Grippe zu Bette lag, überkam sie eine fast freudige Betriebsamkeit. Er konnte es nicht ertragen, dieses ›Mein Lieber, ich bringe dir ein Süppchen, und dann mache ich dir Wadenwickel. Und Dr. Klarsen hat mir eine Medizin dagelassen, die werde ich dir morgens und abends geben.‹

Er schüttelte den Kopf. Er fühlte sich schlecht, so zu denken. Almut war ein guter Mensch. Ein Engel geradezu. Sie sorgte sich um ihn, um die Kinder, um ihre Eltern, um die Armen in der Stadt, um … Sie war eine in Flanell gehüllte Betschwester, die nach Mottenkugeln und Kirchenstaub stank und dicke Wollsocken über ihren Knöcheln trug. Und er war jahrelang in ihrem Wollstrumpf eingewickelt, der naphthalingetränkt im Schrank eingesperrt lag.

Mit einem lauten Paff klappte er sein Baubuch zu. Das Leben war eine Pflicht, die man zu erfüllen hatte. Er musste sich damit abfinden, dass es so war, wie es eben war. Hatte es wie jeder andere anständige Mann zu ertragen. Es ging doch nur darum, den Alltag gemeinsam zu bewältigen. Er war zufrieden, mit dem, was er geschaffen hatte, mit seiner Frau, mit seinen Kindern. Aber warum nahm er sein Leben nur durch einen Schleier wahr? Er wünschte sich, zu genießen, die Welt um sich herum zu spüren. Er wünschte sich, mit seiner Frau und den Kindern zu lachen, die Blumen im Garten schön zu finden. Stattdessen war er meist bedrückt und ruhelos. Es war das Schiffsunglück, das so schwer auf ihm lastete, das sein Leben in diesen Nebel hüllte. Undurchdringlich, wie der Nebel auf der Insel. Eine graue Schattenwand, die ihn von der Buntheit des Lebens trennte. Nur gut, dass er seine Leuchttürme hatte. Wie zufällig blickte er wieder zum Stiefel.

༄

Keike humpelte keuchend durch die Dünen. Sie sah seine zornigen Augen vor sich, wie Flammenpfeile. Sie lief, kam nicht voran, zog den linken Stiefel aus und warf ihn in den Sand. Lief auf Strümpfen weiter, so schnell sie konnte. Der Nebel war immer noch dicht. Er schützte sie.

Sie blieb stehen. Sie hatte Seitenstiche. Ihr Herz pochte schnell und laut, wilder als der Wind und die Wellen. Sie blickte in die Nebelwand. Süße Träume stiegen im Dunst auf. Eine Hitzewelle überzog ihren Leib. Sie dachte an Meerjungfrauen, die mit den Seemännern in den Wellen spielten. Wo sie schwammen, sprühten rotgoldene Funken. Die Träume umspannen sie, sie konnte sie nicht verscheuchen. Sie spürte seine Hände, seinen Körper, seinen Atem, der über ihre erhitzten Wangen hauchte wie der Duft von frischfeuchtem Dünensand im Frühling. Sie lief weiter durch den Traumnebel, tanzte mit ihm in den Wellen.

Plötzlich wurde sie aus ihrer Fantasie gerissen. Eine große schwarze Masse lag im Sand. Sie konnte nicht erkennen, was es war. Ein Mensch, ein Tier, ein Gegenstand? Sie wagte nicht, näher heranzugehen, spähte angestrengt durch den Dunst. Eine Nebelschwade lichtete sich. Es war ein Seehund. Er schien zu schlafen. Keike wartete. Er witterte sie nicht. Sie legte sich flach auf den Boden, kroch voran, die Arme und Beine eng an den Körper gepresst. Sie zog ihr Messer, beugte sich über seinen Leib, stach blitzschnell zu. Das Tier kreischte. Sie zog das Messer wieder heraus. Wollte nochmals zustechen. Es wand sich und schnappte nach ihr. Das Messer fiel ihr aus der Hand. Sie warf sich auf seinen Rücken. Der Seehund wollte sie abschütteln, aber sie umklammerte ihn, versuchte ihn zu erwürgen. Es gelang nicht. Er robbte zum Meer, sie krallte sich auf seinem Rücken fest. Nicht loslassen, bloß nicht loslassen. Ein Stein, sie brauchte einen Stein. Das Tier erreichte das Wasser. Keike schlug mit der Faust auf seinen Kopf. Der Seehund brüllte. Er wälzte sich hin und her. Sie rutschte ab. Das Tier tauchte im Meer unter.

Keike lag im Wasser. Ihre Wunde blutete. Über ihr ertönte der scharfe Schrei einer Möwe. Die süßen Träume waren verflogen. Die Wellen brachen sich über der Wahrheit.

⁓※⁓

Andreas Hartmann hielt den Stiefel in der Hand, als die Tür aufsprang.

»Karlsen ist vom Gerüst gefallen«, schrie Martens. Er ließ den Stiefel fallen.

Die Männer standen um den Verunglückten herum. Er schob sie beiseite. Karlsen lag unter einer Wolldecke.

»Ist er …?«

Sie nickten.

Andreas Hartmann hob die Decke an. Übelkeit und Schwindel überfielen ihn. Er ließ die Decke wieder zurückfallen, versuchte sich zu fassen. »Wie ist es geschehen?«

»Keiner hat's gesehen. Auf einmal fiel er in die Tiefe.«

Der Polier verschränkte seine Arme. »Wir gehen!«

»Was heißt das, ihr geht?«

»Wir haben die Nase voll von der Insel. Die Skelette, und jetzt ist Karlsen tot. Hier spukt es!«

»Das ist doch Unsinn, wir müssen das Gerüst überprüfen. Vielleicht war Ole Karlsen auch betrunken.«

»Ole hat nie getrunken. Uns hält hier nichts mehr. Von Ihrem Gemecker haben wir auch genug. Wir schuften von morgens bis abends. Jetzt sollen wir auch noch sonntags arbeiten und mit stinkenden Krabbenschalen im Bett schlafen. In einer Stunde geht die Fähre. Dann sind wir hier weg.«

Der Polier drehte sich um. Seine Männer folgten ihm.

»Aber ... aber das könnt ihr doch nicht ... Gut, ich streiche die Sonntagsarbeit ... bleibt doch ... um Himmels willen! Groth, halt sie auf.«

Der Bauführer zuckte mit den Schultern. »Ich kann da auch nichts machen.«

Andreas Hartmann blickte in den Nebel. Herr, welche Prüfung erlegst du mir auf? Ich werde noch inselverrückt und fange an, an Dämonen und Gespenster zu glauben.

»Groth, sorge dafür, dass Ole Karlsens Familie es erfährt und ruf den Pastor. Ich werde dem Ministerium Bericht erstatten.«

Er musste zur Ruhe kommen, nachdenken. Seine Nerven flatterten. Er lief ans Meer, stapfte am Ufer entlang. Er erschrak, glaubte, einen Knochen zu sehen, aber es war nur ein Stück ausgeblichenes Stück Treibholz. Er watete weiter. Diese Baustelle brachte ihn an den Rand seiner Belastbarkeit. Er würde Groth aufs Festland schicken. Er musste so schnell wie möglich neue Arbeiter finden.

Er starrte in die Wellen. Die See ging hoch. Er sah einen Zweimaster in den Wellen tanzen. Er schlingerte merkwürdig vor der Küste. Er verfolgte seine Bewegungen. Das Schiff schien Schwierigkeiten zu haben. Fieber stieg in ihm auf. Schüttelfrost überfiel ihn. Er riss sich zusammen. So schnell wie möglich lief er zur Strandvogtei.

Nissen saß am Küchentisch.

»Beeilen Sie sich, da draußen ist ein Schiff in Not.«
»Sind Sie sicher?«
»Es schlingert vor den Sanden. Machen Sie das Rettungsboot klar.«

Nissen nahm seine Mütze vom Haken. »Das guck ich mir erst mal an.«

»Sagen Sie sofort den Männern Bescheid.«

»Ich seh erst mal nach. Ein bisschen Schlingern muss noch lange nichts bedeuten. Außerdem stürmt es gar nicht.«

Sie erreichten den Strand. Das Schiff war bereits gestrandet. Der Wind trieb Hilferufe ans Ufer.

Nissen setzte sein Fernglas ab. »Dann werde ich mal die Berger zusammenrufen.«

»Tun Sie doch endlich was! Beeilen Sie sich! Die Deckskajüte ist schon abgerissen.«

»Das dauert so lange, wie es dauert. Wir müssen das Rettungsboot erst durch die Dünen ziehen.«

Nissen verschwand. Der Zweimaster brach auseinander, eine ganze Schiffsseite überschlug sich, eine andere Trümmermasse trieb dem Strand entgegen. Schreie drangen ans Ufer. Andreas Hartmann taumelte. Der Schweiß brach ihm aus allen Poren. Dann sackte er zusammen und verlor die Besinnung.

Holzscheite, Stricke und andere Schiffsgegenstände trieben ans Ufer. Männer, Frauen und Kinder strömten aus ihren Dünenverstecken und griffen nach dem, was zu holen war. Als der Strandvogt mit seinen Leuten kam, waren alle verschwunden. Auch Keike war bereits auf dem Heimweg. Sie hatte ein gutes Tau erwischt, das sicher in ihrem Versteck lag. Auch die Männerkleidung war wieder verstaut. Nur die schöne Tabaksdose, die sie aufgefischt hatte, trug sie in ihrer Jackentasche.

Knudt Nissen rüttelte den Ingenieur, der immer noch am Boden lag. »Alles in Ordnung?«

Andreas Hartmann vernahm Nissens Stimme nur

entfernt. Langsam kam er zu sich. »Danke, es geht schon.«

Nissen half ihm auf. Andreas Hartmann schrie gellend. Mehrere Leichen lagen neben ihm im Sand aufgereiht.

Nissen kratzte sich am Kopf.

»Da war nichts mehr zu machen.«

Andreas Hartmann hörte ihn nicht. Skelette sprangen mit klappernden Knochen auf ihn zu, drohten ihn zu erdrücken. Sie kamen immer näher. Er stöhnte auf.

Nissen legte ihm die Hand auf die Schulter. Andreas Hartmann zuckte zusammen.

»Gehn Sie man zurück. Das hier ist nichts für Ingenieure.«

Zwei von Nissens Männern packten die Toten und luden sie auf einen Karren. Sie entschwanden hinter der Düne und verscharrten die Leichen.

Andreas Hartmann schwankte zur Baustelle zurück. Mehrfach sah er sich um. Die Skelette folgten ihm noch eine Weile. Dann zerfielen sie in einzelne Knochenteile und lösten sich in Sand auf.

༄

Aussage des Bruders Friedrich Hartmann, Fabrikant für Schiffszubehör:

Mein Bruder war immer schon eigen. Im Internat fühlte er sich auch nicht wohl. Dass seine Nerven nach der Inselbaustelle über die Maßen stark angegriffen waren, bemerkte ich erst, als er uns besuchen kam. An einem Freitagmorgen stand er mit einer Tasche vor der Tür. Ich wollte gerade in die Fabrik gehen. Er sagte, er gehe jetzt zum Hafen, um nach Amerika zu fahren. Er wolle sich verabschieden. Er äußerte das alles in einem vernünftigen Ton. Dennoch erschien er mir seltsam. Ich bat ihn, noch eine Tasse Kaffee mit uns zu trinken und fragte ihn, was er denn in Amerika wolle. Daraufhin schwieg er. Er holte eine Tabaksdose heraus, drehte sie in der Hand, klappte sie auf und zu.

»Ich weiß nicht«, sagte er. »Ich werde sehen.«

»Hast du denn alle Unterlagen, die du brauchst, und eine Schiffspassage?«, fragte ich ihn behutsam, weil ich mehr und mehr ahnte, dass etwas mit ihm nicht stimmte.

Er schwieg.

»Ich geh jetzt«, flüsterte er, »ich muss.«

»Ich kann mir nicht vorstellen, dass du wirklich mit dem Schiff über den Atlantik fahren willst«, erwiderte ich dann.

Ich habe ihn schließlich überreden können, wieder nach Hause zu gehen. Ich begleitete ihn und riet meiner Schwägerin, Dr. Albers zu rufen. Als er eintraf, verhielt sich mein Bruder vollkommen normal. Dr. Albers lachte und sagte: »Das menschliche Hirn macht so manchen merkwürdigen Rösselsprung. Solange es dabei bleibt, mit einer Tasche durch Hamburg zu ziehen und eine Reise machen zu wollen ...« Dann wurde er ernster. »Herr Hartmann, Sie brauchen eine Pause, Sie müssen dringend ausspannen. Sie sind vollkommen überreizt. Ich schreibe Ihnen ein paar beruhigende Mittel auf. Und ich erteile Ihnen Arbeitsverbot. Außerdem werden Sie jeden Tag einen ausgedehnten Spaziergang machen und regelmäßig Ihre Mahlzeiten zu sich nehmen. Und im Frühjahr, das müssen Sie mir versprechen, fahren Sie in Kur.«

6

TOTENSTILLE LAG ÜBER DER INSEL. Niemand lachte. Alle schlichen niedergedrückt über die Wege, alle verrichteten schweigsam und in Gedanken versunken ihre Arbeiten. Tagelang hatten Frühjahrsstürme getobt. Der Wind hatte das Meer mit heftigen Stößen aufgewühlt und in ein Leichengewässer verwandelt. Unter den weiß schäumenden Gischtkronen wogten die schwarzen Wellen, die ihren schweren Mantel über die Menschen schlugen und sie mit rauschendem Getöse auf den Grund zogen.

Zwei weitere Schiffe waren gestrandet. Das erste saß eines Morgens mit Notflagge auf den Sanden. Knudt Nissen ließ das Rettungsboot bemannen. Er selbst blieb an Land. Die Männer ruderten hinaus. Als sie Kurs Nord gehen wollten, lief eine hohe Grundsee quer gegen das Boot und brachte es zum Kentern. Die Männer wurden herausgeschleudert und trieben bis auf zwei Mann in ihren Korkwesten im Meer. Wie durch ein Wunder hatte sich das Boot wieder aufgerichtet, wohl, weil der Mast auf Grund geschlagen war. Vier Männer konnten gerettet werden, zwei gingen in den Fluten unter.

Totenstille.

Das zweite Schiff war unbemannt. Es war im Morgengrauen im Norden der Insel gesichtet worden. Die Nachricht verbreitete sich schnell. Viele Fischer machten ihre Beiboote klar, um als Erste zum Schiff zu gelangen. Jeder hoffte auf große Beute. Mehrere Boote ruderten im Wettlauf hinaus. Aber sie kamen nicht weit. Die See sperrte ihren Rachen auf, verschlang zwei Boote und ließ sie in den Tiefen ihres Schlundes verschwinden.

In wenigen Minuten waren elf Männer von der Insel ertrunken. Der Älteste war einundsechzig Jahre alt, der Jüngste achtzehn. Zehn Frauen hatten ihre Männer verloren. Zweiundzwanzig Kinder ihren Vater.

Der Pastor hatte eine weitere Witwenbank in der Kirche eingerichtet. Der Trauerflor und die Tränen der Frauen und Kinder ergossen sich über die Bank wie das Tuch, das das Meer über ihre Männer und Väter warf.

Alles Leben war von der Insel gewichen. Die Menschen huschten wie Schatten über die Wege. Die Todesstimmung schlug Andreas Hartmann aufs Gemüt. Wenn er nur arbeiten könnte. Aber er war zur Untätigkeit verdammt. Wann würden die neuen Maurer kommen? Er musste vorankommen, weiterarbeiten. Es war zum Verrücktwerden. Das Blut stieg ihm ins Gesicht. Sein Herz raste. All die Toten, all die Strandungen. Als hätte diese Insel die Absicht, ihn an den Rand seiner Kräfte zu führen. Wie ein Riesenkrake wickelte sie ihn mit ihren Totententakeln ein, hielt ihn mit ihren Saugnäpfen fest. Unruhe überfiel ihn. Unstet blätterte er in seinen Fachbüchern, sprang von einem Kapitel, von einem Buch zum nächsten, gab schließlich auf, warf die Bücher beiseite, ließ sich aufs Bett fallen. Er könnte hinausgehen, dachte er, hatte aber keine Lust dazu. Seine Gedanken kreisten, verkanteten sich. Wie wäre sein Leben verlaufen, wenn er das Schiffsunglück nicht erlebt hätte? Hätte er dann Leuchttürme gebaut? Vielleicht wäre er Musiker geworden. Mutter hatte ihn das Harmoniumspielen erlernen lassen. Zweimal in der Woche hatte er Unterricht gehabt. Er übte fleißig. Und er war begabt. Der Lehrer schlug ihn für das Konservatorium vor.

Andreas Hartmann spürte die Tasten unter seinen Händen, wie die Fingerkuppen auf dem Holz tanzten. Wenn er damals spielte, vergaß er die Welt um sich herum. Er schwebte in Klang und all sein Tun war darauf gerichtet, den Klang zu verbessern, dem Spiel Nuancen zu verleihen, Musik zu erschaffen, die ihn in einen Zustand der Schwerelosigkeit versetzte. Er verschmolz mit seinem Instrument, mit der Musik. Er selbst war die Musik.

Dann war alles vorbei. Von einem Tag auf den anderen. Er hatte nie wieder gespielt und auch die Musik interessierte ihn nicht mehr. Nicht einmal Jule verriet er, dass er Harmonium gespielt hatte. Nicht einmal, als er ihr seine alten Noten gab, konnte er es ihr erzählen.

Sein ganzes Leben war vom Schiffsunglück geprägt. Nach dem Tod der Eltern hatten ihn Onkel und Tante aufgenommen. Sie fühlten sich verpflichtet. Sie hatten ihn schon nach wenigen Monaten in ein Internat abgeschoben, das sie aus der Erbschaft seiner Eltern finanzierten. Sie schickten ihn nach Berlin, weit genug entfernt von Hamburg.

Als er abends im Justus-Internat ankam, fühlte er sich fiebrig vor Angst. Er wurde gleich in den Schlafsaal geführt. Der Schlafsaal war sehr klein. Vierundzwanzig Eisenbetten waren in ihn hineingepfercht, auf jedem lag nur eine dünne Wolldecke und ein Kissen. Er erhielt das zwölfte Bett der Reihe rechts von der Tür. Das war seine Schlafstatt für die folgenden Jahre. Als am ersten Abend die Tür hinter ihm ins Schloss fiel, als er hörte, wie der Schlüssel umgedreht wurde und ein Riegel einschnappte, war er zur Tür gelaufen, hatte geschrien und mit den Fäusten auf das Holz getrommelt.

Die Jungen lachten.

»Eine Memme!«, brüllte einer.

Die anderen warfen mit Kissen nach ihm. Dann öffnete sich die Tür zum Schlafsaal, die Nachtwache zerrte ihn aus dem Zimmer und sperrte ihn in eine fensterlose Einzelzelle. Die ganze Nacht hatte er sich die Seele aus dem Leib geschrien, bis er vor Heiserkeit keinen Ton mehr herausbekam. Dann hatte er gelernt, nachts heimlich in sein Kissen zu weinen, lautlos und verborgen. Die Nacht war für die Gefühle da, die man am Tag nicht zeigen durfte. Später waren auch die Tränen versiegt. Stattdessen onanierte er. Seine Albträume, seine Todesangst, konnte er damit nicht vertreiben. Immer wieder durchlebte er das Schiffsunglück. Mitten in der Nacht schrie er auf, was ihn wieder in den Karzer brachte. Der Karzer war nur acht bis zehn Fuß breit. Andreas Hartmann hatte den feuchten, angstschweißgetränkten Geruch des Verschlags in der Nase, spürte den Kalk, der sich beim Kratzen an den Wänden unter seinen Fingernägeln gesammelt hatte, die Blutergüsse, die sich beim Trommeln an die Tür an seinen Handkanten bildeten.

Lehrer Johannsen war das größte Ungeheuer. Er fand Vergnügen daran, die Jungen mit der Rute zu streichen. Er führte alle Bestrafungen der Anstalt aus. Für die kleinsten Vergehen gab es Rutenschläge, die so kraftvoll waren, dass Johannsen schwitzte, wenn er zuschlug. Er, Andreas, musste nicht nur einmal die Hosen herunterziehen, obwohl er sich nichts Nennenswertes zuschulden kommen ließ. Andreas Hartmann sah den Lehrer vor sich. Das schweißglänzende Gesicht mit den zu einem Lächeln verzogenen Lippen, die Lust zu quälen, die in seinen Augen aufblitzte. Noch heute wurde er von ihm in seinen Träumen misshandelt. Erst gestern hatte er wieder von ihm geträumt. Er wollte ihm davonrennen, aber seine Beine waren so schwer, als liefen sie durch Sirup.

Es gab niemandem im Internat, dem er sich hätte anvertrauen mögen. Er ertrug sein Leid. An manchen Tagen lastete es so schwer auf ihm, dass er sich in die dunkelsten Winkel des Schulgebäudes zurückgezogen hatte.

Er überstand das Internat durch Lernen. In seinen dicken Mantel gehüllt und dennoch vor Kälte zitternd saß er Tag für Tag in der Bibliothek und lernte seinem Ziel entgegen, Leuchttürme zu bauen. Alle hielten ihn für einen Streber. Aber das Lernen half ihm, seine Ängste im Zaum zu halten. So war es bis heute.

Er kapselte sich von dem Grauen, von der Kälte der Internatswelt ab, lernte dem Tag entgegen, an dem er von dort fortkommen würde. Er ertrug die Strenge, die Prügel und Geilheit der Lehrer, den Karzer, die Jungen, die wie er hier eingesperrt waren und ihre Verlassenheit und Verzweiflung in Gemeinheiten auslebten.

Einmal im Jahr, in den Sommerferien, holten ihn Onkel und Tante nach Hamburg. Sie versorgten ihn anständig. Er erhielt gute Mahlzeiten, aber ihre Herzen waren eiskalt. Jedes Mal, wenn sie ihn wieder in die Kutsche setzten, spürte er ihre Erleichterung über seine Abfahrt.

Dann kam die Universität. Das Lernen war ihm zur Besessenheit geworden. Auch als Student lebte er nur für sein Ziel, den Leuchtturmbau. Er verabscheute seine Kommilitonen, die ihre Studien vernachlässigten, die sich vergnügten, das Geld ihrer Eltern verprassten, indem sie tranken, hurten und spielten.

Nach wie vor verbrachte er den Sommer bei Onkel und Tante in Hamburg. Dort lernte er Almut kennen. Sie waren sich auf dem Geburtstag des Onkels begegnet.

Sie war die Tochter des Pastors im Kirchspiel. Sie war schön, keine aufregende Schönheit. Sie war ein schlichtes, sanftes Wesen, das Güte ausstrahlte. Das hatte ihn angezogen. Sie erinnerte ihn an seine Mutter. Ja, sie hatte etwas Mütterliches an sich. Vom ersten Moment an strahlte sie Wärme und Geborgenheit aus. Er sehnte sich danach, von einer Frau umsorgt zu werden und verliebte sich in sie.

Seit er Almut geheiratet hatte, kam er sich weniger verloren vor, weil er nicht mehr allein war. Wenn er seine Angstzustände hatte, war Almut da, die ihn tröstete und stärkte. Ein Gedanke drang wie ein schriller Schmerz in ihn ein. Er hatte sie geheiratet, weil sie ihn liebte und umsorgte. Aber was war mit ihm? War das, was er ihr gegenüber empfand, Liebe? Liebe, Liebe. Manchen Morgen, nachdem sie das Bett geteilt hatten, war er lustlos aufgestanden, hatte nicht einmal genügend Elan verspürt, sich zu rasieren. Merkte Almut denn nicht, dass er litt? Wie sollte sie? Er selbst hatte es ja nicht einmal bemerkt. Er ließ sie ja in dem Glauben, dass er glücklich sei. Es war verzwickter. Er selbst glaubte, glücklich zu sein.

Und jetzt? Jetzt fühlte er sich von ihrer Güte und Mütterlichkeit vereinnahmt, erschlagen, unfrei, nein, es war schlimmer. Er schlug mit der Hand auf die Matratze. Sie war ihm …

Er hörte es klopfen.

»Ja, bitte?«

»Moin, darf ich eintreten?«

Andreas Hartmann fuhr sich über das zerzauste Haar. »Herr Lorenzen, kommen Sie rein.«

Er erhob sich, räumte den Hocker frei, auf dem er einige Bücher abgelegt hatte. Er war erleichtert, von seinen bitteren Gedanken befreit zu werden.

»Setzen Sie sich. Wie Sie sehen, kann ich Ihnen nicht viel Komfort bieten. Aber Grog und Butterbrote habe ich immer da.« Andreas Hartmann schürte das Feuer, setzte einen Kessel Wasser auf, kam zum Tisch zurück.

»Wissen Sie schon?«, fragte Lorenzen. »Von dem gestrandeten Schiff konnte nur ein Teil der Holzladung geborgen werden. Und was mit der Mannschaft passiert ist, weiß man auch noch nicht. Aber Nissen hat die Schiffspapiere gefunden. Die *Magdalena* war ein Bremer Schiff auf dem Weg nach England. Ein Kapitän Jürgens hatte es befehligt. Tja, nun ist er hin.«

Lorenzen blickte auf den Tisch. »Das ist der Bauplan, nicht wahr?«

»Ja, ich gehe immer wieder alles durch.«

Lorenzen sah das Foto auf der Fensterbank. »Ihre Familie?«

»Ja«, murmelte er, »meine Frau Almut und meine Kinder Hannes und Jule.«

»Ihre Frau ist sehr schön.« Der Kapitän seufzte. »Meine Frau war auch bildhübsch. Ich habe früher viele Reisen mit ihr zusammen gemacht. Wir wollten uns nicht trennen. Meine Mannschaften murrten. *Wiwerröck an Boord bringt Stried und Moord.* Wie oft habe ich das gehört. Aber das war mir egal. Als Kapitän war es mein Recht, meine Frau mitzunehmen. Ich freute mich, dass Ike bei mir war.«

»Sind Sie schon lange Witwer?«

»Seit dreizehn Jahren.«

Andreas Hartmann goss Rum in die Becher. »Nehmen Sie sich Brot, wenn Sie möchten.«

»Danke.«

Lorenzen nahm eine Scheibe. Andreas Hartmann reichte ihm die Butter.

»Woran ist Ihre Frau gestorben, wenn ich fragen darf?«

»Das Herz.« Lorenzen wischte mit der Hand über die beschlagene Fensterscheibe.

»Das Wetter ist gar nicht so schlecht heute.«

»Hm. Ja, immerhin regnet es nicht.« Der Kapitän schmierte sein Brot. »Wie viele Leuchttürme haben Sie schon gebaut?«

»Vier, aber noch keinen auf einer Insel.«

»Warum nicht?«

»Ich … Ehrlich gesagt, ich hatte Angst vor der Fährfahrt. Ich bin seit dem Schiffsunglück nicht mehr mit dem Schiff gefahren.«

»Ich fahr' auch nur noch ab und zu zum Angeln raus. Ich bin nicht mehr von der Insel herunter seitdem.«

»Pastor Jensen hat angedeutet, dass …«

»Jensen, Jensen, man sollte ihn im Watt versenken. Wissen Sie, Jensen kam aus Würzburg auf die Insel. Niemand weiß, was ihn hierhertrieb. Es liegt doch auf der Hand, dass er strafversetzt wurde. Seine Frau ist übrigens die Witwe unseres verstorbenen Inselpastors. Jensen hat sie geheiratet, um die Witwenrente, die er sonst hätte zahlen müssen, zu sparen. Eva war damals dreißig Jahre alt. Wenn sie ihn nicht geheiratet hätte, hätte sie aus dem Pastorat ausziehen müssen. Darüber hinaus mochte sie ihn wohl wirklich.

Soll ich Ihnen was sagen? Jensen ist kein Seelsorger, sondern eine Inselplage. Ein Schmarotzer im Gottesgewand. Und dieser Kerl erfrecht sich, mir die Schuld an dem Unglück zu geben. Ich hatte keine Schuld. Ich habe so gehandelt, wie es möglich war. Es waren unglückliche Umstände.« Lorenzen nahm seine Mütze ab, legte sie auf den Tisch. Er stöhnte leise auf. Seine

Stimme klang heiser. »Das Schiff war kurz vor New York, als ich den Befehl gab, die Zwischendecks mit Teer auszuräuchern. Das war reine Routine. Desinfektion vorm Einlaufen in den Hafen. Aber die Matrosen haben nicht aufgepasst. Der Teer fing Feuer. Das Feuer breitete sich so schnell aus, dass die Dampfmaschine nicht mehr gestoppt und das Schiffsruder nicht mehr bedient werden konnte.«

Es dauerte eine Weile, bevor Lorenzen weitersprach. Seine rot geäderten Augen flackerten unruhig. »Es gab eine Explosion. An Bord brach Panik aus. Ich versuchte, zu kommandieren, aber die Menschen wüteten und schrien vor Angst. Von den Rettungsbooten konnte nur eins zu Wasser gelassen werden. Alle anderen hatten die Besatzung und die Passagiere so stark beschädigt, dass sie nicht mehr schwimmfähig waren. Ich ...« Lorenzen unterbrach. Die schlohweißen, buschigen Augenbrauen zogen sich zusammen. »Das Schiff sank. Fast alle ertranken. Nur einundsechzig Menschen konnten gerettet werden. Ein paar Schiffe, die das Feuer gesichtet hatten, fischten sie auf.«

»Waren Sie auch im Rettungsboot?

»Nein. Ich ... ich bin über Bord gesprungen. Ich habe mein Schiff im Stich gelassen. Und meine Schwiegertochter und meinen Enkel. Sie waren an Bord. Sie wollten zu meinem Sohn nach New York.« Er vergrub das Gesicht in den Händen.

Andreas Hartmann schwieg. Er wusste nichts zu sagen. Er spürte, wie seine alten Ängste in ihm aufstiegen.

Der Kapitän streifte die Hände über seinen Bart, sah ihn mit flehenden Augen an. »Niemand hätte die Panik in den Griff gekriegt. Die Boote waren innerhalb von Minuten zerstört.« Er atmete schwer. Stockte.

»Ich bin gesprungen. Ich werde mir das nie verzeihen. Ein Kapitän hat das Schiff als Letzter zu verlassen oder muss mit ihm untergehen. Ich wünschte, ich wäre nicht gesprungen. Ich wünschte, ich hätte das Unglück nicht überlebt. Ich wünschte, meine Schwiegertochter hätte es mit dem Kleinen geschafft.« Lorenzen lehnte sich zurück. »Der Schuh, nach dem Sie mich fragten, ist von meinem Enkel.« Er starrte auf die Tischplatte. »Ich werde mich nicht fürchten, wenn Gott auch mich zu sich holt.«

Er sah zu Andreas Hartmann auf, zog die Stirn in Falten. Seine Stimme klang gebrochen. »Ich habe Tage, an denen ich nicht Herr meiner Sinne bin. Neulich, als Sie nach dem Schuh fragten und ob ich Menschen ans Meer verloren hätte, wäre es mir beinahe wieder passiert. Es ist, als würde ich den Verstand verlieren und nicht mehr wissen, was ich gerade tue. Ich habe es gerade noch abwenden können. Aber es gelingt mir nicht immer.«

»Ich habe ständig Albträume«, sagte Andreas Hartmann. »Manchmal habe ich solche Angst, dass ich glaube, kurz vor dem Wahnsinnigwerden zu sein.«

»Was ist Ihnen passiert?«

»Wir kamen aus London zurück und wollten Hamburg anlaufen. Anfangs war die See noch ruhig. Vor den ostfriesischen Inseln gerieten wir in einen Sturm. Von allen Seiten brausten heftige Böen heran, hohe Flutwellen nahmen die Sicht. Plötzlich krachte es. Mehrere heftige Stöße erschütterten das Schiff. Der Kapitän ließ sofort Leuchtraketen abschießen und ein Feuer in einem Fass entfachen. Das Wasser hatte sich bereits aus den unteren Schiffsräumen nach oben gedrängt. Es gelang nicht, die Rettungsboote auszusetzen. Fünf Passagiere waren schon über Bord gegangen. Die Wellen hatten sie mitgerissen. Ich stand mit meinen Eltern abseits der Reling. Wir klammerten uns an einen der Masten. Die Wellen schlugen immer heftiger über Deck. Der Kapitän befahl, dass wir in die Masten und Rahen klettern sollten. Es blieb uns keine Wahl. Meine Mutter weigerte sich. Sie zog ihre Bibel aus der Manteltasche. Dabei wäre sie fast über Bord gegangen. Ich entriss ihr die Bibel, warf das Buch über Bord und zwang sie, in die Takelage zu klettern. Wir gelangten irgendwie hinauf.« Andreas Hartmann stockte. Er wischte sich den Schweiß von der Stirn. »Kaum hingen wir in der Luft, brach der Rumpf auseinander. Das Knarren und Krachen, die Schreie. Ich werde diese Geräusche nie vergessen.«

Er schluckte trocken. »Wir hielten uns in der Takelage. Es war bitterkalt. An die dreißig Menschen hingen in den Tampen. Sie weinten und schrien. Meine Mutter schrie nicht. Sie sagte: ›Leb wohl, Andreas‹, ließ sich fallen und stürzte ins Meer. Vater hielt sich ein paar Stunden länger. Er hatte vor Schmerz und Angst den Verstand verloren. ›Land in Sicht! Land in Sicht!‹, rief er die ganze Zeit. Plötzlich fiel auch er hinab. Ich hörte ihn noch eine Weile schreien, dann verschlang das Meer auch ihn.«

Andreas Hartmann griff nach dem Grog, trank. »Die Nacht brach herein. Zunächst schien der Mond und gab etwas Licht. Dann verschwand er hinter den Wolken. Meine Hände, mein ganzer Körper war gefühllos geworden. Die Erschöpfung raubte mir die Sinne. Ich wusste nicht, wie ich mich im Tauwerk hielt. Ich wusste nicht, wie viele bereits hinuntergefallen waren. Ich weiß nur, wie mir auf einmal ganz warm wurde bei dem Gedanken, mich auch einfach hinabgleiten zu lassen. Ich hätte es wahrscheinlich getan, wenn nicht eine

Welle mir die Gischt ins Gesicht geschlagen hätte. Die Ohrfeige riss mich aus meinem Todesdämmer. Und eine Stimme rief: ›Du wirst überleben, du wirst das Meer besiegen, du wirst Leuchttürme bauen!‹«

Andreas Hartmann fuhr sich durchs Haar. »Zehn Menschen haben das Unglück überlebt. Darunter war ich.« Er schaute Lorenzen an. »Ich wüsste nicht, wie ich ohne meine Leuchttürme zurechtkäme. Ich muss Leuchttürme bauen.«

Johanna Busch, Schwiegermutter des Andreas Hartmann:

Als unser Schwiegersohn bei uns zu Besuch war, hat mich eine Freundin auf den fürchterlich düsteren Zug in seinen Augen aufmerksam gemacht. Ich sagte ihr, dass er erschöpft sei und sicher bald wieder zu Kräften käme. Und dass er immer sehr schlecht schliefe. Sie gab nicht nach. Sie zog mich beiseite und flüsterte: Nie habe ich einen solchen Blick gesehen. Er ist mir unheimlich.

Keike breitete den Baumwollballen auf dem Küchentisch aus. Sie hatte ihn im Winter am Strand gefunden und aufbewahrt. Es war höchste Zeit. Sie musste den Mädchen neue Kleider nähen. Sie waren aus den alten herausgewachsen. Außerdem ließ sich der Stoff nicht mehr flicken, immer wieder riss er ein. Sie nahm die Schere zur Hand und überlegte, wie sie zuschneiden sollte, ohne Stoff zu verschenken. Plötzlich hörte sie

Hundegebell. Sie blickte hinaus. Das Blut stieg ihr zu Kopfe. Stecknadeln stachen in ihre Haut. Knudt Nissen. Er schlich in Stines Garten herum. Er trug seinen Sonntagsrock. Seine Stiefel waren blank geputzt. Und die ausgebeulte Wollmütze, die er tagtäglich trug, hatte er gegen eine feine Schirmmütze ausgetauscht. Er marschierte auf die Haustür zu, sein Hund im Gefolge.

»Marret, Göntje, schnell, räumt den Stoff unter die Dielen. Auch das Garn. Der Strandvogt. Macht schnell.«
Sie öffnete die Haustür, linste durch den schmalen Türspalt. Nissen war in Stines Haus verschwunden. Sie schlich zum Schuppen, versteckte zwei Holzplanken, mit denen sie die Tür reparieren wollte, schob sie unter einen Reisighaufen. Andere verdächtige Kleinigkeiten verdeckte sie mit dem Fischernetz. Sie huschte ins Haus zurück, sah sich überall um, ob noch irgendwo Strandgut herumlag. Sie lief in die Küche zurück, von wo aus sie den besten Blick auf Stines Haus hatte, und wartete.

Himmel, der Schinken! Sie nahm das Fleisch aus der Kammer, packte es in den alten Südwester von Harck und vergrub es in der Erdmiete.

Sie hatte Glück. Nissen war immer noch bei Stine.
Die Zeit verging. Er blieb lange im Haus. Hatte er etwas gefunden? Wenn er Stine abführt, wird er seines Lebens nicht mehr froh, dachte Keike. Warum ließ er sie nicht in Frieden? Warum ließ er ihnen nicht das bisschen, was sie sich nahmen?

Marret und Göntje schauten auch hinaus.
»Kommt der Strandvogt auch zu uns?«, fragte Göntje.

»Ich weiß nicht. Es kann sein.«
Sie steckten die Köpfe zusammen. Die Fensterscheibe

beschlug von ihrem Atem. Marret wischte sie mit der Hand wieder klar.

Was trieb er solange bei Stine? Keike hoffte, dass Stine nicht so unvorsichtig gewesen war, eines der Rumfässchen im Haus zu haben.

Nichts regte sich. Der Schwiegervater rief *Pullt, pullt.* Keike stöhnte auf. Nicht jetzt, bitte nicht.

»Gib Großvater zu trinken, Marret. Wenn er sich nicht beruhigt, bleib bei ihm und halt ihm die Hand.«

Nissen war jetzt schon eine halbe Stunde bei Stine. Keikes Herz klopfte gegen die Rippen.

Endlich öffnete sich die Tür. Der Hund zottelte hinaus. Nissen folgte. Stines Mutter stand in der Tür. Sie lachte. Nissen gab ihr die Hand, verbeugte sich. Er drehte sich um, winkte noch einmal. Die Gartenpforte klapperte. Er nahm die entgegengesetzte Richtung. Keike atmete auf.

»Nissen kommt nicht, Kinder. Holt den Stoff und das Garn. Ich mach gleich weiter. Ich lauf nur eben zu Stine rüber.«

Keike nahm ihr Tuch vom Haken. Sie öffnete die Tür. Stine kam ihr bereits entgegengelaufen. Schluchzer brachen aus ihr heraus. Sie versuchte zu sprechen.

»Ich soll … ich soll …«, weiter kam sie nicht.

Keike nahm sie in die Arme. Sie ließ Stine ausweinen. Was hatte Nissen ihr angetan? Er schien sie nicht geprügelt zu haben. Sie hatte keine Rötungen im Gesicht.

Stine beruhigte sich ein wenig. »Keike«, wimmerte sie, »ich soll Knudt Nissen heiraten.«

Keike lief ein Schauer über den Rücken. Seit Nissens Frau, die Phine, tot war, lief er auf Freiersfüßen über die Insel. Aber Stine? Er wollte also kein junges Mädchen, sondern eine Frau für den Haushalt und seine Kinder.

»Mutter zwingt mich. *Du musst ihn heiraten, er ist reich*, hat sie gesagt. *Vater ist tot, dein Bruder ertrunken. Wir wären versorgt bis ans Lebensende. Wer würde dich sonst noch nehmen? Du bist schon alt.*« Stine rang nach Atem. »Ich werde ihn niemals heiraten, eher gehe ich ins Wasser.«

»Still, sag so was nicht.« Keike hielt Stine im Arm.

Sie dachte an Phine. Knudt Nissen hatte sie ebenso geprügelt wie diejenigen, die er am Strand erwischte. Wenn man Phine nicht in der Kirche sah, war es ganz schlimm gewesen.

Wenn es Phine gut ging, lief sie in die Heide. Eines Tages hatte Jette Bendixen ihr aufgelauert. Jette Bendixen war eine Lockente, die es auf ihre Artgenossen abgesehen hatte. Man musste sich vor ihr in acht nehmen. Sie hatte Phine in der Heide aufgelauert und mit einem Fischer ertappt. Dann war sie in jeden Winkel der Insel gelaufen und hatte Phine als *mannstolle Kuh* verschrien. Knudt Nissen schlug Phine halb tot und warf sie aus dem Haus. Sie lebte fortan in einer Hütte nahe den Krabbenbeinen. Ihre Kinder durften sie nicht besuchen.

Als Phine ins Wasser ging, sang das Meer ihr ein Sterbelied. Und der Wind heulte auf und jagte schwarze Wolken über den Himmel und hüllte die Sterne in Trauergewänder. Keike hörte die dumpfen Klänge, als wäre es heute gewesen. Sie spürte Stines Tränen auf der Haut. Sie streichelte ihr über den Rücken.

»Alles wird gut werden, Stine.«

Andreas Hartmann begrüßte Lorenzen. Der Kapitän war in ausgelassener Stimmung.

»Komm mit zur Auktion, Andreas, du hast doch Zeit. Ein Schiffswrack wird versteigert und allerlei Ausrüstungsgegenstände. Vom Tampen bis zum Kochtopf. Und das Wetter ist prächtig heute. Kühl und sonnig. Einfach herrlich!«

Sie gingen die Straße entlang. Lorenzen tippte ihm auf die Schulter. »Weißt, du, dass Nissens Hund tot ist?«

»Nein, ist das wichtig?«

»Es ist wichtig, wie er umgekommen ist.«

»Wieso?«

»Nissen hat Wotan in den Dünen gefunden. Mit gebrochenen Beinen, abgeknickt wie Zündhölzer. Sein Kopf war nach hinten gebogen, die Augen weit aufgerissen. Genickbruch.«

Lorenzen raunte: »Und weißt du was? Wotan hatte einen Federkranz um den Hals.«

Der Kapitän lachte laut auf. Sein Lachen sprang gellend in eine Geschichte hinein. »Als ich noch Leichtmatrose war, wir lagen in London vor Anker, hörte ich eines Abends, wie zwei Klabautermänner von Schiff zu Schiff klöhnten. Fragt der eine den anderen: *Hast du eine gute Reise gehabt?* Sagt der, der auf meinem Schiff hauste: *Die Reise war schön, aber ich habe viel Mühe gehabt, die Masten zu stützen und die Segel zu halten und dann musste ich einige lecke Fugen abdichten. Wenn ich nicht an Bord gewesen wäre, wäre das Schiff untergegangen. Die Matrosen denken, sie hätten es sich selbst zu verdanken, dass sie nicht abgesoffen sind. Aber sie vergessen, dass ich sie am Leben gelassen habe. Deshalb mag ich hier nicht mehr sein. Noch heute Nacht verlasse ich das Schiff und suche mir eine neue Bleibe.*

Als ich das hörte, hatte ich sofort meinen Seesack geschultert und bin von Bord. Und ob du's glaubst oder nicht: Mein altes Schiff ging wenig später mit Mann und Maus unter. Jau, jau, verdammich, Andreas, die Klabautermänner darf man sich nie zum Feind machen. Sie sind die Könige der Meere. Sie allein bestimmen über das Schicksal der Schiffe.«

»Wann kommen die neuen Arbeiter?«, fragte Lorenzen übergangslos.

Andreas Hartmann wunderte sich über die Sprunghaftigkeit des Kapitäns. »Ich habe immer noch keine Nachricht von Groth. Ich weiß es nicht.«

»Dumme Sache.«

»Ja.«

»Dann musst du wohl rüberfahren.«

»Ich? Ich fahre hier erst wieder runter, wenn der Leuchtturm steht. Außerdem, Groth ist zuverlässig.«

Sie erreichten den Auktionsplatz. Der Geruch von Teer und Tauen, von salzwassergetränktem Holz und Segeltuch erfüllte die Luft. Überall standen Grüppchen herum. Es waren meist ältere Männer. Sie trugen ihre fest gewirkten Seemannsjacken. Sie kratzten sich den Bart, zogen an ihren Pfeifen, prüften Segel, Tauwerk, Rahen, Schiffsanker, Wasserfässer und Holz, das herumlag. Einige saßen auf den Tauschnecken oder einem Branntweinfass, das sie zu ersteigern gedachten. Andere liefen zum Schiffswrack hinüber. Die Frauen versammelten sich um die Küchengeräte. Ihre Kinder klapperten mit Topfdeckeln und Löffeln.

Andreas Hartmann klopfte das Herz. Im Gewirr der Frauen erkannte er die Krabbenfrau. Sie war ganz in Schwarz gekleidet. Eine Witwe. Er war überrascht. Sie nahm eine Pfanne in die Hand.

»Jacob, wer ist die Witwe dort mit der Pfanne?«
»Das ist Keike Tedsen. Mit Töchtern.«
Keike, dachte Andreas Hartmann, ein wunderschöner Name. »Was macht sie?«
»Was Witwen so machen. Sie kümmern sich darum, dass sie genug zu essen haben.«
»Und ihr Mann?
»Der war Speckschneider, ist in Grönland verunglückt. Sein Vater war mit an Bord, hat aber überlebt. Er ist nicht ganz richtig im Kopf, musst du wissen. Ich kenne Julius noch von früher. War ein zuverlässiger Bursche, der anpacken konnte. Jetzt ist mit ihm nichts mehr anzufangen. Er schreit und zetert die ganze Zeit. Nun hat Keike ihn im Haus. Wieso fragst du?«
»Nur so.«
»Die Keike ist eigentlich ne Nette, sie hat aber so ihre Stimmungen.«
Andreas Hartmann spürte ihren Fußtritt an seinem Schienbein. Er musste lächeln.
Lorenzen drängte. »Komm, wir gehen uns auch mal das Wrack ansehen.«
Andreas Hartmann vergaß den Trubel um sich herum. Er hatte nur noch Augen für Keike.
»Sieh dir das aufgeplissene Holz dort am Rumpf an. Das kommt von der Sandbank, die das Schiff gerammt hat. Eine Strandung, musst du wissen, läuft immer gleich ab. Setzt ein Schiff auf einer Sandbank auf, heben es die Wellen hoch, um es dann wieder auf den Sand zurückzuschleudern. Ein paar solcher Schläge genügen, um die Planken aus ihren Fugen …«
Sie legte die Pfanne zurück, nahm eine andere, sagte etwas zu den Kindern. Sie lachte.
»Sobald das Schiff leck gestoßen ist und sich mit Wasser füllt, kippt es mit dem Deck seewärts zur Seite. Jetzt

haben die Wellen leichtes Spiel. Sie prallen mit voller Wucht gegen das Schiffsdeck …«

»Und jetzt, meine Herren«, schrie der Auktionator, »was zahlt ihr für dieses wundervolle Schiff, das leicht zu reparieren ist?«

Die Männer schwiegen.

»Wer bietet zweitausend Reichstaler?«

Lorenzen schüttelte den Kopf. »Hält er uns für Kinder? Das Schiff taugt nur als Brennholz!«

Sie hatte eine Pfanne ausgewählt. Sie tat so, als würde sie sie einem der Mädchen auf den Kopf schlagen. Das Mädchen lief weg. Sie verfolgte sie mit der Pfanne. Sie lachten. Dann gingen sie zurück. Hand in Hand.

»Fünfzig Taler. Zum Ersten, zum Zweiten, zuuum Dritten.«

Die Menschen hievten ihre Güter auf Handkarren und Pferdewagen. Der Platz leerte sich.

»Komm doch noch mit zu mir auf'n Lütten.« Lorenzen klang übertrieben munter.

»Ja, danke«, sagte Andreas Hartmann abwesend.

Sie drehte sich um. Sie blickte ihn an. Er konnte seine Augen nicht von ihr wenden.

»Na, Herr Ingenieur, was ist, gehen wir?«

»Nein, lieber doch nicht.«

»Kommt nicht infrage, das gehört sich bei uns auf der Insel so. Also, keine Widerrede.«

Keike spürte, wie er sie beobachtete. Sie hielt ihre Pfanne. Ihre Hand verkrampfte sich dabei. Sie war ganz weiß vom Pressen. Sie starrte auf die Pfanne, ihre Hand, die Pfanne.

»Zum Ersten, zum Zweiten, zum Dritten!«, schrie der Auktionator.

Sie drehte ihren Kopf zu ihm. Ihre Blicke verschmolzen miteinander. Eine Kette von glänzenden Perlen spannte sich über den Platz, von Auge zu Auge. Die Perlen drehten sich im Wind.

Göntje hüpfte in den Karren. »Hü!«, rief sie.

Keike zog die Kleine nach Hause.

DRITTE WELLE

1

ANDREAS HARTMANN ATMETE AUF. Ein schöner Tag. Der Himmel war leuchtend blau. Keine Wolke zeigte sich. Die Sonne blinkte ihm entgegen. Hell und klar zeichneten sich die Konturen der Dünen ab. Die Sonne hatte den Sand getrocknet. Er erschien ihm fast weiß. Auf den Hügeln glänzten hellgelbe Dünenhalme, die im Wind tänzelten. Um die Heidebüsche herum leuchtete das Moos in frischem Grün. Sogleich zog er die Jacke über. Seine trüben Gedanken waren verflogen. Groth war aufs Festland gefahren. Er würde sicher bald einen neuen Trupp zusammengestellt haben. Vielleicht erhielt er schon morgen Nachricht. Beschwingt lief er in Richtung Meer. Er freute sich des Sonnenscheins, der seine wärmenden Strahlen auf ihn richtete. Frühling, es könnte der Durchbruch des Frühlings sein. Diese Insel schien zwei Gesichter zu haben. Das sonnige gefiel ihm ausnehmend gut. Die Dünen, der Strand, das Meer erhielten einen Glanz, der das Gemüt aufhellte. Er schritt forsch aus, blickte in die Weite, sog die frische Luft ein. Dabei stolperte er über einen harten Gegenstand. Aus dem Sand ragte eine Schuhspitze hervor. Er zog daran. Ein Stiefel kam zum Vorschein. Andreas Hartmann schmunzelte. Es war das Gegenstück des Stiefels, der in seiner Kammer stand. Hier war die Keike also gelaufen. Er schüttelte den Sand aus dem Schaft. Mit dem Sand fiel auch das Moos zu Boden. Der Wind blies es über den Sand. Er verfolgte das rollende Bällchen, bis es in einem windgeschützten Winkel liegen blieb. Den Stiefel in der Hand schlenderte er zum Meer. Das Blau des Himmels spiegelte sich auf der Wasseroberfläche und ließ die trübe Nordsee türkisblau leuchten. Einige Möwen bildeten schneeweiße Punkte auf dem Wasser. Sie putzten ihr Gefieder. Die weißen Wellenkämme der Brandung leuchteten. Er warf den Stiefel in die Höhe, fing ihn wieder auf. Der Moosstiefel der gemeingefährlichen Krabbenfrau. Er lachte, klemmte den Stiefel unter den Arm und kehrte zur Baustelle zurück. Er freute sich auf den Gottesdienst am Sonntag.

Er war rechtzeitig gekommen. Von der Kirchenempore aus hatte er eine gute Sicht auf die Frauen. Dennoch konnte er Keike nicht ausmachen. Weder im Gang, noch in den Kirchenbänken. Den ganzen Kirchenraum suchte er nach ihr ab. Vergebens.

Der Gottesdienst begann. Andreas Hartmann suchte immer noch die Bankreihen ab, blickte auf den Block der schwarzen Hauben. In diesem Moment zeigte sich ein heller Punkt, ein Gesicht, das verstohlen auf die Empore gerichtet war. Keike. Ihre Augen funkelten ihn an. Ein Blitzstrahl erfasste ihn. Am liebsten wäre er heruntergeeilt, um Keike zu küssen. Sie, sie ... was geschah mit ihm? Welcher Zauber umgarnte ihn? Sein Herz raste.

»Lasst uns beten«, sagte der Pastor.

Andreas Hartmann betete: *Gott Vater, lass sie noch einmal zu mir aufschauen.*

Keike hatte das Essen vorbereitet und den Boden mit Sand bestreut. Sie wischte Göntje ein wenig Schlaf aus den Augen, setzte den Mädchen die Hauben auf. Dann machten sie sich auf in die Kirche.

Sie betraten das Kirchenschiff. Keike schritt geneigten Kopfes, ihr Gesicht vom Tuch verdeckt. Sie sprach ihr Gebet und setzte sich auf ihren Platz. Der Gottesdienst begann. Sie konnte nicht länger warten. Verstohlen schielte sie zur Empore hinauf, dorthin, wo er saß. Ihre Blicke trafen sich. Ihr wurde heiß. Sie glühte. Am liebsten hätte sie ihn geküsst.

»Lasst uns beten«, sagt der Pastor.

Lieber Herrgott im Himmel, betete sie, *ich brenne. Ein Blitz hat mich getroffen. Er ist vom Himmel auf mich niedergeschossen. Sei mir gnädig.*

Der Pastor begann zu predigen. »Im ersten Brief des Paulus an Timotheus heißt es:

Ehre die Witwen, welche rechte Witwen sind.

So aber eine Witwe Enkel oder Kinder hat, solche lass zuvor lernen, ihre eigenen Häuser göttlich regieren und den Eltern Gleiches vergelten; denn das ist wohl getan und angenehm vor Gott.

Das ist aber die rechte Witwe, die einsam ist, die ihre Hoffnung auf Gott stellt, und bleibt am Gebet und Flehen Tag und Nacht.

Welche aber in Wolllüsten lebt, die ist lebendig tot. Solches gebiete, auf dass sie untadelig seien.«

Lebendig tot, hallte es in Keike nach. Ihre Gedanken verwoben sich zu Traumgespinsten. Sie sah sich in der Kirche sitzen. Sie hatte glänzende rote Schuhe an. Alle Kirchgänger schauten ihr auf die Füße. Auch die Apostelfiguren und Pastor Jensen mit seinem ernsten, strafenden, schwarz umrahmten Gesicht. Der Pastor verbot ihr, die roten Schuhe zu tragen. Sie sollte ihre schwarzen Schuhe anziehen. Böse Gesichter starrten sie an, durchbohrten sie mit Abscheu. Sie weinte, verstand die Menschen nicht. Es waren doch schöne Schuhe, die ihr Freude machten. Warum durfte sie sie nicht tragen? Plötzlich fingen die roten Schuhe zu tanzen an. Sie ließen ihre Füße hüpfen und springen. Sie konnte sie nicht anhalten. Sie fing zu lachen an. Es war wunderschön, zu tanzen. Die Schuhe trieben sie aus der Kirche hinaus, flitzten an den Grabsteinen vorbei, flogen mit ihr über Dünen und Strand. Sie tanzten und hopsten am Meeressaum entlang, und sie lachte und kreischte vor Vergnügen.

Dann kamen die Menschen gelaufen. Sie jagten hinter ihr her, packten sie. Der Zimmermann hielt ein Beil in der Hand. *Schlag ihr nicht den Kopf ab!*, schrie der Pfarrer, *sonst kann sie ihre Sünde nicht bereuen.* Der Zimmermann hob das Beil und hackte ihr die Füße mit den roten Schuhen ab. Dann gab er ihr Holzkrücken. Sie musste zurück in die Kirche humpeln. Aber die abgehackten Füße folgten ihr mit den roten Schuhen. Sie verließen sie nicht. Als sie in die Kirche zurückkam, stand ein schwarzer Sarg bereit. Alle wollten sie samt ihren Schuhen in den Sarg zerren. Sie schlug mit ihren Krücken um sich. Sie fiel, glaubte sich verloren. Plötzlich sprangen die roten Schuhe mit ihren Füßen hervor. Sie traten und stießen ihre Mörder beiseite, bis alle dachten, es sei der Teufel, der da wütete, und aus der Kirche flohen. Die Schuhe tänzelten siegestrunken zu ihr hinüber, setzten Beine und Füße sanft wieder zusammen. ›Steh auf, sagten sie, wir wollen weitertanzen.‹

Und der Wind flüsterte: ›Du bist ein Sturmkind, erhebe dich, flieg mit mir in die Lüfte. Lass uns die Wolkentürme jagen und die Wellen treiben. Über die Dünen und Felder fegen und die Weiden fluten.‹

⁓

Die Tage vergingen. Groth hatte Schwierigkeiten auf dem Festland. Bis auf zwei Hilfsmaurer waren ihm alle

Gesellen bereits auf dem Weg zum Fährhafen davongelaufen. Die Männer hätten es sich anders überlegt, schrieb er, sie hätten keine Lust, auf der öden Insel zu arbeiten. Er müsste einen neuen Trupp zusammenstellen, würde sich beeilen, wüsste jedoch nicht, wie viele Tage das in Anspruch nähme.

Es war zum Verzweifeln. Immer wieder überdachte er alles. Selbst die banalsten Überlegungen schossen ihm ins Hirn. Beim Landfall war es wichtig, den Lichtstrahl eines Leuchtfeuers aus großer Entfernung von See erkennen zu können. Er hatte auf der hohen Düne den besten Platz für den Leuchtturm. Auch die Bauweise, der runde, konisch geformte Turm war am besten geeignet. Alle Ecken und vorspringenden Kanten boten den Naturgewalten Angriffspunkte und erhöhten die Instandhaltungsarbeiten und damit die Unterhaltskosten. Die glatte Gestaltung des Mantels ermöglichte den Luftströmungen, geschmeidiger abzufließen. Ein runder Turm war allerdings schwieriger zu mauern. Die Steine mussten sorgfältig ausgewählt werden. Und wenn er Konstruktionsfehler machte, konnten Spannungen auftreten, die zu Rissbildungen führten. Und die Lampe, würde sie weit genug im Meer zu sehen sein? Sie bestand aus dioptrischen und katadioptrischen Glaselementen. Kein Vergleich zu den Blüsen, die mit einer Lampe mit Hohldocht im Glaszylinder brennen und deren Flamme sich im Brennpunkt mehrerer Parabolspiegel befindet. Natürlich wird die Lampe große Strahlkraft haben und meilenweit zu sehen sein. Herrgott! Es war alles bedacht. Zum hundertsten Mal hatte er seine Pläne durchgesehen. Weitere Änderungen würden sich erst mit Fortsetzung der Maurerarbeiten ergeben. Herrgott, er konnte nicht ständig herumsitzen und sich überflüssige Gedanken machen.

Andreas Hartmann zog die Stiefel an, warf seine dünne Jacke über die Schulter und verließ die Baracke. Er hatte bereits die ganze Insel mehrmals durchstreift. Links herum, rechts herum. Oder querfeldein. Von Norden nach Süden. Von Süden nach Norden. Über die Dünen. Oder die Salzwiesen. Am Meeresufer entlang. Nur ins Watt traute er sich nicht allein.

Er nahm den Hauptweg, der zur Kirche führte. Er ging ziemlich oft zum Friedhof. Auch durch die Dörfer, durch die der Hauptweg führte, spazierte er häufiger als zuvor. Irgendwann müsste er Keike doch einmal treffen. Bislang hatte er sich nicht getraut, Lorenzen zu fragen, wo sie wohnte. Er müsste es geschickt einfädeln. Ohne dass es auffiele.

Er betrat den Friedhof. Eine alte Witwe stand vor einem Stein und betete. Schlohweiße Haarsträhnen flatterten im Wind. Sonst war niemand zu sehen. Er las die Inschriften auf den Grabsteinen, schlenderte von diesem zu jenem. Die Grabsteine standen kreuz und quer. Dazwischen weideten Schafe. Sobald er sich ihnen näherte, hopsten sie beiseite. Er watete durch ihren Kot. Da müsste Ordnung hineingebracht werden. Gerade Wege und rechte Winkel. Und Schafe hatten auf einem Friedhof auch nichts zu suchen. Er nahm einen spitzen Stein, ging auf den Hauptweg und kratzte die Umrisse der Kirche in den Sand, legte von dort aus ein rechtwinkliges Netz aus Wegen an, gruppierte die Grabsteine in langen Reihen, indem er kleine Kästchen nebeneinander in den Sand ritzte. Welchen Unsinn trieb er da? Es war die Langeweile. Er warf den Stein beiseite und beschloss, durch die Dünen an die Seeseite zu gehen. Irgendwo, mitten im Sandgebirge, verließ ihn die Lust. Dieses endlose Hin- und Hergestapfe. Vielleicht sollte er etwas schreiben, eine Geschichte. Oder malen, um die Wartezeit zu überbrücken. Was bildete er sich ein? Etwas anderes als Bautagebücher und den einen oder anderen Brief konnte er nicht verfassen. Und was das Malen anging, lagen ihm nur technische Zeichnungen. Er hatte keine literarische oder künstlerische Fantasie. Ein Buch über Leuchttürme, das wäre es. Niemand hatte bislang ein Buch über den Leuchtturmbau geschrieben. Wie es auf den Baustellen zuging, welche Schwierigkeiten zu meistern waren. Er könnte sich ein Konzept überlegen.

Er setzte sich ins Dünengras. Ein paar Kaninchen hoppelten über den Sand. Links von ihnen lief ein Rebhuhn in ein Heidefeld. Er sah dem Vogel nach, bis sich sein Gefieder mit den Heidebüschen vermengte und nicht mehr von den Pflanzen zu unterscheiden war. In der Ferne erblickte er einen schwarzen Punkt, der sich auf ihn zu bewegte. Er erkannte eine Frau mit einem Korb in der Armbeuge. Sie war schwarz gekleidet. Eine Witwe. Sie schien nicht alt zu sein. Sie hatte einen jugendlichen Gang. Wenn es Keike Tedsen war? Er fantasierte. Dennoch erregte ihn die Vorstellung, dass es seine Krabbenfrau sein könnte. Sie ließ sich Zeit, bückte sich hier und da, um Kräuter oder Halme zu schneiden. In ihm keimte die Furcht auf, sie könnte einen anderen Weg einschlagen. Aber sie schien immer weiter auf ihn zuzugehen. Der Wind trug eine Melodie an sein Ohr. Sie sang ein Lied. Sie schnitt Kräuter und sang. Und kam immer näher. Die Frau blieb stehen, der Gesang verstummte. Sie blickte sich um, als spürte sie seine Gegenwart. Sie wischte sich mit dem Ellenbogen eine Strähne aus dem Gesicht. Sie war zu weit entfernt, als dass er ihr Gesicht hätte erkennen können. Er wusste nicht, was er machen sollte. Er wollte die Frau nicht erschrecken. Sollte er sich leise von dannen schleichen oder sich zu erkennen geben? Er war hin- und hergerissen. Wenn sie es war, wenn es Keike ... Er blieb noch eine Weile sitzen. Dann erhob er sich und rief:

»Hallo, bitte erschrecken Sie nicht! Ich bin Andreas Hartmann, der Ingenieur. Ich gehe nur spazieren.«

Keike hörte ihn rufen. Sie ließ ihren Korb fallen. Gleichzeitig rutschte ihr das Messer aus der Hand. Sie ließ Korb und Messer liegen. Eine Kraft zog sie zu ihm, sie schritt durch den Sand, leichtfüßig wie ein kleiner Vogel.

Er sah sie auf sich zukommen. Er erkannte ihr Gesicht. Keike. Er konnte nicht stehen bleiben. Er fühlte sich wie von einem Magneten angezogen, ohne Möglichkeit, sich dem Sog zu entziehen.

Komm, lockten Keikes Augen.

Er setzte einen Schritt vor den anderen, kam ihr immer näher. Er sah ihr in die Augen. Ohne Scheu. Nahm ihre Hand, führte sie zu seinem Mund, küsste sie. Sie duftete nach Kamillenblüten.

Keike spürte seine Hand, seine Lippen. Sie waren warm und weich. Er zog sie an sich. Sie umarmte ihn. Ihre Körper verschmolzen miteinander. Sie wusste nicht mehr, wo der ihre aufhörte, wo seiner anfing. Der Wind umsäuselte sie. Sie schmiegten sich immer enger aneinander. Sie küssten sich. Keikes Knie wurden weich. Sie sank in die Tiefe. Er hielt sie, küsste sie. Plötzlich löste er sich.

»Keike, bitte, ich, entschuldigen Sie ...«

Sie legte ihren Zeigefinger auf seinen Mund. Es gab nichts zu sagen, zu erklären. Der Fremde mit dem Flammenkuss war gekommen. Keike setzte ihren Feuerkranz auf und führte ihn in die Dünen.

Sie breitete ihr Tuch aus. Sie legten sich nieder, windgeschützt, geborgen in der Inselwüste, ihre Körper eng aneinandergeschmiegt. Sie bewegten sich nicht, konnten sich vor Freude über ihr Zusammensein nicht regen. Lagen, ganz still. Keike spürte seine Glut, hörte seinen schnellen Herzschlag. Ihre Augen waren geschlossen, ihr Kopf auf seine Brust gebettet. Sie lagen, still, bis ihre Hände sich von selbst bewegten, über ihre Körper glitten, bis ihre Lippen sich fanden und nie wieder trennen wollten. Keike hörte das Meer, spürte den Windhauch, seine Hände, seine Küsse, seinen heißen, sehnsüchtigen Körper.

Ihr Atem ging flach und unruhig, in kurzen Stößen. Sie schnappte nach Luft, noch bevor sie ausgeatmet hatte. Wie von einer Bö gestoßen stöhnte es aus ihr heraus. Seufzen. Ächzen. In ihrer Brust flirrte es, ebenso im Magen. Ein Prickeln, Pritzeln, als würden kleine Kiesel von Wellen umspült. In ihren Ohren rauschte ein Orkan, in ihren Adern brodelte das Meer. Plötzlich eine Woge, die über ihr zusammenschlug, sie durcheinanderwirbelte, in die Tiefe saugte. Sie tauchte ein, ließ sich treiben, umworben, liebkost, wellengestreichelt. Bodenlos schwamm und floss sie im Strudel der Woge, die ihren Körper umspielte, sie mit leidenschaftlichem Drängen auf ihren Gipfel hob, bis sie flutete und schäumte und sie mit einem letzten, gewaltigen, haltlosen Aufbäumen an den Strand spülte und dort liebend bettete. Beglückt und wohlig lag sie am Meeresufer, Arme und Beine von sich gespreizt, wie ein Seestern. Sie strich über sie hinweg, die Welle, sanft jetzt, mit leisem Wispern und zärtlichem Raunen. Sie lag im Sand, hörte das liebevolle Flüstern des Meerschaums, der sie umschmeichelte. Spürte, wie sich ihr Mund zu einem Lächeln formte und in ihr das Verlangen nach der nächsten Flut aufkeimte.

Er verlor fast die Besinnung bei ihren Berührungen. Ihre Hände streiften über seinen Körper, erkundeten jeden Winkel, auch die verborgensten. Ihre Zärtlichkeiten strömten wie heiße Lava durch ihn hindurch. Er versank in ihrem Duft, in ihrer Wärme. Sie duftete nach Leben, nach Salz und Wind. Ihr Haar fiel in goldenen Wellen herab, kitzelte ihn. Ihre Haut schimmerte wie das Meer bei Vollmond. Er verfolgte mit dem Zeigefinger eine Schweißperle auf ihrer Brust, schleckte sie mit seiner Zunge auf. Sie zuckte. Ihre Augen waren geschlossen. Sie lächelte, genoss die Liebkosungen.

Sie fielen übereinander her, küssten sich, schoben ihre Zungen ineinander, vergruben sich, bäumten sich auf, ihre Körper eng verschlungen, und liebten sich, bis sie vor Erschöpfung einschliefen, Arm in Arm, wie zwei Gestrandete, die gerettet waren.

༄

Andreas Hartmann war vollkommen apathisch. Man musste ihm mehrmals unter die Arme greifen, um sich zu erheben und sein Urteil entgegenzunehmen. Sein Gesicht war zu einer undurchlässigen Maske erstarrt. Er lächelte. Jedoch war dieses Lächeln trügerisch. Er hatte in der Zelle zwei Wärter angegriffen und blutig geschlagen.

Der Richter erhob sich. Er rückte seine Brille zurecht und verlas folgendes Urteil:

»Es mag auffällig erscheinen, dass ein Mann, der bis kurz vor seinen Gräueltaten seinen Beruf als leitender Ingenieur gut ausübte, der von niemandem als geisteskrank angesehen wurde, hier als ein langjähriger Wahnkranker bezeichnet werden muss. Das ungewöhnlich Rätselvolle und Grauenerregende jenes Verbrechens eines gebildeten, in Arbeit stehenden Ingenieurs erklärt sich aus der furchtbaren Tragik seiner schleichenden,

aber allmählich immer tiefer wirkenden Geisteskrankheit. Der Wahn ist die Ursache seiner Tat. Der beschuldigte Ingenieur Andreas Hartmann hat sich zur Zeit der strafbaren Handlung in einem Zustand krankhafter Störung der Geistestätigkeit befunden, durch welchen seine freie Willensbestimmung ausgeschlossen war. Der Beschuldigte ist auch jetzt noch geisteskrank und neigt zur Gewalttätigkeit. Er ist mithin als gemeingefährlich einzustufen.

Andreas Hartmann ist mit sofortiger Wirkung in die Irrenabteilung nach St. Georg zu überführen, wo er dauernd und sicher verwahrt bleiben wird.«

⁓⦿⦾

Keike lief nach Hause. Sie lachte und weinte, warf Sandfontänen in die Höhe, ließ sich fallen, wälzte sich im Sand, rang nach Luft, rollte sich zusammen, lag still da. Sie spürte ihn noch überall. Sie wollte Tag und Nacht in seinen Armen liegen, nichts anderes mehr denken, tun, nur lieben.

Sie lief zu Medje, flink wie ein junges Mädchen. Medje saß auf der Bank vor ihrem Haus. Keike stürzte auf sie zu. Ihre Wangen glühten. Sie umarmte Medje, flüsterte ihr ins Ohr.

»Medje, ich, ich …«

Medje lächelte. »Wer ist es?«

»Der Ingenieur!«

Keike setzte sich neben Medje, lehnte den Kopf an die Schulter der Freundin. Medje schüttelte den Kopf.

»Er ist verheiratet und hat Familie. Er wird gehen, und du wirst Inselwitwe bleiben. Er wird seinen Leuchtturm und dir, wenn du Pech hast, einen Balg zurücklassen und dich ins Elend bringen.«

»Hilfst du mir? Stine und du, nehmt ihr die Kinder? Gleich morgen?«

»Was soll das werden? Du machst eine Dummheit.« Plötzlich lachte Medje. »Mir fällt eine Geschichte ein.« Sie legte den Arm um Keike. »Es waren einmal drei verheiratete Inselfrauen. Als ihre Männer in See stachen, verwandelten sich die Frauen in Wellen. Sie beschützten das Schiff und sorgten dafür, dass ihre Männer heil im fernen Zielhafen ankamen. Doch im Hafen entdeckten sie, dass sich die Kerle mit anderen Frauen vergnügten. Auf der Heimreise bäumten sich die Ehefrauen zu drei Sturzwellen auf und versenkten das Schiff. Nur den schönsten Matrosen ließen sie am Leben. Er lag auf einer Holzplanke. Die Witwen ließen ihn von Welle zu Welle gleiten, bis sie die Heimatinsel erreicht hatten. Seitdem führten sie ein erfülltes Leben.«

Medje lachte. Ihr Lachen klang wie das Blöken der Schafe.

∼⚬∼

Andreas Hartmann saß im Windschatten der Dünen und träumte. Ihn überfiel eine Freude, die ihm Tränen in die Augen trieb und seine Brust erbeben ließ. Er rupfte einen Dünenhalm, kaute, über sich die Unendlichkeit des Himmels. Alles erschien ihm in den schönsten Farben. Sein Herz weitete sich, streute wie eine Pusteblume Liebessamen auf einer grünen Wiese.

Er war in einen Liebesorkan geraten. Noch nie hatte er erlebt, was Leidenschaft war, wie eine Frau in ihrer Lust erbebte, schäumte wie die Gischt der Wellen. Er wollte morgens, mittags, abends bei Keike sein, sie lieben, bis seine Kraft versiegte und er glücklich neben ihr lag. Ihre Körper passten zueinander, als wären sie von jeher füreinander geschaffen. Es gab keinen Knochen, keinen Winkel, der störte. Alles schmiegte sich aneinander. Sie bewegten sich in unendlicher Vertrautheit, als hätten sie sich schon immer geliebt. Er schwamm im Glück, fühlte sich unbeschwert, leicht wie eine Feder.

Er war von unbändigem Stolz erfüllt, ein Mann zu sein. Er war dazu geschaffen, zu lieben. Sein Körper hatte es ihm gezeigt. Sein Herz war noch nicht abgestorben. Und seine Leidenschaft auch nicht. Er fühlte sich stark und jung. Und er hatte Keike beglückt. Neue Lust keimte in ihm auf. Er spürte die Kraft eines Löwen in sich. Er sehnte sich nach ihr. Nach ihrer Stimme, ihren Liebkosungen, ihrem Duft. Nach ihren Händen, ihrem Blick, ihrem Mund, ihren vollen Brüsten, ihren, ihren, ihren ... Es gab nichts, was er nicht begehrte. Nichts, was er nicht liebte. Seine Haut prickelte. Sie war wie der Wind, sanft, stürmisch, frisch, wild. Er gierte nach jedem Luftzug von ihr. Er fühlte sich wie ein Sturmvogel, der in unbegrenzter Freiheit seine Schwingen ausbreitete, durch die Luft segelte, getragen vom Wind, getragen von Keike, die mit ihm spielte und scherzte, ihn absinken ließ, um ihn dann lachend wieder in die Höhe zu heben. Er tanzte mit dem Wind. Und der Wind duftete nach Seetang, Dünenrosen und Sanddorn. Er sehnte sich, an Keike zu schnuppern, ihren betörenden Duft einzusaugen, der ihn, vermengt mit ihrem süßlich herben Liebesschweiß, fast um den Verstand brachte.

Sein Magen schmerzte vor Verlangen. Was war mit ihm geschehen? Er hatte sich verliebt. In eine Meerfrau. Sie netzte sein Herz, badete seine Seele. Sie zog ihn in die Tiefe seiner Selbst. Es war eine Tiefe, die er nie wieder verlassen wollte, obwohl er ahnte, dass das nicht möglich sein würde. Er wünschte, er wäre Neptun und könnte ihr einen Delfin als Brautwerber schicken. Sie würde auf den Rücken des Delfins steigen, in hohen Sprüngen über das Meer eilen und sich mit ihm vermählen.

Andreas Hartmann spürte einen Stoß im Magen. Wohin trieben ihn die Gedanken? War er von Sinnen? Er hatte sich mit einer liebeshungrigen Witwe eingelassen, die ihn völlig durcheinander brachte. Welche Kraft von ihr ausging. Er musste zur Vernunft kommen. Wenn er es recht bedachte, benahm sie sich nicht anders als eine Dirne. Sie hatte ihn verführt. Er musste sich zusammennehmen, ihr widerstehen. Er würde seinen Leuchtturm errichten und wieder nach Hause zurück, zu Almut und den Kindern fahren. Zu Almut und ihrer Güte, ihrer Tugendhaftigkeit, ihrer Frömmigkeit. Ein kalter Schauer zog durch ihn hindurch. Almut hatte seine Sinneslust in eine vertrocknete Qualle verwandelt. War es nicht so? Wenn er Almut an sich zog, spürte er stets, dass sie sich ihm gleichzeitig entzog, es war ein leichtes Zucken, ein kaum merkbarer Widerstand, der ihm sagte, dass er ihr nicht angenehm war. Sie fand kein Vergnügen an ihm, an seinem Körper. Sie empfand Scham, Duldung, Unlust. Es gab keine Überraschungen in ihrem Liebesspiel. Konnte er es überhaupt Liebesspiel nennen? Es war eine Liebesvereinbarung. Almut gewährte ihm pflichtbewusst, sein Begehren zu befriedigen. Dieses gleichmütige Stillhalten, er hatte sich nie damit abfinden können.

Zu Hause gab es keinen Wind, der ihn neckte, kein sprudelndes Lebenswasser, das ihn netzte. Dennoch, es durfte nicht sein. Er war ein Mann mit Verantwortung. Sollte er seinen Kindern ein Leben ohne Vater bereiten, seine Frau ins Unglück stürzen, sein Heim aufgeben? Er sah in den Himmel. Eine Sturmmöwe tänzelte in den Strömungen des Windes, sie kreischte vor Vergnügen. Der Wind heulte auf, jagte den Sand zum Meer. Eine abgrundtiefe Traurigkeit erfasste ihn. Die Liebe war zu ihm gekommen, und mit ihr grenzenloses Leid. Er erhob sich, ließ sich vom Wind ans Meeresufer treiben. Der Wind tönte seine berauschende Melodie, fegte ihn und den Sand über den Strand. Die Sandkörner klangen wie leises Blätterrascheln, wenn sie über die Muscheln streiften. Wie Keikes Atem in seinen Ohren. Er erreichte den Meeressaum, schritt über einen Muschelstreifen. Die Schalen zerbrachen unter seinen Füßen. Er blickte über das wellenlose Wasser. Eine Meerfrau winkte ihm zu. Dann verschwand sie im Schoß der Fluten. Die Sonne versteckte sich hinter einer dunklen Wolke. Das Meer rollte seinen grauen Teppich aus.

Keike stand im Gemüsebeet und hackte Unkraut. Sie sah Andreas vor sich, seine Augen, die wie grüner Bernstein schimmerten, seinen vollen Mund, der verschmitzt lächelte. Das dunkelbraune Haar, das sich in kleinen Locken kräuselte. Groß und schlank war er. Er duftete nach Seife und Rasierwasser. Sie hätte vor Glück weinen mögen.

Er trug keinen Bart. Sein Kinn war samtweich, seine Wangen dufteten herb wie getrocknetes Gras. Sie schmeckte seinen frischen Atem auf der Zunge. Sie stützte sich auf den Stiel ihrer Hacke. Ihre Nasenflügel blähten sich wie Segel. Sie fächerten ihr seinen Wohlgeruch zu. Sie legte den Kopf in den Nacken, betrachtete das Wolkenspiel im Himmel. Die Wolken schoben sich ineinander, entzerrten sich wieder, bildeten Rauchfahnen. Irgendetwas kam ihr merkwürdig vor, riss sie aus ihren Träumen. Sie schnupperte. Der Andreas-Duft verflog, plötzlich nahm die Luft einen sonderbaren Geruch an. Keike schloss die Augen, sog die Luft tief in sich ein. Es roch anders als Sturm. Und der Wind kam aus Südost. Südostwind war kein Sturmwind. Dennoch glaubte sie sich von Sturm umgeben. Keike hackte weiter. Immer wieder schnupperte sie, beobachtete die Wolken.

Es trieb sie an den Strand. Sie setzte sich in den Sand, verfolgte den Lauf der Wellen, die Wolken.

Ihr Blick verfing sich im Durcheinander des Muschelfeldes, in dem sie hockte. Die Schalen lagen als Schüsselchen mit Sand gefüllt, oder gekentert mit dem Panzer nach oben. Die meisten Muscheln waren zersplittert. Sie lagen verstreut um die noch heilen Schalen herum. Keike zog an einem Tangfaden, der sich in einem Wellhornschneckengehäuse verfangen hatte. Das Gehäuse drehte sich. Gedankenverloren nahm sie eine herumliegende Entenfeder, steckte sie in die Schnecke hinein. Dann ging sie zum Feld zurück.

Am frühen Abend zog eine tiefschwarze Wolke am Himmel auf. Der seichte Wind, der an diesem Tag blies, verwandelte sich innerhalb von Sekunden zum Sturm. Alle Fischerboote beeilten sich, den geschützten Hafen zu erreichen. Nur ein Boot war noch auf dem Meer.

Eine Totenbraut fegte über das Meer. Sie brüllte auf, erhob sich in zügelloser Wut zu einem Wellenturm. Sie brodelte und zuckte, umgarnte in gewaltigen Strudeln kreisend das einsame Schiff. Sie zerriss und zerfurchte die Segel des Kutters, jagte über das Deck, zerschlug die Luken, köpfte die Kappen, bis sich die tosende See über dem Rumpf des Schiffes ergoss und es mit Wasser füllte. Das Schiff versank, bis nur noch der Mast aus dem Wasser ragte, an den sich Knudt Nissen klammerte. Die Wellen brachen sich über ihm und schleuderten ihn in die Fluten, wo ihn das Meervolk in die Tiefe zog. Die Windsbraut entschwand so schnell, wie sie gekommen war. Das Meer lag glatt und wellenlos, wie ein Spiegel glänzend, im Sonnenschein.

2

Andreas Hartmann sah Jacob Lorenzen auf die Baracke zukommen. Lorenzen schaute oft bei ihm vorbei. Heute wäre er lieber allein gewesen. Er sehnte sich nach Ruhe, um nachzudenken und Ordnung in seine verwirrte Seele zu bringen.

Lorenzen winkte. »Moin, Andreas.«

»Moin, Jacob. Du, es passt im Moment nicht. Ich wollte gerade ein bisschen an die Luft.«

»Kein Problem, ich komme mit. Lass uns zur Seeseite gehen. Der Wind ist mild heute.«

»Lieber nicht. Ich muss nachdenken.«

Lorenzen wich nicht von der Stelle. »Ach was, nachdenken kannst du den ganzen Tag.«

Sie liefen durch die Dünen. Andreas Hartmann schwieg. Ihm war nicht nach Plaudern. Immerzu musste er an Keike denken.

Lorenzen durchbrach die Stille. »Alle reden von Nissen und der Totenbraut. Knudt war ein erfahrener Kapitän. Wieso ist er nicht rechtzeitig in den Hafen zurück? Er war doch gar nicht weit entfernt. Ole Erken, einer seiner Männer, vermutet, dass er gar nicht fischen war, sondern etwas bergen wollte, wovon die anderen nichts wissen sollten. Wahrscheinlich hat er recht. Deswegen ist Nissen wohl auch ganz allein auf dem Boot gewesen. Seine Habgier hat ihn umgebracht. Ha, am Mast hat er gehangen wie ein Affe.«

Andreas Hartmann hämmerte das Herz. »Ich will darüber nicht reden.«

»Aber sein toter Hund? Da ist auch noch sein Hund.«

Andreas Hartmann suchte ein anderes Thema. »Wie lange bist du zur See gefahren?«

»Zweiundvierzig Jahre. Ich war vierzehn, als ich mit meinem Vater die erste Fahrt als Schiffsjunge machte.«

»Und dann?«

»Der übliche Weg. Leichtmatrose, Matrose, Steuermann. Dann kam das Kapitänsexamen in Altona.«

Sie erreichten den Strand. Lorenzen blickte in die Weite.

»Die Flut kommt erst in vier Stunden. Und der Wind weht lammfromm. Komm, wir gehen weiter raus und wandern bis zur Südspitze.«

Sie bogen nach links ab.

»Welche Schiffe hast du befehligt?«

»Handelsschiffe aller Art. Mit dem Walfang ging es ja zu Ende. Und dann kam die HAPAG und Amerika.« Lorenzen verstummte. Sie gingen stillschweigend weiter. Das brodelnde Rauschen des Meeres tönte in der Ferne. Lorenzen hob eine Muschel auf, warf sie wieder fort.

»Verflucht sei die HAPAG! In der ersten Klasse, am oberen Deck herrscht Luxus. Die Salons und Kabinen sind mit Sofas und Damastvorhängen ausgestattet. Das Essen ist sehr gut. Aber im Zwischendeck …« Der Kapitän sprach gedämpft weiter. »Es gibt weder Licht noch Luft in dieser Pesthöhle. Die Auswanderer sind zu Hunderten zusammengepfercht wie Schweine. Viele sterben, bevor sie New York erreicht haben. An Typhus, Masern und anderen Krankheiten. Oder einfach an Entkräftung. Die Alten und Schwachen rafft es zuerst dahin. Es gibt weder einen Arzt noch genügend Medikamente an Bord. Auch die Verpflegung ist hundsmiserabel. Jedes Jahr sterben Tausende im Zwischendeck. Die Schiffe der Sloman-Linie sind die schlimmsten. Sie ähneln Sklaventransportern. Ins Zuchthaus gehören diese geldgierigen Reeder. Man muss ihnen das Handwerk legen.«

»Warum bist du Kapitän der HAPAG geworden?«

Lorenzen rieb sich die Nase. »Es hat sich halt ergeben.«

Eine Weile gingen sie wortlos nebeneinander her, Wind- und Meergeräusche in den Ohren, ab und an das Knacken einer Muschelschale. Lorenzen blickte zum Horizont.

»Damals, als unser Ältester auf See verunglückte, flehte meine Frau mich an, die Seefahrt aufzugeben. Ich bereue bis heute, dass ich nicht auf sie gehört habe. Dann hätte ich nicht bei der HAPAG angefangen, und das alles wäre nicht passiert.« Er blieb stehen und stierte Andreas Hartmann in die Augen. »Ich hätte es zu Hause nicht ausgehalten.«

»Hast du noch Familie auf der Insel?«

»Nein. Sie sind alle tot. Krankheit, Unglück, Kindbettfieber, Altersschwäche. Aber der Nanning lebt noch.« Lorenzens Augen nahmen einen eigentümlichen Glanz an. Seine Stimme begann sich zu überschlagen. Die Sätze flatterten. »Der Nanning, der ist nach Amerika ausgewandert. Er ist nicht seetauglich. Bei jedem Gang in die Takelage ist ihm schwindlig geworden. Der Nanning ist ein braver Junge. Hat sich in Amerika hochgearbeitet. Ist einer der wenigen, die es zu etwas gebracht haben. Er ist ein aufgeweckter Bursche. Weißt du, er hat einen kleinen Laden in New York. Delikatessen vom Feinsten, alles vom Feinsten.« Lorenzen lachte laut. Dann erstarb das Lachen. Sein Mundwinkel verzog sich, seine Augen blickten verloren. »Er schreibt nicht mehr. Seit dem Unglück.« Der Kapitän beschleunigte seine Schritte. Eine unsichtbare Energie ließ den alten Mann voranstürmen. Andreas Hartmann hatte Mühe zu folgen. Er rang nach Atem.

Sie erreichten das Ufer der Südspitze. Lorenzen blieb abrupt stehen.

»Da sind wir. Das Wetter hat sich ja prächtig gehalten.« Wieder brach ein zerhacktes Gelächter aus ihm heraus. Ohne sich zu verabschieden, drehte er sich um und eilte die Inselstraße entlang, einen langen Schatten hinter sich herschleifend.

⁓⦿⦚

Die Insel hatte sich wieder in ihr graues Kleid gehüllt. Andreas Hartmann streifte auf dem Eiland umher. Seine Unrast war ihm unerträglich. Zuerst lief er auf der Wattseite. Selbst die stille Seite der Insel brachte ihm keine Ruhe, sondern drückte ihn nieder. Auf den schwarzgrünen Wiesen weideten träge Kühe. Auch ein paar Ackergäule standen herum. Sie hatten ihre Hinterteile zum Wind gedreht, um ihm möglichst wenig Angriffsfläche zu bieten. Ihre Schweife lagen eng am Körper an. Auf den Wiesen hatten sich kleine Tümpel gebildet, auf deren grauer Oberfläche sich die Grasbüschel als schwarze Schatten abzeichneten. Einige Krähen hüpften auf der Wiese herum, pickten in das verfilzte Grün. Er blickte auf die Wasserseite. Kleine Wellen schwappten bleiern am Wassersaum. Das Meer war grau, das Watt, das sich davor erstreckte, ein schwarzgrauer düsterer Schlamm. Auch die Wolken, die die Sonne einkerkerten, waren schlammig grau und klebten schwer wie feuchter Ton am Himmel. Das eintönige Rauschen des Windes marterte seine Ohren. Seine Gedanken verdüsterten sich mehr und mehr. Seit Tagen stand ein dunkler Himmel über dem Meer. Er hätte weinen können über das ewige Grau in Grau.

Eine Gruppe von Austernfischern rastete am Wattenrand. Wie in einem von Menschenhand geformten Muster saßen die Vögel auf dem Grau, reglos ruhend, ihre Köpfe gegen den Wind gerichtet, damit ihre Federkleider nicht zerzausten. Andreas Hartmann beneidete die Vögel um ihre Ruhe, um ihr geordnetes Gefieder. Seine Haut war ungeschützt, rau und mit Narben bedeckt. Er schritt voran, ohne Ziel, ohne Schutz, ohne Muße. Jäh flog die Vogelschar auf. Ihr schrilles Gepiepse hörte sich an, als würde jemand Eisen sägen. Blindlings machte er kehrt, lief quer über die Insel, um auf kürzestem Weg an die Seeseite zu gelangen, um die Brandung zu hören, um Frische zu spüren.

Es war bereits früher Nachmittag. Er war sehr durstig. Seine Lippen waren aufgesprungen und vertrocknet. Die Knie und die Füße schmerzten vom vielen Laufen. Dennoch konnte er nicht stehen bleiben oder gar auf die Baustelle zurückkehren. Er näherte sich den Dünen. Das Meer klang von Ferne wie herabstürzendes Steingeröll. Er trat in eine Mulde voller Kaninchenkot. Mühsam erklomm er Düne für Düne, hatte nur noch die niedrigen, dem Meer vorgelagerten Sandhügel vor sich, die ihn von der weit ausgedehnten Strandfläche trennten. Er umging die Meerwasserpfützen, die in den Sandmulden standen, in denen sich der blaugraue Himmel spiegelte. Er fühlte sich nicht besser. Die ganze Landschaft hüllte sich in bläuliches Grau. Blaugrau die Wolken, blaugrau der Sand, blaugrau das Meer. Es war zum verrückt werden.

Er erreichte den Meeressaum. Das Wasser floss in langen Zungen über den Boden. Die Flut kam. In den

Wellen wippten Hunderte von Möwen. Sie warteten auf Nahrung. Eine Woge überschlug sich. Die Vögel wurden hochgeschleudert und breiteten ihre Flügel aus, um sich wieder auf dem Wasser niederzulassen. Eine andere Möwenschar saß in der auslaufenden Gischt und pickte nach Krabben und Gewürm. Dazwischen trippelten Strandläufer. Sie rannten so schnell, dass er ihre einzelnen Schritte nicht erkennen konnte. Nur kurz blieben sie stehen, um ebenso gehetzt ihre Schnäbel in den Meeresboden zu stecken. Das war sein Zustand. Das war sein Leben, dachte Andreas Hartmann. Rennen und picken, picken und rennen, rastlos, hektisch, in steter Angst vor dem Ertrinken. Ohne Ruhe. Ohne Muße. Es nahm kein Ende. Er war ständig auf der Flucht, vor seinen Ängsten, vor Almut. Er reiste von einer Baustelle zur anderen und versuchte der Vergangenheit und der Gegenwart zu entkommen. Er spürte heftige Stiche im Brustkorb, lief zurück in die Dünen. Er musste ausruhen, konnte sich kaum noch auf den Beinen halten. In einer windgeschützten Mulde ließ er sich niederfallen. Sein Herz raste. Er würde liegenbleiben und warten, bis sein Herzschlag sich beruhigt hätte. Doch er fuhr pfeilschnell wieder auf. Eine unsichtbare Kraft ließ ihn vorwärts stolpern. Er fühlte sich wie ein Dünenhalm, der hin und her flatterte. Nein, ein Dünenhalm hatte Halt, auch wenn er auf kargem Boden wuchs. Aber er, er taumelte, wurde hin und her geschleudert wie Herbstblätter, die sich in irgendeiner Ecke häuften, um dort zu vermodern.

Es trieb ihn in seine Baracke zurück. Er warf sich aufs Bett und versteckte sich unter der Decke. Seine Gedanken ließen sich nicht abstellen. Er schluchzte auf. Er konnte sich in keinen noch so einsamen Winkel verkriechen, um seiner Sehnsucht nach Keike zu entkommen.

Seine gut und präzise abgesteckte Welt zerbröckelte wie falsch angerührter Mörtel. Sie war unbrauchbar geworden. Nichts galt mehr. Er hatte immer gedacht, er müsse seine Ehe hinnehmen, wie sie war. Jeder musste das doch schließlich. Almut trat ihm vor Augen, wie sie ihm einen Krümel von der Wange wischte, wie sie aus ihren staubigen und vergilbten Religionsbüchern vorlas, die ihn zu Hustenanfällen reizten. Manchmal, wenn er schlief, saß sie auf seiner Bettkante und betete. Nicht einmal im Schlaf war er frei.

Almuts Seele war von Frieden erfüllt. Stimmte das? Kannte er Almut überhaupt? Was wusste er schon von ihr? Manchmal schaute sie ihn scharf und böse von der Seite an, ohne etwas zu sagen. Dieser Blick war alles andere als sanft. Vielleicht trieb sie es mit dem Pastor oder mit dem Hausarzt. Und nur er war ihr nicht angenehm. Vielleicht fühlte sie ihm gegenüber das Gleiche wie er ihr gegenüber?

Er schüttelte diesen Gedanken ab. Unsinn. Sie liebte ihn sehr. Sie liebte ihn auf ihre Art. Eine Art, die ihn zu seinem eigenen Schatten werden ließ. Sein ganzes Leben erschien ihm auf einmal abgezirkelt wie der Durchmesser seiner Leuchttürme. Keine Überraschungen, alles genau berechnet. Er war ein gewissenhafter, achtbarer Mensch, ein nützliches Mitglied der Gesellschaft, würde man sagen. Aber was war mit seinen ureigensten Wünschen? Sollte er sie sein ganzes Leben lang unterdrücken? Seine Ehe war eine körperlose Liebenswürdigkeitsfolterkammer. Warum erduldete er diesen Zustand? Warum wehrte er sich nicht?

Eine Fliege stieß unablässig an die Scheibe. Dann setzte sie sich, krabbelte hektisch über das Glas. Sie unternahm einen neuen Versuch, flog auf, brummte, prallte wieder gegen die Scheibe, die sie von der Freiheit trennte.

                                      ✦

Die Front des Krankenhauses Sankt Georg lag zur Stadt hin, der rechte Flügel zeigte zur Lohmühle, nahe der Alster. Das ganze Gebäude bildete ein längliches Viereck. Der rechte, nach der Alster gelegene Flügel war für die weiblichen, der linke, zum Stadttor gelegene für die männlichen Kranken bestimmt. An den Ecken des Gebäudes befanden sich ein vorderer und ein hinterer Pavillon. Der hintere Pavillon war durch eine starke Bretterwand und eine Eisentür von dem Querflügel getrennt. Dort befanden sich die sieben Krankensäle für die Irren. Die Fenster der Räume waren zur Erhaltung der Scheiben durch Eisengitter gesichert. Stieg man die Treppe hinunter, kam man in den Kellerraum, wo mehrere Behältnisse für die Tobsüchtigen und für die stets verunreinigten Wahnsinnigen zur Verfügung standen. Diese Behältnisse waren teils mit Dielen, teils mit Fliesen ausgestattet und so eingerichtet, dass bei ihrer Reinigung das Wasser und die Exkremente von selbst durch ein unterirdisches Siel abflossen. In den Irrenkellern lagen die unreinlichen Kranken, die zugleich keine Bekleidung duldeten, auf Stroh. Mit diesem wurden die Bettstellen hinreichend gefüllt und täglich erneuert.

Eine Vorrichtung für Tropf-, Sturz- und Regenbäder, die sich in einem hölzernen Kasten befand, machte es möglich, das Wasser in jeder beliebigen Entfernung und in gewünschter Menge auf den Irren herabstürzen zu lassen, ohne dass die Wärter Gefahr liefen, angegriffen zu werden.

Die oft nötigen Zwangsmittel wie Zwangsstuhl, Sack, Zwangsjacken, Leib- und Fußriemen befanden sich in der Verwahrung des Oberkrankenwärters. Bei akuten Tobsuchtsanfällen stand zur Absonderung eine dunkle Koje zur Verfügung.

⚘

Wie ein Besessener schritt Andreas Hartmann in seiner Baracke umher. Tagelang hatte er mit sich gekämpft, ob er wieder in die Dünen gehen sollte. Er hatte den Kampf verloren. Wann immer es möglich war, trugen ihn seine Füße zu Keike. Wie lange konnte man ein Liebesnest auf einer Insel geheim halten? Überall lauerten neugierige Schatten im Hinterhalt. Überall saßen die Menschen hinter ihren Gardinen und gafften, lüstern nach neuen Geschichten, Begebenheiten, die sie erzählen konnten. Es musste aufhören. Er durfte sie nicht mehr treffen.

Aus und Schluss, dachte er. Gleichzeitig liebte er Keike umso mehr, weil sie die Gefahr auf sich nahm, mit ihm zusammen zu sein. Keike hatte sein Herz getroffen. Es brannte wie eine Fackel. Damit Fackeln leuchten, musste man gegen den Wind angehen. Sonst schlug der Wind die fliehenden Feuer an den Fackelrändern zusammen und erstickte die Flammen. Er war zuvor noch nie gegen den Wind gerannt. Sein ganzes Leben lang hatte er sich brav und rechtschaffen verhalten. Er hatte die Liebe, solch ein Glück noch nie erlebt. Er wünschte sich, dass Keike ihm die nie zu stillende Glut von den Lippen küsste. Jetzt und wann immer es möglich war. Andreas Hartmann resignierte. Ihm wurde bewusst, dass er jede Gefahr in Kauf nehmen würde, sie wieder zu treffen. Plötzlich hatte er Keike mit einem lodernden Feuerkranz auf dem Kopf vor Augen. Sie zog ihn zu Boden, und er glühte vor Verlangen nach ihr. Er wunderte sich über diese Fantasie. Gleichzeitig konnte er das Gefühl nicht abschütteln, dieses Bild schon einmal gesehen zu haben.

Er hatte sich verliebt, hier auf der Insel. Mehr als das. Er war noch nie so verliebt gewesen. In seinem ganzen Leben nicht. Es war nicht nur ein körperliches Verlangen, es war nicht nur eine Herzensliebe, es war, als ob Herz, Seele und Blut sich zusammengefunden hatten und ihm den Boden unter den Füßen wegrissen. Sein Verstand sagte, dass diese Liebe nicht sein durfte. Er war ein verheirateter Mann und Familienvater. Dennoch fühlte er sich machtlos gegenüber dem, was er empfand. Er konnte an nichts anderes mehr denken als an Keike. Er traf sich mit ihr in den Dünen, in der Heide, in einem verfallenen Haus, sie liebten sich, wo immer sie unentdeckt blieben. Er verging vor Sehnsucht nach ihr, schon wenn er sie einen Tag nicht gesehen, gesprochen, berührt hatte. Sie liebkoste ihn, wie er es noch nie erfahren hatte, und wenn sie miteinander sprachen, hörte sie ihm lange zu, ohne ihn zu unterbrechen, ohne zu ermahnen, wie er es von Almut gewohnt war. Manchmal erzählte sie ihm eine Geschichte, eine Sage. Ihre Welten prallten aufeinander. Und dennoch gab es ein tiefes Einverständnis zwischen ihnen. Ihre Seelen, ihre Leidenschaften waren wie Zwillinge. Aber das durfte alles nicht sein. Er gefährdete Keike und er betrog seine Frau, die ihm eine treue Gattin war.

Almuts Brief lag auf dem Tisch. Er fürchtete sich, ihn zu lesen. Tagelang hatte er es bereits aufgeschoben. Mit friedlosen Händen öffnete er das Kuvert.

Lieber Andreas,

Schon lange sehne ich mich nach ein paar Zeilen von Dir. Aber wie aus Deinem ersten Brief hervorgeht, plagen Dich große Probleme auf der Insel. So will ich geduldig und nachsichtig sein. Doch lass Dir gesagt sein: Die Kinder und ich, auch die Freunde, denken oft an Dich und vermissen Dich sehr. Gott beschütze Dich, Lieber.

Ich will Dir ein wenig von uns erzählen. Die Kinder sind wohlauf. Jule geht jetzt zu Frau Hansen zum Sticken. Hannes kommt ganz nach Dir. Stell Dir vor, er hat ein Luftschiff gebaut. Er hat es auf einer Abbildung gesehen und nachgebaut. Er ist ganz stolz darauf und kann es gar nicht abwarten, es Dir zu zeigen.

Und ich? Ich suche, soviel ich kann, die Gesellschaft mit geistlicher Erbauung zu unterhalten. Gestern Abend hatten die Damen und ich Bibelstunde. Frau Hansen lässt Dich vielmals grüßen. Ach, und das Fräulein Vogt heiratet am nächsten Freitag den jungen Prediger, den Du noch vor Deiner Abreise kennengelernt hast.

Gestern bin ich mit Hannes am Hafen gewesen. Er wollte unbedingt Schiffe anschauen. Du weißt, dass ich mich immer ein wenig vor der rauen Welt dort an den Kais fürchte und lieber wäre mir gewesen, Du hättest diesen Spaziergang mit ihm gemacht. Aber Hannes ließ sich nicht vertrösten. Und Friedrich hatte zu viel in der Fabrik zu tun. Also ging ich mit ihm. Jule ließ ich bei den Hennings. Ihre Tochter, die kleine Johanna, ist zurzeit ihre liebste Freundin.

Am Hafen wurde gerade ein Auswandererschiff beladen. Hannes war ganz aufgeregt und wollte alles genau ansehen. Du kannst Dir nicht vorstellen, wie viele Menschen nach Amerika gehen. Es sollen über fünfzigtausend jährlich sein, die von Hamburg aus reisen. Hunderte von Menschen saßen auf ihren Kisten und Bündeln und warteten auf das Einschiffen. Viele Frauen säugten ihre Kinder, die Männer liefen unruhig hierhin und dorthin. Dazwischen Händler und Makler. Ein unglaublicher Tumult.

Fast alle Menschen waren ärmlich gekleidet. Die meisten werden wohl durch äußerste Not zum Auswandern getrieben. Man muss sehr verzweifelt sein, um diesen Schritt ins Ungewisse zu wagen. Denk nur an die Indianer, und vor Kurzem war noch Bürgerkrieg in Amerika. Und viele sterben bei der Überfahrt. Es sollen schlimme Zustände auf den Schiffen herrschen. Friedrich sagt, die Reeder lehnen Verbesserungen ab, da die Auswanderer eine möglichst billige Passage, und nicht Bequemlichkeit suchten.

Hannes wollte immer näher an das Schiff heran. Er wäre am liebsten mitgefahren. »Ich will auch nach Amerika«, rief er. Mir wurde ganz schwindelig bei dem Gedanken. Aber da wir, Gott sei es gedankt, unser Auskommen haben und Du niemals eine solche Schiffsreise machen würdest, wiege ich mich in Sicherheit, in Hamburg bleiben zu können.

Als ich die vielen Menschen ihre Heimat verlassen sah, fühlte ich mich sehr einsam. Wann wirst Du wiederkommen? Wirst Du zu Jules Geburtstag zu Hause sein?

Ich habe ein neues Gebetbuch angelegt. Jeden Abend schreibe ich einen kleinen Vers hinein, der Dich erreichen und Dir Kraft geben soll, Deine Aufgabe auf dieser unwirtlichen Insel zu bewältigen.

Wachet, steht im Glauben, seid mutig und stark!
Alle eure Dinge lasst in der Liebe geschehen!
Gott sei mit Dir, Andreas, Du vollbringst ein christ-

liches Werk. Du bringst den Menschen Rettung in der Not und Licht in der Finsternis. Ich will deshalb nicht klagen.
Lieber Gott, ich bete, dass wir alle gesund und wohlauf bleiben.
Herzensgrüße von den Deinigen zu Hause
Die Deinige Almut

Andreas Hartmann ließ den Brief sinken. Graue Leere umgab ihn. Er hatte jahrelang in einem Halbschlaf gelebt, in leidenschaftsloser Einöde und Biederkeit. Er hatte nur geglaubt, Almut zu lieben. Jahrelang war er zu feige gewesen, seine Lebenslüge aufzudecken. Blind wie ein Maulwurf hatte er sich selbst hintergangen. Er war selbst schuld. Er hätte es wissen können. Schon als er Almut den ersten Kuss gab. Es war ein Kuss auf harte, gepresste Lippen gewesen. Damals schrieb er es ihrer Schüchternheit zu. Aber Almut blieb ihm verschlossen, auch, wenn er mit ihr das Bett teilte, auch, wenn er Kinder mit ihr gezeugt hatte. Er hatte sich selbst eine Fessel umgelegt, jahrelange Keuschheit und Unlust auf sich genommen. In seinem Kopf dröhnte es. Jetzt, jetzt war er erwacht. Jetzt hatte der Sturm ihm die Maske vom Gesicht gerissen, die Rüstung, in der er steckte, vom Leib gefetzt. Er war sich selbst begegnet, nackt und schutzlos. Musste er auf diese Insel kommen, um das zu erkennen? Je klarer er seine Lebenslüge spürte, desto mehr Widerwillen empfand er vor Almut. Sein Verlangen nach Keike wurde immer stärker. Er sehnte sich nach ihrem Duft, nach dem Klang ihrer Stimme, ihren golden schimmernden Haaren, ihrer Wildheit unter dem Witwenkleid. Wenn er einatmete, schien es ihm, als sei die Luft von ihren Küssen erfüllt. Von ihr ging eine Wärme, Offenheit und Hitze aus, auf die er nicht mehr verzichten wollte.

Er würde mit Keike davonlaufen, weg von allem. Und mit ihr ein neues Leben anfangen, weit weg von hier. Was für Gedanken waren das? Fliehen? Und sein Haus? Die Kinder? Sein Beruf? Seine Stellung? Feige Gedanken. Was blieb ihm denn? Konnte er, nach dem, was er erkannt hatte, noch mit Almut leben? Seine Ehe war zerbröckelt wie morsches Holz.

Es lohnte sich nur, für Keike zu leben. Sie war der Höhepunkt der Lebendigkeit, des Glücks, der Lebensfreude. Das wusste er nun. Sie brannte lichter als jeder Leuchtturm und brachte ihm mehr Bestätigung, als er jemals erfahren hatte. Die Liebe, die er mit Keike lebte, veränderte ihn. Sein Gang war fest und kräftig geworden. Und seine Stimme klang plötzlich tiefer. Das Brüchige, sein stetes Räuspern, das ihn sonst beim Sprechen quälte, war verschwunden. Seine Worte formten sich zu sonoren Sätzen. Die traurigen Klumpen, die seine Stimme verschleimt hatten, hatten sich aufgelöst.

⁂

Groth traf mit der neuen Maurerkolonne ein. Gleichzeitig kamen weitere Steine. Der Turm benötigte dreihundertsechzehn Granitstufen und eineinhalb Millionen Mauer- und Klinkersteine, die alle abgeladen und vom Hafen zur Baustelle transportiert werden mussten. Andreas Hartmann war beunruhigt. Dies war erst die zweite Lage. Nicht auszudenken, wenn die nächste Fuhre nicht rechtzeitig eintraf. Es mussten genügend Steine vorhanden sein, sonst könnte er die verlorene Zeit niemals einholen. So schnell wie möglich wurden die Schiffe entladen und die Steine zur Baustelle transportiert. Währenddessen drängte Andreas Hartmann die Maurer, sogleich die erste Steinlage der Wände für den eigentlichen Leuchtturm zu schichten und die Wendeltreppe einzupassen. Er ließ sie nicht aus den Augen. Er traute auch dem neuen Polier nicht. Die Wände zu mauern, barg Risiken. Die Außenflächen und der Neigungswinkel der Verjüngung mussten exakt stimmen, da der Turm sonst schief wurde. Und die Mörtelsorte war wichtig. Lange hatte er gegrübelt, bis er sich für Puzzolanmörtel entschieden hatte. Er wurde fester, brauchte aber länger, um auszuhärten. Die Mörtelmischer rührten, die Kellen klapperten und schmirgelten. Die Arbeiter passten Stein für Stein ein. Zuerst ging es nur langsam voran, aber je höher der Turm, desto flinker wuchsen die Steinschichten und Treppenstufen. Auch Störungen oder Diebstähle kamen nicht mehr vor. Andreas Hartmann vermutete, dass die vielen Taldsumer Männer, die bei den letzten Strandungen ertrunken waren, die Insulaner umgestimmt hatten. Jedenfalls ließen sie ihn seinen Leuchtturm bauen, ohne jedoch zu unterlassen, weiterhin Strandgut zu sammeln.

Andreas Hartmann nutzte das gute Wetter und das zunehmende Tageslicht. Wenn das Wetter sich hielt und der Mörtel gut austrocknete, könnten sie in drei Tagen das erste Stockwerk erreichen. Er ließ die Arbeiter von morgens um fünf bis acht Uhr abends arbeiten. Die Männer erhielten höhere Prämien und besseres Essen. Auch er selbst schuftete von morgens bis abends. Nachts traf er sich so oft wie möglich mit Keike. Die viele Arbeit und die durchwachten Nächte zerrten an seinen Nerven. Er war reizbar, am Ende seiner Reserven. Er konnte sich schon seit geraumer Zeit nicht mehr konzentrieren. Er machte erste Flüchtigkeitsfehler bei der Arbeit. Er musste sich zusammenreißen. Irgendwann geschah womöglich ein grobes Versehen, das sich nicht mehr ohne Weiteres ausbügeln ließ.

Er müsste mehr schlafen. Keike hinderte ihn daran. Je höher der Turm wuchs, desto mehr Verlangen hatte er nach ihr. Ein Fieber glühte in ihm. Er verlor die Kontrolle über sich, fühlte sich wie verhext. Die Aussicht, die Insel bald verlassen zu müssen, raubte ihm fast den Verstand, trieb ihn zu Keike, vervielfachte sein Begehren, bei ihr zu sein, sie zu riechen, zu schmecken, zu fühlen. Gleichzeitig trieb er die Arbeiter an, um den Termin für die Einweihung einzuhalten. Als hätte man ihn in zwei Teile gerissen. Als wäre ein Blitz durch ihn hindurchgeschossen. Er war nicht mehr er selbst.

~~~

Erster Untersuchungsbericht des leitenden Arztes Professor Friedrich Gwinner – Irrenabteilung des Krankenhauses Sankt Georg

Die ersten vier Tage nach seiner Einlieferung war Andreas Hartmann erregt. Das anfängliche Schweigen hatte er aufgegeben. Er sprach mit sich selbst, hauptsächlich nachts, und fluchte auf ein Frauenzimmer, das er die Ursache seines Unglücks nannte. Gefragt, weshalb er im Irrenhause sei, antwortete er: Diese Hure hat Schuld, dass ich hier bin. *Er behauptete, sich an ein Verbrechen nicht zu erinnern. Wenn er sprach, schüttelte er den Kopf und alle Gesichtsmuskeln gerieten in Bewegung. Schließlich wurde er ruhig und bat, dass man ihm die Zwangsjacke abnehmen möchte, und er versprach, sich gut zu führen.*

Jetzt schritt ich zu einer eingehenden Untersuchung des Kranken, die folgendes Resultat ergab:

197

Physische Funktionen

Allgemeiner Befund: kräftiger Knochenbau, Haar grau; hohe Stirn mit Längs- und Querfurchen. Die Ohren gut gewachsen, aber leicht henkelförmig, Gegenleisten kaum vorhanden, mit Spuren des Darwinschen Höckers. Die Augen in gleicher Höhe, im linken Auge eine Nickhaut, Conjunktiva normal. Augenbrauen normal, rechts stärker geschwungen als links. Das Wangenjochbein tritt wenig hervor, der Gesichtsausdruck ist schlaff und welk. Am Daumen der linken Hand eine Narbe, die von einem schneidenden Werkzeug herrührt, ebenso eine in der Leistendrüsengegend.

Kurzer Hals – breite Brust, die interkostalen Zwischenräume wenig sichtbar. – Ausatmung auf beiden Seiten der Brust gleichmäßig – Anzahl der Atmungen siebzehn in der Minute. Bei Perkussion und Auskultation der Brust ist weder vor noch nach der Atmung etwas Abnormales zu bemerken.

Blutumlauf: Herzdämpfung von normaler Größe – Herztöne rein – regelmäßiger und kräftiger Pulsschlag – normale Funktion der Arterien.

Verdauungsapparat: Zunge belegt – Stuhlgang regelmäßig. – Bauch weich und unempfindlich gegen Druck.

Geschlechtsapparat: Geschlechtsorgane normal – große Hoden. Die Untersuchung des Urins ergibt folgendes Resultat: strohgelbe Farbe – saure Reaktion – Eiweiß und Zucker nicht vorhanden – kohlensaure Salze in geringer Menge – alkalische und erdige Phosphate in normaler Menge – Chloride ziemlich selten. – Bei mikroskopischer Untersuchung erscheinen keine organischen Gebilde.

Leberdämpfung von normalem Umfang, indolent.

Milzdämpfung normal.
Wärmeerzeugung normal.
Die physischen Untersuchungen konnten nicht zu Ende geführt werden. Der Patient, der bis dahin alles willig über sich ergehen ließ, weigerte sich, die Zunge zu zeigen. Beim Versuch, die Zunge zum Vorschein zu bringen, presste ich den in einem Zustand des Grinsens erstarrten Mund mit Daumen und Zeigefinger zusammen. Daraufhin schlug der Patient um sich. Er wurde tobsüchtig, brach mir das Nasenbein, griff die Wärter an, trat sie mit der ungezügelten Kraft eines Irren und zertrümmerte Mobiliar. Es hatte einige Mühe gekostet, den Rasenden wieder unter Kontrolle zu bekommen.
Er wurde zur Ruhigstellung in die Dunkelzelle gebracht.

3

ÜBER DIE INSEL zog sich ein violettes Blütenmeer. Kopf an Kopf standen die Heidesträucher. Sie bildeten sanfte Wellentäler, umrahmt oder durchbrochen von Gras und Dünenrosen, die erste, rot leuchtende Hagebutten trugen. Keike wartete im Schatten einer Düne. Ein sanfter, warmer Wind umspielte ihr Gesicht. Er wehte eine Wolke Blütenduft an ihre Nase, gepaart mit dem rauchigen Aroma des Dünensandes und der Würze getrockneten Seetangs. Keike lauschte dem hell-knisternden Rascheln des Dünengrases. Sie pflückte einen Halm, führte ihn zum Mund, klemmte ihn zwischen die Zähne, kaute ein wenig, genoss das Kitzeln und den würzigen Geschmack auf der Zunge.

Das Meer sang ein beschwingtes Sommerlied. Die seichten Wellen klangen hell wie Taft, flossen in sanften Bahnen, fast faltenlos ans Ufer.

Sie sah Andreas kommen.

Die Sonne stülpte ihre Glut über ihn. Sie sengte auf seinen Kopf, brannte auf seinen Körper. Er nahm sein Schnupftuch, machte vier Knoten an den Ecken und legte es über seinen Kopf. Kein Schnupftuch könnte ihn vor der inneren Glut bewahren, die in ihm explodiert war, dachte er. Er wollte genießen, lieben, bis er umfiele. Das Leben bedeutete doch nichts anderes, als zu lieben. Ohne Liebe war es nichtig. Er winkte Keike.

Der Wind schickte seinen Duft voraus. Keike sog ihn auf.

Sie legte ihre Haube beiseite, entflocht ihr Haar.

Sie lagen im Schatten. Ganz still, ihre Körper in Liebe gebadet, von einem feinen Sandfilm bedeckt. Strandfliegen umsurrten sie, setzten sich auf ihre feuchte Haut. Sie kribbelten und kitzelten, wurden immer lästiger. Sie lachten, begannen, sie zu verscheuchen.

»Komm«, lockte Keike, »wir gehen ins Meer.«
»Ins Meer? Niemals!«
»Die Wellen sind nicht gefährlich«
»Ich kann nicht schwimmen.«
»Du wirst Grund unter den Füßen haben.«
»Und wenn uns jemand sieht?«
»Es ist Mittag. Es ist heiß. Und kaum Wind. Niemand geht bei dieser Hitze an den Strand.«

Das Meer lag von der Sonne angestrahlt vor ihnen, wie ein Teppich aus glitzernden Lichtstreifen, die auf dem Wasser aufblitzen. Keike nahm seine Hand. Sie liefen über den Strand. Der Sand war heiß, brannte so sehr unter den Füßen, dass sie wie Strandflöhe hüpften, bis sie feuchten Sand unter den Fußsohlen spürten. Keike lief weiter. Sie warf sich ins Wasser. Er stand am Ufer. Die Schultern nach oben gezogen. Sie kam auf ihn zu, wollte ihn umarmen. Er lief davon. Keike verfolgte ihn, sie ließ ihn nicht entkommen, bis er sich ins Nass stürzte, mit einem Aufschrei der Empörung.

Sie tollten wie die Robben, drehten und rollten sich, bedeckten sich mit salzigen Küssen. Dann liefen sie in ihr Versteck zurück und ließen ihre Körper trocknen, bis sich ein weißer Salzfilm auf der Haut bildete, bis ihre Lippen von Neuem begannen, sich zu suchen und ihre Körper zueinander strebten.

Sie lagen in ihrem Dünennest, liebesgetränkt aneinandergeschmiegt wie zwei Kätzchen. Andreas schnurrte.

»Ich liebe dich.«

Keike hielt ihn im Arm. Sie fühlte sich wie eine geöffnete Auster, deren Perle in der Sonne glänzt. »Und du bist mein Krebs«, lächelte sie, und begann zu erzählen. »Es war einmal ein einsamer Einsiedlerkrebs. Dass er einsam war, wusste er nicht, weil er nichts anderes kannte. Er lebte im Schneckengehäuse einer Wellhornschnecke. Eines Tages kam eine räuberische Möwe geflogen. Der kleine Krebs konnte sich gerade noch im Watt einbuddeln und dadurch sein Leben retten. Aber das Schneckengehäuse hatte die Möwe mit ihrem scharfen Schnabel ganz und gar zerhackt. Der kleine Krebs war noch nie ohne Haus gewesen. Er hatte furchtbare Angst, denn er hatte am hinteren Teil keinen Panzer. Er krabbelte hierhin und dorthin. Es war wie verhext. Nirgendwo war ein neues Schneckenhaus zu finden. In seiner Not fragte er eine Scholle, ob er unter sie kriechen dürfe. Die Scholle sagte: ›Ich mag keine Krebse.‹ Dann traf er eine Herzmuschel. Die meinte: ›Ich bin viel zu klein, und du bist viel zu schwer. Und außerdem will ich nicht, dass du an mir klebst.‹ Der Krebs war den Tränen nahe. Ohne Haus wollte und konnte er nicht leben. Er fragte die Quallen, die Seeigel, selbst die Wattwürmer, die aus ihren Häufchen herausguckten, fragte er, ob er in ihrem Hügel wohnen könnte.

Als die Flut kam, hatte er immer noch kein neues Haus. Es war ein Wunder, dass er überhaupt noch lebte. Da sah er eine Auster in einer Meerespfütze baden. Er lief auf sie zu: ›Liebe Auster, ich habe mein Haus verloren, darf ich bei dir wohnen?‹

›Klar, komm rein‹, klapperte die Auster, ›ich habe gerade meine Perle verloren. Es ist Platz genug.‹ Sie öffnete ihre Schalen. Der kleine Krebs krabbelte hinein und weinte vor Freude. Er hatte ein richtiges, weiches Bett, nicht nur eine harte Schneckenschale. So schön hatte er noch nie gewohnt.

Eine herrliche Zeit begann. Morgens öffnete die Auster die Schalen und klapperte: ›Aufstehen, Morgenbrot.‹

Dann brauchte er nur seinen Mund aufhalten und schon schwammen ihm lauter Leckereien in den Mund. Wenn Gefahr drohte, klappte sie sofort das Haus zu. Dann lag er in ihrem Panzer geschützt und machte ein Schläfchen. Denn Angst brauchte er nicht mehr zu haben. Eine Austernschale war dick und hart.

Wenn die Sonne schien, sonnten sie sich am Rande einer Wattenpfütze. Dann krabbelte er heraus und streckte sich auf ihrem Muschelpanzer aus. Manchmal trommelte er mit seinen Scheren auf der Schale. Das gab wunderbare Töne, und die Auster klapperte dazu. Es klang wie Kastagnetten. ›Ich bin eine spanische Auster‹, lachte sie stolz, und sang dazu ein spanisches Lied. Wenn die Flut kam, ließen sie sich durch die Wellen gleiten. Die Auster steuerte, und der kleine Krebs lag warm und mollig in seinem Muschelbett. Er war so glücklich, dass ihm zum Weinen zumute war. Wie einsam war er doch gewesen. Und welch ein Glück war es, dass er die Auster gefunden hatte. Und er begann, seine Freundin mit den Scheren zu streicheln und zu liebkosen.

Die Auster seufzte: ›Du bist mir die liebste Perle, kleiner Krebs.‹ Und der Krebs sagte: ›Noch nie habe ich ein so wunderschönes Haus bewohnt.‹

So vergingen die Tage. Der Krebs wuchs langsam an der Auster fest. Und die Auster trug ihn freudig durch die Wasserfluten. Denn auf den Austernbänken sitzen mochte sie nicht. Das war ihr zu langweilig und auch zu gefährlich wegen der Fischer.

Eines Tages, es war ein windstiller Sommerabend, leuchtete das Meer wie goldene Perlen. Die Auster badete ausgiebig in dem Feuerwasser. Ihr schwarzes Kleid verwandelte sich in ein rotgoldenes Festgewand. Der Krebs umarmte und küsste sie. ›Ich liebe dich so sehr‹, sagte er. Und die Auster schmatzte: ›Du bist mein

Leben, kleiner Krebs.‹ Jetzt waren sie Mann und Frau. Und wenn sie nicht gestorben sind, dann leben sie noch heute.«

Keike holte die schöne Tabaksdose hervor und legte sie Andreas in die Hand.

»Kriech hinein«, sagte sie.

Andreas Hartmann strich Keike eine Strähne aus dem Gesicht und küsste sie leidenschaftlich.

∞∞

Er saß in seiner Baracke, lauschte dem Singsang der Böen, die um die Wände strichen. Der Wind hatte heftig zugenommen. Und es waren Wolken aufgezogen. Nichts erinnerte mehr an die betörenden Stunden, die er mit Keike verbracht hatte. Er rieb sich die Schläfen. Seine Gedanken erschütterten ihn wie die Böen. Sie schlugen an seine Schädeldecke, pochten, klumpten sich im Magen zu einem verwirrten Knäuel zusammen. Plötzlich schoss ihm ein Gedanke in den Kopf. Er drängte sich immer mächtiger in sein Hirn, blähte es auf wie einen Heißluftballon. Was wäre, was wäre, wenn Almut …, wenn er Witwer würde. Eine Krankheit, ein Leiden, ein Unfall. Andreas Hartmann spürte, wie er erblasste. Schwindel erfasste ihn.

Der Wind pfiff ihm schrill in die Ohren. Er riss die Schublade auf. Er musste Almut schreiben, jetzt, auf der Stelle. Er ertrug sein schlechtes Gewissen nicht länger. Er entzündete die Lampe, holte Papier hervor. Mit zittriger Hand setzte er die Feder an.

Liebe Almut!
Verzeih, dass ich Dir so lange nicht geschrieben habe. Ich komme vor lauter Arbeit zu gar nichts mehr. Dann

passierte auch noch das Malheur, dass Dein letzter Brief mit drei Wochen Verspätung eintraf. Ein ganzer Postsack war verloren gegangen.

Was kann ich Dir berichten? Die neuen Arbeiter sind fleißig und murren kaum. Der Turm wächst zusehends. Es gibt im Moment keinerlei Störungen. Das Material ist vorhanden, es kommen keine Diebstähle und mutwilligen Zerstörungen vor, und das Wetter ist auch ideal für Bauarbeiten.

Gestern ist die Lampe angekommen. Sie ist großartig. Sie hat Seiten- und Rückenprismen. Sie lenken die von dem Apparat eines festen Feuers in der Horizontalen zentrisch divergierend ausfallenden Strahlen in bestimmte berechnete Winkel ab. Mit den Seitenwinkeln lässt sich allerdings nur eine Ablenkung der Strahlen bis gegen neunzig Grad erzielen. Deshalb verwende ich auch die Rückenprismen. Sie wirken bis einhundertdreißig Grad. Einer der Stevensons hat sie entwickelt. Ach, ich wünschte mir, ich wäre so mutig wie die Stevensons. Du weißt, ich hatte als Junge mit Vater die Leuchttürme von Bell Rock und Sherryvore Rock besichtigt. Großartige Bauten. Eine Meisterleistung, diese Leuchtfeuer auf Felsen und Klippen zu errichten. Allein die Vorstellung, die Granitblöcke vom Lastkahn auf das Riff zu hieven und bei den Arbeiten den Stürmen und Wellen zu trotzen. Die Stevensons bestücken ganz Schottland mit ihren Leuchttürmen. Eine großartige Familie. Ob Hannes wohl auch Leuchtturmingenieur wird? Nun, ich will ihn nicht drängen. Er soll selbst entscheiden.

Ansonsten habe ich mich auf Taldsum gut eingewöhnt. Die Insel zeigt sich gerade von ihrer schönsten Seite. Die Sonne lässt alles heiter erscheinen. Das Meer leuchtet strahlend blau und ist so ruhig wie das Wasser in der Badewanne. Man bekommt manches Mal Lust, hinein-

zuspringen. Strandungen kommen bei dem Wetter gar nicht vor.

Wie ich Deinem Brief entnehme, geht es euch gut. Das freut mich. Denn meine Abreise wird sich leider verschieben. Ich kann den Zeitplan aufgrund der anfänglichen Verzögerungen nicht einhalten, sodass ich leider auch nicht zu Jules Geburtstag daheim bin. Vor Ende Oktober wird es nichts werden. Ich habe das Ministerium in Berlin bereits informiert. Die Einweihung ist verschoben, der König benachrichtigt. Ich hoffe, dass die Herbststürme auf sich warten lassen und die Feier ohne Probleme verlaufen wird.

Liebe Almut, es ist schon spät und ich bin sehr müde. Ich schließe jetzt. Morgen geht der Brief mit der Fähre aufs Festland, damit Du endlich Nachricht von mir hast.

Habt es gut daheim und bleibt gesund!

Euer Andreas

~~~

Er hockte in einer Kellerecke, umgeben von fauligen Strohsäcken, Urin und Exkrementen, die sich auf den Fliesen anhäuften. Hagere, leichenhafte Gestalten mit blassen, abgezehrten Gesichtern saßen an die Wände gelehnt, schlurften oder krochen im Raum umher. Einige Irre spielten an ihren Genitalien, andere kauten Nägel. Oder sie kratzten sich. Ein Mann barst vor Lachen, ein anderer brabbelte unentwegt. Von Zeit zu Zeit ein Winseln, Röcheln. Oder Wutgeheul der Rasenden, die an Pfosten gebunden waren oder aus den Einzelzellen herausschrien, wo sie in Zwangsjacken geschnürt litten.

Er hockte mit nackten, blassen Gliedern auf einem

Haufen Stroh. Sein Gesicht war totenbleich, durchzogen von rötlichen Äderchen wie bei einem Schwindsüchtigen. Sein Kopf fiel nach unten. Die Augenlider klappten über seine leblosen Augen. Seine trockene Zunge hing ihm über die rissige Unterlippe. Er war ungeheuer durstig. Warum gab man ihm nichts zu trinken? Wasser, er wollte Wasser. Er ruckelte am Pfosten, konnte sich nicht befreien.

»Ich will Wasser! Wasser!« Andere Irre fühlten sich dazu aufgefordert, mitzuschreien. Ein schriller Klangteppich von wiehernden, feixenden, stöhnenden Lauten und Rufen breitete sich im Kellergewölbe aus. Eine Eisenklappe schabte. Der Wärter öffnete das Pförtchen in der Tür, von wo aus er die Kranken beobachten konnte.

»Wasser, ich möchte trinken. Wir haben kein Wasser mehr.«

Sie kamen zu zweit. Einer von ihnen trug einen Eimer Wasser und eine Schöpfkelle, der andere schützte ihn. Andreas Hartmann blickte sie mit halb offenen Augen an. Der Wärter mit dem Eimer kam auf ihn zu. Ein Koloss von Knochen und Fleisch. Eine lebende Maschine, eingewickelt in einen grünen Kittel. Sein Hals glich dem eines Stiers. Seine Unterlippe verschwamm mit dem Kinn zu einer Fettmasse. Die rot gefleckten Wangen glänzten fettig, sein Mund war groß und krumm, die Zähne schwarz und schief. Der Wärter glotzte ihn an mit einer Einfältigkeit, die Brutalität verhieß. Ein bösartiger Hanswurst, dachte Andreas Hartmann.

Der Wärter hielt ihm eine Kelle Wasser an den Mund. Es rann ihm das Kinn hinunter. Er verschluckte sich, musste husten.

»Mehr!«, rief er.

»Schlagt ihn tot!«, schrie plötzlich einer der Insassen. »Nieder mit der Kanaille!«

Ein drohendes Gebrüll erschallte aus den Kehlen der Männer. Ihre erloschenen Augen begannen zu funkeln und zu zucken. Sie liefen auf die Wärter zu. Diese flohen aus dem Saal. Ein triumphierendes Lachen brandete auf. Die Eisentür wurde verriegelt. Danach folgte Stille. Wie eine Viehherde, die in den Stall geht, zogen sich die Kranken zurück.

Andreas Hartmann hockte in seiner Ecke. Er hatte kaum die Kraft zu atmen. Der säuerlich-beißende Geruch der ungewaschenen Körper und Exkremente verursachte ihm Übelkeit und Kopfschmerzen. Warum hörte er nicht ganz auf zu atmen? Warum pumpte seine Lunge immerzu neue Luft in ihn hinein und hinaus? Was hatte er in dieser Hölle zu suchen? Er war nicht verrückt, er war niemals verrückt gewesen. Es waren nur seine Nerven. Sie waren zu schwach gewesen, seiner Seele zu gehorchen. Sein ganzes Leben kam ihm wie eine einzige, ewige lähmende Ohnmacht vor. Aber er war doch nicht irre. Lieber tausend Tode als ein Leben wie dieses. Lieber tausend Tode.

Nein, er war nicht verrückt. Er dachte zu viel. Um gesund zu bleiben, mussten viele Gedanken, die man dachte, die ständig in die Seele einströmten, schnell wieder verdunkelt werden. Bei ihm aber verdunkelte sich kein Gedanke. Er ertrank in Gedanken. Sie verwirrten ihn und schafften Unordnung. Sie hemmten seine Klarheit im Denken, verwandelten sich in unzusammenhängende Fetzen. Oder sie kämpften miteinander. Die guten und die bösen Gedanken trugen Gefechte aus, sie rangen, verkeilten sich, bis sein Hirn nicht mehr in der Lage war, Gut und Böse zu unterscheiden. Aber das wiederum war normal. Das war noch lange kein Grund, ihn in dieses schimmelige Verlies zu sperren. Ein eisiges Gefühl durchdrang seinen Leib. Grauen erfasste ihn.

Er hockte in diesem Keller, dazu verurteilt, hier auf den Tod zu warten. Irgendwann würde er in seinem eigenen Kot ersticken.

Unbezwingbare Angst überfiel ihn. Nebel dampfte auf, strich feucht und schwer über ihn. Eine Schar Seemöwen kam auf ihn zugeflogen, stürzte sich auf ihn nieder. Die Vögel kreischten, krallten Schnabel und Klauen tief in seine Haut und pickten Fleischstücke aus ihm heraus. Blut, Blut, überall spritzten Blutgedanken. Andreas Hartmann versuchte zu schreien. Lippen und Zunge bewegten sich, aber kein Laut entrang sich seiner Kehle. Erst nach schrecklichen Sekunden der Marter entlud sich das, was an ihm nagte, all seine Angst und sein Schmerz in einem markerschütternden Gebrüll.

⁓※⁓

»Ahhh, das Eis, das Eis, halsen, so halst doch, Wasser!«

Keike richtete den Schwiegervater auf. Sie gab ihm zu trinken, betete, dass er Ruhe geben möge. Sie setzte den Becher ab. Er schrie weiter. Sie gab ihm wieder zu trinken. Schreien. Trinken. Schreien. Keike lief zum Herd, ergriff den Suppentopf und lief zu Rike hinüber. Rike war auch verrückt. Sie lebte in einem winzigen Häuschen am Südrand des Witwenviertels zur Wattseite hin. Dort wohnte sie mit ihrem unehelichen Sohn in bitterster Armut. Ihr Sohn hieß Lars. Er war seit dem elften Lebensjahr zur See gefahren, damit sie überleben konnten. Mit einundzwanzig Jahren kam er nicht mehr wieder. Rike wusste nicht, dass Lars tot war. Rike lebte mit ihrem Sohn in ihrem Häuschen. Sie bürstete ihm die Jacken aus und wusch seine Hemden. Jeden Tag packte sie seine Seekiste. Vier wollene Hemden, ein Ölanzug, ein paar blaue Düffelhosen, Handschuhe, Südwester, Wasserstiefel.

Keike öffnete die Tür. Die Luft war uringetränkt. Rike saß zusammengesunken auf ihrem Hocker. Tiefe Falten zogen sich wie die Kerben einer Herzmuschel über ihr Gesicht. Die Muschel lächelte. Rike nahm ihren Handstock zur Hand, richtete sich mühsam auf.

»Sieh, mein Junge, die Keike bringt uns was.«

Rike stand auf ihren Stock gestützt, mit weit nach vorn gekrümmtem Oberkörper, den Kopf nach links geneigt und lachte. Nur wenige Zahnstummel ragten aus der Mundhöhle hervor. Sie wischte sich mit ihrem Ärmel die Tränen aus den Augenwinkeln, so sehr freute sie sich. Sie schlurfte zum Regal und deckte zwei Teller, für sich und für Lars.

Keike füllte die Suppe auf. »Lasst es euch gut schmecken. Nach dem Essen wasche ich dich und dann ziehen wir dir neue Wäsche an.«

Rike schlürfte die Suppe. Keike streichelte ihr den Rücken. Pastor Jensens Predigtworte kamen Keike in den Sinn: *In den letzten dreißig Jahren gab es nur ein uneheliches Kind auf der Insel. Gott wird es uns danken, ihr sittsamen Frauen*, krähte er durch den Kirchenraum.

Was für ein Leben führten sie? Was für ein Leben führten die Frauen auf Taldsum? Ihnen blieben nichts als Sehnsucht, Trauer und die Ehre. Oder das Wasser. Keike dachte an Mädchen, die während der Schwangerschaft heiraten mussten. Und an die, die ins Wasser gegangen waren. Oder von ihren Eltern umgebracht wurden. Wie Anna.

Anna war schwanger gewesen. Ihre Mutter tat so, als wüsste sie es nicht. Anna hatte vor lauter Angst auch geschwiegen. Als sie in die Wehen kam, war sie ganz allein. Ihre Mutter hatte keine Hebamme zur Hilfe geholt. Anna starb mit dem Kind im Bauch.

»Der Teufel hat ihr das Genick umgedreht«, krächzte ihre Mutter. »Gott sei Dank, dass sie hin ist.« Und sie drohte ihrer toten Tochter mit der Faust und rief: »Da liegst du nun. Das hast du dir selbst zuzuschreiben! Du hättest dich anständig benehmen müssen!«

Annas Mutter verscharrte ihre Tochter ohne Gottessegen. Sie hatte aber keinen Zwirn und keine Schere mit ins Grab gelegt. Da kehrte Anna als Wiedergängerin zurück, holte sich die Schere und schnitt ihrer Mutter die Zunge ab.

4

MITTE SEPTEMBER WAR DER GEMAUERTE TURM vollendet. Andreas Hartmann hatte einen schalen Geschmack auf der Zunge. Er konnte sich nicht freuen. Lustlos plante er die nächsten Schritte. Der Umgang konnte aufgewunden und gelegt werden. Dazu brauchte er acht Tage. Danach die Aufmauerung der Trommel und die Kranzlegung für die Laternenständer. Er ertappte sich bei dem Gedanken, dass es Verzögerungen geben könnte und er länger auf der Insel bleiben müsste. Er stöhnte auf. Das durfte nicht geschehen. Er versuchte, sich zu disziplinieren. Der Regen schlug an die Fensterscheibe. Er saß wie geknebelt an seinem Tisch. Er musste den Brief ans Ministerium verfassen. Seine Gedanken kreisten um Keike, Keike, nur um Keike. Gleich würde er sie sehen.

Ich habe die Ehre, Ihnen mitteilen zu können, dass die Einweihung am 23. Oktober dieses Jahres stattfinden kann. Bitte darum, seine Majestät in Kenntnis zu setzen ...

Andreas Hartmann warf die Feder beiseite. Er löschte die Lampe, zog seine Jacke über und eilte zu Keike.

Der Regen hatte alles durchfeuchtet. Wege, Dünen und Wiesen waren wie ein Schwamm voll Wasser gesogen. Das Vieh auf den Weiden rückte näher zusammen, um sich zu wärmen. Und die Vögel verbargen sich in ihren Schlupfwinkeln.
    Keike hatte ihr Schultertuch über den Kopf geschlungen, um sich vor der Feuchtigkeit zu schützen. Sie lief zu

Hansens Fischerhütte. Sie war sehr müde. Es war schon nach zehn. Der Tag war sehr anstrengend gewesen.

Die Erde gab unter jedem Schritt schmatzende Geräusche von sich. Je näher sie der Hütte kam, desto mehr lebte sie auf. Vier lange Tage hatte sie Andreas nicht gesehen.

Die Hütte lag einsam und verlassen. Niemand benutzte sie, seit Hansen tot war. Sie trafen sich nicht das erste Mal dort. Keike öffnete die Tür. Sie tastete sich durch den Raum. Eine Kerze entzündete sie nicht, damit kein Licht nach außen drang. Das kleine Fenster verhängte sie mit einem alten Kaffeesack. Sie holte die Decke aus der Ecke, breitete sie auf alten Fischernetzen aus und setzte sich in die Mulde.

Sie wartete nur kurze Zeit. Andreas kam herein. Sie küssten sich.

»Ich habe uns Essen mitgebracht, und Wein«, sagte er.

»Hast du deine Fußstapfen gut verwischt?«

»Ja, so gut es eben ging. Wie soll man das bei nassem Wetter machen?«

»So, wie ich es dir gezeigt habe.«

Er setzte sich neben sie. Sie küssten sich innig. Alles, was dann geschah, ereignete sich in der Dunkelheit der Hütte.

Es war nach Mitternacht. Andreas war zur Baustelle zurückgegangen. Um keine Spuren zu hinterlassen, räumte Keike die Decke und das Netz zurück. Sie verließ die Hütte, schloss die Tür, deren Eisenhaken leise klapperte. Sie wollte sich gerade umdrehen, als sie von derben Männerhänden gepackt wurde. Der Mann wollte sie in die Hütte zerren. Keike stieß ihre Zähne in seine Hand, schlug nach hinten aus. Sie nutzte die Sekunde, in der er die Tür öffnen wollte, und zog ihr Messer. Dann stach sie zu.

Sie strauchelte über Sand und Muschelsplitter. Stolperte weiter, spürte Feuchtigkeit und Kälte unter den Fußsohlen. Wasser umspülte ihre Füße, die Knöchel. Sie hielt ihr Messer in der rechten Hand. Seine Klinge war blutig. Das Blut tropfte in das Meer. Es zischte und glühte. Rote Funken sprühten. Sie watete tiefer ins Wasser hinein. Ihr Rocksaum wurde nass. Das Meer umspülte jetzt ihre Knie. Immer tiefer zog es sie. Hinter ihr ein langer feuriger Streifen. Sie stand nun bis zur Hüfte im Nass, tauchte ihr Messer ein, zog es mehrmals kräftig durch das Wasser. Das Meer loderte auf wie eine Feuersglut. Es brannte lichterloh. Sie stand in Flammen. Sie hatte Angst, zu verkohlen. Keike zog ihr Messer aus dem Wasser, watete zum Ufer zurück. Der Himmel war mit dunklen Wolken verhangen. Ihre Augen schweiften über das Meer. Es glühte nicht mehr.

∽

Der letzte Stein, der Sturz der Tür zum Laternenhaus, wurde eingepasst. Die Laterne war eingefügt, der Innenausbau abgeschlossen. Fehlten noch die Leuchtturmwärter. Die Männer von der Insel, die der neue Strandvogt ihm vorgeschlagen hatte, lehnte Andreas Hartmann ab. Stattdessen entschied er sich für zwei vertrauenserweckende Männer vom Festland. Er wies sie in ihre Aufgaben ein. Hatte er an alles gedacht? Dienstbücher, Materialbericht, Signalflaggen, Regenmesser, Anzünden der Feuer, Bedienung und Wartung der Leuchtapparate, Urlaub und Vertretung. Alles schien angesprochen. Die Leuchtturmwärter verließen seine Baracke.

Andreas Hartmann nahm einen Bogen hervor, um das Einweihungszeremoniell zu planen.

Sein Blick fiel auf den Brief von Almut. Zehn Tage lag der Brief schon ungeöffnet auf der Fensterbank. Auch heute sträubte sich alles in ihm, ihn zu lesen. Die letzten Tage wollte er nur an Keike denken, sich so oft wie möglich mit ihr treffen, sie an sich ziehen und nicht wieder loslassen.

Es klopfte. Die Tür knarrte. Lorenzen kam herein.

»Hast du schon gehört? Unser Kojenmann ist spurlos verschwunden.« Der Kapitän setzte sich ohne Aufforderung auf den Hocker und legte seine Mütze auf den Tisch. »Wir haben ihn überall gesucht. Die Insel hat ihn verschluckt. Wieder einer weg. Ich mache mir so meine Gedanken.« Er beugte sich weiter nach vorn. »Ocke trieb sich oft in den Grabgewölben bei den Ahnen herum. Im Sommer schlief er in der Totengruft, weil er dort seine Eier lagerte. Du musst wissen, er war nicht nur Kojenmann, sondern auch der Eierkönig der Insel. Er durchsuchte jedes Kaninchenloch nach Brandentennestern. Er sammelte auch Silbermöweneier. Die sind fast genauso groß. In der Gruft schlief er neben seinen Eiern und den Urnen und halbverbrannten Knochen der Ahnen, die dort noch in der Asche liegen. Wer weiß«, raunte Lorenzen, »vielleicht fühlten sich die Vorfahren gestört, vielleicht haben sie ihn verschwinden lassen.«

»Jacob, bitte bleib mir mit deinem abergläubischen Geschwätz vom Leib. Ich habe andere Probleme.«

»Oha, der Herr Ingenieur ist heute schlecht gelaunt.« Lorenzen nahm seine Mütze und erhob sich.

»Ocke wird schließlich nicht in einem Kaninchenloch begraben liegen. Das passiert nur kleinen Kindern.«

»Bitte, ich muss die Einweihung planen.«

»Ich wollte es dir nur gesagt haben.«
Er machte ein ernstes Gesicht. »Weißt du, was die Keike Tedsen sagt?«
Andreas Hartmann errötete. Seine Gesichtshaut brannte. Er versuchte, sich zu fassen, aber die glühende Hitze blieb. Lorenzen fixierte ihn. Er schien es zu genießen, ihn mit seinem Blick zu durchbohren.
»Keike Tedsen sagt, eine Schar Enten hätte Ocke Ketels gepackt und in die Schlickwatten geworfen.«
Das Auflachen des Kapitäns klang wie ein Möwenschrei.
Lorenzen drehte sich um und verließ die Baracke.
Andreas Hartmann schluckte. Wieso hatte Lorenzen ihn angestiert, wieso hatte er Keike erwähnt? Er versuchte, sich zu beruhigen. Ein Zufall. Es war nichts als ein Zufall. Lorenzen war sehr sonderbar. Im Grunde genommen hatte er noch nie so viele absonderliche Menschen kennengelernt wie auf Taldsum. Inzest. Auswirkungen des Inselinzests. Keine Frage. Er versuchte, sich zu konzentrieren.

Ankunft der königlichen Flotte
Redner, Musik, Kutsche ...

Erneut fiel sein Blick auf Almuts Brief. Widerwillig zog er den Bogen aus dem Umschlag, entfaltete ihn, überflog die Zeilen. Andreas Hartmann schwindelte. Das Blut wich ihm aus dem Kopf. Er fühlte sich einer Ohnmacht nahe. Im Zustand der ihn bedrohenden Bewusstlosigkeit keimten Wut und Verzweiflung in ihm auf. Zu spät. Ich kann es nicht mehr aufhalten. Alles zu spät. Er zerknüllte den Brief und warf ihn auf den Boden.
Er lag schlaflos im Bett. Seine Gedanken gingen wie ein rostiges, stumpfes Messer durch sein Gemüt und

tropften in die offene Wunde. Er schluchzte auf. Wie ein gekrümmter Wurm war er durch die Jahre gekrochen. Was war wichtig? Warum sollte er weitere Leuchttürme bauen? Warum sollte er zu den Millionen von Steinen weitere hinzufügen? Warum zu seiner Frau zurückkehren? Er wollte doch nur eines. Keike. Aber wer war sie? Zog sie ihn nicht in den Abgrund? Zerstörte sie nicht seine sichere Welt? Sie brachte ihn dazu, seine Familie zu verschmähen. Er war liebestoll geworden. Welches Gift floss in seinem Blut? Er war Keike verfallen, war nicht mehr Herr seiner selbst. War er jemals Herr seiner selbst gewesen? Er griff zur Tabaksdose, die auf dem Nachtschrank lag, öffnete sie. Salzig-fischiger Geruch strömte aus dem Döschen. Keike hatte einen kleinen Krebs hineingelegt. Tränen rollten über seine Wangen. Er klappte den Deckel zu und umschloss die Dose mit seiner Hand.

Der Wind dröhnte hohl, als käme er aus einem tiefen Loch. Andreas Hartmann fiel in den Schacht, auf dessen Grund ihn das Dunkel des Schlafes umhüllte.

Er steht auf dem Festland. Seine Augen strahlen weit aufs Meer hinaus. Plötzlich blinkt von der Insel ein bezaubernd schönes Licht herüber. Es sind die Augen einer wunderschönen Frau. Für einen kleinen Moment treffen sich ihre Blicke, genau in der Mitte zwischen dem Festland und der Insel. Sein Herz beginnt laut zu klopfen. Seine Augen erglühen und erleuchten das Meer hell und klar. Sie strahlen prachtvoller als alle Sterne am Firmament.

Sie blinzelt ihm zu und wiegt ihren Körper geschmeidig wie eine Seeschlange. Sie tanzt für ihn im Mondenschein, schwingt ihre Hüften von einer Seite zur anderen. Er möchte die Schöne berühren und liebkosen. Er will den Fuß heben. Aber er ist an seinen Platz geschmiedet wie ein Leuchtturm. Seine Beine sind in Beton gegossen. Er kann das Meer nicht überwinden.

⁓☙⁓

Sie saßen in den Dünen, dicht an dicht, um sich vor dem kühlen Wind zu schützen. Weiße Schleierwolken zogen auf. Sie kündigten Regen an. Keike hielt Andreas' Hand. Sie war eiskalt, lag leblos in der ihren, erwiderte keine ihrer Liebkosungen, weder den sanften Druck noch das Streicheln ihres Daumens. Wie tot. Er war weit weg von ihr, er nahm sie nicht wahr, mied ihren Blick. Seine Stirn lag in Falten, sein Mund war verschlossen und verkrampft. Die weichen, fülligen Lippen lagen wie dünne Strandhalme aufeinander. Er schwieg. Das Schweigen machte Keike unruhig. Es lastete auf ihr. Was trennte sie voneinander?

Andreas schaute auf. Seine Augen flackerten unruhig. Er drehte sich von ihr weg. Keike spürte Angst. Sein Schweigen breitete sich über sie aus wie das schwarze Kleid, das sie trug. Sie traute sich nicht, noch einmal zu fragen.

Das Schweigen umhüllte sie wie ein Sack, der sich immer fester zuzog. Es wurde ihr unerträglich. Sie musste die Stille brechen, das Schweigen, das sie an Harck erinnerte, zerreißen.

»Was ist?«, fragte sie.

Andreas Hartmann wünschte sich, weit fort zu sein. Lieber würde er in den Boden sinken, als ihr zu sagen, dass … Alles war zu Ende. Er hatte gehofft, noch ein paar Stunden, Nächte mit ihr zu verbringen. Er blickte sie an, krank vor Liebe. Um nicht weinen zu müssen, drehte er sich wieder zur Seite. Der Wind rauschte, schlug mit lautem Zischen in seine Ohren. Hilflose Trauer und Wut stiegen in ihm auf. Er fühlte sich wehrlos gegen das, was auf ihn zukam. Almut drängte sich in seine Liebe zu Keike. Er konnte sie nicht mehr aufhalten. Er hätte die Möglichkeit gehabt, aber er hatte ihren Brief, der ihr Kommen ankündigte, zu spät geöffnet. Eine Absage würde sie nicht mehr erreichen.

Noch nie war Almut ihm gefolgt, noch nie hatte sie an einer Leuchtturm-Einweihung teilgenommen. Ahnte sie etwas, oder war es der König, der sie auf die Insel zog?

»Lass mich in Ruh!«, schrie es in ihm. Er war starr vor Wut. Warum verfolgte sie ihn? Er wünschte, sie wäre tot. Tot!

Eine Sandbö wehte ihm ins Gesicht. Wie eine Ohrfeige schlugen ihm die Körner an die linke Wange, gelangten in seinen Mund, wo sie stumpf auf den Zähnen knirschten.

Er riss Keike an sich, klammerte sich an sie. Er versuchte, zu sprechen. Seine Kehle verklemmte sich. Er presste Keike an sich wie ein Ertrinkender. Der Wind hieb mit Fäusten auf ihn ein. Angst überfiel ihn. Sein Herz stockte wie seine Stimme. Alle Sicherheit hatte ihn verlassen. Er kannte sich nicht mehr. Hatte er sich jemals gekannt? Ein Lügner war er, ein Mensch, dem man nicht trauen durfte, ein Feigling, ein Schwächling. Sein Schweigen, sein Würgen schnürten ihn ein wie einen Gefesselten. Er presste Keike an sich, stöhnte im Einklang mit dem Wind, bis sich seine Stimme löste und die bittere Wahrheit preisgab, holprig, als würde sie über Stock und Stein schleifen.

»Almut und die Kinder werden am Montag auf der Insel sein. Keike, wir haben nicht mehr viel Zeit.«

Er vergrub seinen Kopf in ihrer Achselhöhle. Sein Körper zuckte. Er weinte. In Keike bildete sich zäher, schwarzer Schleim. Klebrig wie Teer. Sie konnte kaum atmen. Ihre Tränen überschwemmten sie wie eine Springflut, vermengten sich mit Andreas' Tränen, aus denen die Hoffnungslosigkeit hervorquoll. Sie weinten einen Trauersee. Sie schwammen darauf, um darin unterzugehen. Und nichts blieb außer Qual und Sehnsucht. Andreas ging fort. Sie hatten einen Traum gelebt. Einen Wunschtraum.

Sie weinten, schluchzten, küssten sich. Ihre Tränen nässten ihre Haut. Keike umschlang ihn mit Armen und Beinen. Sie klammerten sich aneinander, als könnten sie sich unzertrennlich machen. Keuchen, atmen, schreien, lieben, um sich Trost zu spenden und nicht zu verzweifeln, um Leere und Verlassenheit zurückzustoßen, als könnten sie sich retten. Aber sie konnten sich nicht retten. Sie liebten sich in vergangenem Glück und zukünftigem Unglück, das kommen würde wie Flut und Ebbe, Glück und Unglück, Ebbe und Flut, Unglück und Glück, Flut und Ebbe. Nichts konnte die Gezeiten aufhalten.

Keike löste sich von ihm. Sie fühlte sich wie eine zertretene Muschel, oder wie ein Zündholz, das entfacht worden war und seinem unwiederbringlichen Ende entgegenglomm. Ein letztes Aufflackern. Dann verschwand sie in der pechschwarzen Finsternis.

Aus dem undurchdringlichen Dunkel ertönte das traurige Lied des Zwergenkönigs. Von überall her tönte es. Von den Gipfeln der Dünen, aus den Grasnarben, den Heidesträuchern, den Höhlen im Sand. Wie Irrlichter huschten die Töne durch das Schwarz.

Jammer, Jammer hin und her
Ich bin am Verzagen.
Es drückt mir an mein Herz zu sehr,

Ich darf es niemand sagen.
Diese mit dem roten Kleid
Tut mir sehr gefallen.
Zum Beschluss einen Kuss
Weil ich von dir scheiden muss.

Keike grub ein Loch in den Sand.

Neulich, erzählte man, hatte eine Frau an einer bestimmten Stelle auf der Insel einen Schatz vergraben. Niemand wagte, den Schatz zu heben. Er sollte, sagte man, einer Frau in rotem Kleid gehören, die als Gespenst ihr Eigentum bewachte. Wenn jemand versuchte, an der Stelle, an dem der Schatz vergraben lag, zu graben, dann sprang sie ihm auf die Schulter und er musste sie schleppen. Einer, der den Spuk im Nacken hatte, wälzte sich auf dem Boden, aber die rote Last saß fest in seinem Genick. Alle Schatzgräber scheiterten. Sie warfen die Schaufeln hin und stürmten davon. »Ich werde mir meinen Schatz nicht stehlen lassen«, rief die Frau ihnen nach. Und sie kroch zurück zu ihrem Feuerkönig.

Andreas Hartmann war auf dem Weg zu Jensen. Ihm war elend zumute. Er musste seinen Widerwillen bezwingen. Er erreichte das Pastorat, klopfte. Eine der Töchter öffnete.

»Ist dein Vater im Haus?«

Jensen kam gerade zum Eingang. Er hatte seine Angel geschultert. »Hier bin ich. Herr Hartmann, welche Überraschung. Wir sehen uns in letzter Zeit ja nur noch im Gottesdienst. Was führt Sie zu mir? Ich freue mich. Kommen Sie herein.« Er stellte seine Angel beiseite und war im Begriff, die Stiefel wieder auszuziehen.

»Lassen Sie sich nicht vom Angeln abhalten. Ich habe nur eine kurze Frage.«

»Ach was, das Angeln hat Zeit.« Jensen zog am rechten Stiefel. Er ächzte. »Was möchten Sie mich fragen?«

»Meine Frau kommt mit den Kindern zur Einweihung. Meine Baracke kann ich ihnen nicht zumuten. Haben Sie vielleicht eine Möglichkeit, sie unterzubringen oder kennen Sie eine Familie, bei der sie für zehn Tage wohnen können?«

»Natürlich wird Ihre Familie bei uns wohnen. Die Kinder werden etwas zusammenrücken. Wir freuen uns. Es ist uns eine Ehre. Ihre Frau ist dem kirchlichen Leben sehr verbunden, wie Sie erzählten. Ich bin schon sehr gespannt, was sie aus Hamburg zu berichten weiß.« Er zog am linken Stiefel. »Wann kommt sie denn?«

»Am nächsten Montag mit dem Morgenhochwasser.«

»Gut, ich werde mit dem Wagen am Hafen sein und sie empfangen. Und dann fahren wir gemeinsam zurück und essen zu Mittag.«

»Ich danke Ihnen«, sagte Andreas Hartmann ohne Begeisterung.

Jensen stellte seine Stiefel unter die Bank. »Eva, koch uns einen starken Kaffee!«

»Nicht nötig, ich muss zur Baustelle zurück.«

»Für eine Tasse Kaffee ist immer Zeit«, näselte Jensen.

Jensen legte ihm seine Hand auf die Schulter und führte ihn von der Tenne in die gute Stube. »Es trifft sich übrigens gut, dass Sie gerade vorbeikommen. Ich würde mich freuen, wenn Sie einen Blick auf mein Gesuch werfen könnten. Es geht um das neue Pastorat. Sie kennen sich mit Gesuchen und Anträgen aus. Wer weiß, vielleicht kann Ihre Frau sogar etwas bewirken.«

Andreas Hartmann fühlte sich wie ein Insekt, das von einer Spinne umgarnt wird. »Meine Frau hat keinerlei Beziehungen zur Kirchenleitung, und was mich betrifft, ich kenne mich nur mit technischen Gutachten und Gesuchen aus.«

»Unterschätzen Sie Ihre Fähigkeiten nicht, Herr Hartmann!« Jensen öffnete die Schublade der Kommode und zog einen Briefbogen hervor. »Setzen Sie sich, lesen Sie bitte. Ich wäre Ihnen sehr dankbar. Habe ich die richtigen Worte getroffen? Ist die Argumentation überzeugend?«

Andreas Hartmann hielt das Gesuch in den Händen. Immer enger legte sich der klebrige Spinnfaden um ihn. Die Standuhr rasselte. Wann könnte er Keike wiedersehen? Würde er sie noch einmal wiedersehen? Sie war einfach auf und davon gelaufen. Die Zeilen tanzten vor seinen Augen. Er gab Jensen den Brief zurück. Er hätte den Inhalt des Schreibens nicht wiederholen können.

»Das ist in Ordnung. Ob Ihr Gesuch Erfolg haben wird, weiß ich natürlich nicht.«

Frau Jensen kam mit dem Kaffee.

»Ich muss jetzt wirklich gehen.«

»Aber, aber, der Kaffee dampft ja schon in Ihrer Tasse.«

Andreas Hartmann hätte gern den Kaffee hinuntergestürzt, aber er war zu heiß.

Jensen trank einen Schluck.

»Erlauben Sie mir noch eine Frage. Wann soll ich denn bei der Einweihung den Segen sprechen? Ich bin sehr aufgeregt. Man steht ja nicht alle Tage vor einem König. Am liebsten würde ich wegen des Pastorats beim König vorsprechen, aber ich sehe ein, dass ich ihn damit nicht behelligen kann. Vielleicht sollte ich im Gesuch erwähnen, dass ich in seinem Beisein den Segen für den Leuchtturm gesprochen habe.«

Jensen hüstelte. »Bitte schildern Sie mir doch kurz den Ablauf der Einweihung. Das würde mich sehr beruhigen.«

Andreas Hartmann stürzte den Kaffee hinunter, verbrannte sich die Zunge. »Das können wir am Montag besprechen, ich muss jetzt zurück zum Turm.« Er erhob sich, reichte Jensen die Hand.

»Danke für alles, Herr Pastor.«

Jensen drückte seine talgige Hand in die seine. »Bis Sonntag im Gottesdienst.«

/ **VIERTE WELLE**

1

Jeden Tag sah Keike ein wildes Feuer. Es zeigte sich bei Sonnenaufgang und brannte, bis die Sonne unterging. Es flackerte hin und her, blieb nicht auf einem Fleck. Manchmal schien es zu verlöschen. Dann zeigte es sich von Neuem. Feuer, Feuer, sie konnte nichts anderes mehr denken. Arbeitete sie auf dem Feld, rief es in ihr *Es brennt, es brennt!* Dann lief sie schneller als der Wind nach Hause. Aber ihre Kate war unversehrt.

Abends, wenn sie im Bett lag, hörte sie, wie jemand ans Fenster klopfte und *Keike!* rief. Sie schnellte hoch, stieß das Fenster auf, doch da war niemand. Seit einer Woche schon brannte das wilde Feuer, und immer wieder klopfte jemand in der Nacht und rief *Keike!* Nachts träumte sie von Feuer. Die Flammen schlugen über ihr zusammen. Es prasselte, loderte, glimmte und glühte. Es züngelte, knisterte, sengte und schwelte. Sie konnte zwischen sich und dem Feuer nicht mehr unterscheiden. Die Funken sprangen auf sie über. Ihre Arme wurden Feuerzungen, ihre Beine Flammenschwerter. Sie erhob sich, lief über die Insel und schleuderte ihr Feuer in alle Richtungen. Sie stand in einem Flammenmeer. Sie war das Flammenmeer. Alles um sie herum verbrannte zu Asche. Die schwarze Insel versank. Als sie unterging, stieg schwarzer Rauch über dem Wasser auf.

Die Witwe John spukte in ihrem Kopf herum. Vor langer Zeit war bei ihr zum dritten Mal Feuer ausgebrochen. Das ganze Dorf verbrannte. Häuser, Leinen, Wolle, Betten. Die Männer wollten sie töten, weil sie durch ihre Schuld schon zum dritten Mal ihr Hab und Gut verloren hatten.

»Tut solches nicht!«, rief ein blinder, alter Mann, »denn wir werden bestraft um unserer Sünden Schuld. Tut solches nicht!«

Am Abend nach dem Brand rauschten die Enten aus dem Watt heran und schnatterten um die Ruinen herum. Einige von ihnen liefen in die letzte Glut.

⁓⁓

Andreas Hartmann hatte wie jeden Sonntag rechtzeitig auf der Empore Platz genommen. Den ganzen Morgen sehnte er sich bereits danach, einen Blick von Keike zu erhaschen. Und wenn es nur ihre Haube wäre, auf die er schauen könnte. Unter der Haube lagen seine Träume, seine Sehnsüchte, sein Erwachen, seine Liebe. Jede Minute, die er noch mit Keike verbringen konnte, zählte. Jede Sekunde verlängerte sein Gefühl, Glück zu leben, ließ sein Herz höher schlagen, versetzte Leib und Seele in Schwingungen. Selbst wenn sie miteinander weinten, fühlte er Glück.

Die Kirche füllte sich, die Frauen traten ein. Er konnte Keike nicht entdecken. Ihre Mädchen saßen in der Bank. Warum kam Keike nicht?

Keike saß beim Schwiegervater. Die ganze Nacht hatte er gefiebert und erbrochen. Sie nahm einen Lappen und kühlte ihm die Stirn. Wieder sah sie das Feuer. Sie fühlte sich selbst wie eine Flamme, die hell emporschoss. Ein Schwefelhölzchen sprühte kleine Funken, dann erglühte die hungrige Flamme. Papier fing Feuer. Es bildeten sich schwarz verkohlte Ränder. Die Flamme fraß sich weiter, bis sie hell knisternd auflodere, einen Papierstapel erfasste, dann die Gardine hinaufzüngelte, bis sie lichterloh brannte. *Hunger, Hunger!*, schrie das Feuer. Glühende Feuerzungen schleckten nach allem, was sie erreichen konnten. Sie verschlangen Stühle, Strohmatratzen, Leinenzeug. Immer lebhafter tanzte das Feuer. Flammensäulen fraßen sich bis zum Dach hinauf, hüllten es in eine Feuerwolke. Funkenstürme wüteten. Deckenbalken stürzten ein, Funkengarben sprühten. Hin und her sprangen die Flammenteufel und ließen die Fensterscheiben bersten.

Der Gottesdienst hatte begonnen. Andreas Hartmann hielt sein Gesangbuch aufgeschlagen. Er sang nicht, blickte sehnsüchtig auf Keikes leeren Platz. Er spürte seine Seele. Sie lag oberhalb des Magens, drückte, dass ihm übel wurde. Es war vorbei. Morgen kam Almut. Er hörte die Gemeinde singen.

Oh, dass doch bald dein Feuer brennte,
du unaussprechlich Liebender,
und bald die ganze Welt erkennte,
dass du bist König, Gott und Herr.

Verzehre Stolz und Eigenliebe
und sondre ab, was unrein ist,
und mehre jener Flammen Triebe,
die nur auf dich gerichtet ist.

Jensen stieg in die Kanzel. »Herr, ich bin eingekommen in dieses Dein heiliges Haus, zu hören, was Du, mein Schöpfer, Du, Herr Jesu, mein Erlöser, im Leben und Sterben mein Tröster, willst zu mir reden. Herr, öffne also auch mir mein Herz durch Deinen Heiligen Geist, um Jesu Christi willen, dass ich aus der Predigt lernen möge, zu sorgen über meine Sünden und im Leben und Tode zu glauben an Jesum, auch von Tag zu Tag in einem heiligen Leben mich bessere. Das höre und erhöre Gott, durch Jesum Christum, unsern Herrn. Vater unser … Amen.«

Andreas Hartmann blickte zur Kirchentür. Nichts. Jensens Näselstimme wurde ihm unerträglich.

»Wenn Elend und Unglück in ein Haus kommen, lernen wir mit Gottes Hilfe, unser Schicksal zu tragen. Das Kreuz, das Gott den Menschen auferlegt, lässt sich erdulden. Wenn sich jedoch ein Mensch aus seiner eigenen Sünde und Schuld heraus ein schweres Kreuz zimmert, ist es eine schwere Last, unter der er zusammenbricht. Was durch Bosheit des Menschen entsteht, ist nicht leicht, doch was aus Gottes Hand dir kommt, nimm es hin und trag es willig. Ich will euch ein Beispiel geben …«

Plötzlich riss die Kirchentür auf. Ein Kirchendiener schrie: »Feuer, Feueeer!«

Alle sprangen von ihren Bänken auf. Andreas Hartmann lief mit den anderen zum Ausgang. Brandgeruch strömte ihm entgegen. Im Norden sah er Rauchwolken aufsteigen.

»Die Funken!«, schrie eine alte Frau. »Unsere Häuser! Holt Eimer! Schnell, schnell!«

Am Abend kam Stine. Sie war über und über mit Ruß bedeckt. Auch ihr blondes Haar war rußgeschwärzt. Sie roch nach kaltem Rauch und Ascheflocken. Der strenge Geruch breitete sich im ganzen Zimmer aus. Müde ließ sie sich auf den Stuhl sinken. Sie wischte sich über die geschwärzte Stirn.

»Wir liefen zum Brunnen, bildeten eine Wasserkette, schütteten Eimer für Eimer auf das Flammenmeer. Dann trieb der Wind das Feuer in die Heidefelder. Das Heidekraut brannte wie Zunder. Es hat ja lange nicht geregnet. Wir gaben nicht auf. Einige versuchten das Heidefeuer zu ersticken, die anderen das Pastorat zu löschen. Alles ist verbrannt, Keike, nur noch ein Haufen Asche. Die Heidefelder sehen aus, als hätte jemand die Dünen mit einem schwarzen Tuch abgedeckt und das Pastorat ist bis auf die Grundmauern abgebrannt.«

»Ein Glück, dass das Haus leer stand und das Feuer nicht auf andere Häuser übergegriffen hat.«

Stine gähnte. »Ich geh jetzt, Keike, ich will nur noch schlafen. Was macht der Schwiegervater?«

»Es wird nicht besser, er fiebert.«

»Ich komme morgen früh vorbei. Ich kann dich ablösen, dir etwas einkaufen, und wenn es ganz schlimm kommt, den Arzt vom Festland holen. Die Mädchen lass heute bei uns schlafen. Womöglich ist die Krankheit ansteckend.«

Keike packte den Mädchen ein Bündel und brachte Stine mit den Töchtern zur Tür. Sie fühlte, wie ihr Herz zerriss. Sie wollte zu Andreas fliegen, ihn in ihre Arme nehmen. Doch sie sah die schwarze Insel vor sich, mit der sie unterging.

»Halsen. So halst doch!«, schrie der Schwiegervater. »Pullt. Pullt ... Waaasser!«

⁂

Andreas Hartmann stand mit Lorenzen am Fähranleger.

Der Kapitän knuffte seinen Arm. »Ich sag dir, Jensen hat das Feuer selbst gelegt. Ha, ein guter Zeitpunkt. Keiner wird ihn verdächtigen.« Der Kapitän zog seine kleine weiße Tonpfeife aus der rechten Jackentasche, sie war bereits gestopft. Er klemmte sie zwischen die Lippen, griff in die linke Tasche, fischte nach einer Schachtel mit Schwefelhölzern, formte seine Hände zum Ball. Das Zündholz zischte. Er hielt es windgeschützt an den Tabak. Das Kraut glomm auf. »Ich sage dir, er war's. Er denkt jetzt, dass er sein neues Pastorat kriegt. Aber ich werde ihm einen Strich durch die Rechnung machen.«

Ein hämisches Lachen. Die Pfeife rauchte. »Ich hatte schon vor dem Brand ein Gesuch aufgesetzt. Ich habe bereits achtundfünfzig Unterschriften gegen Jensen gesammelt. Ich werde es an das Königliche Kirchenvisitatorium schicken, damit sie ihn versetzen. Außerdem hat er den Kirchenältesten Gerrit Nickels entlassen, obwohl er nicht das Recht dazu hatte. Das wird ihn köpfen. Und dann sind wir ihn endlich los.

Oder meinst du, man könnte es dem König persönlich übergeben? Würdest du das für mich tun? Du wirst doch sicher mit ihm sprechen.«

Andreas Hartmann hätte Lorenzen am liebsten den Mund zugeklebt.

Der alte Mann zog an seiner Pfeife, blies den Rauch stoßweise aus. »Du hättest deine Familie gleich bei mir einquartieren können. Ich habe viel Platz. Warum hast du Jensen und nicht mich gefragt?«

»Du bist Witwer, und nicht mehr der Jüngste. Ich wollte dir meine Familie nicht aufbürden.«

»Ach was, ich habe Elke Martinsen geholt. Sie hat die Kammer hergerichtet und wird kochen. Das wär alles auch vorher gegangen.«

Andreas Hartmann spähte aufs Wasser. In weiter Ferne war das Schiff zu sehen, das Almut und die Kinder auf die Insel brachte.

Lorenzen räusperte sich. »Vielleicht kann deine Frau wegen Jensen etwas ausrichten? Sie kennt doch bestimmt einflussreiche Kirchenmänner.«

Andreas Hartmann antwortete nicht. Die Fähre näherte sich. Mit jeder Welle, die ihm Almut näher brachte, wuchs seine Niedergeschlagenheit. Immer düsterer wurden seine Gedanken. Pfeilschnell schossen sie durch seinen Kopf wie die schwarze Schar von Wildenten, die kreischend über ihn hinwegflog. Er schämte sich der Bosheiten, die in ihm aufkeimten, aber jede herannahende Welle spülte ihn noch tiefer in den Abgrund.

»Ich habe Elke gesagt, dass sie Schollen braten soll. Sie sind im Herbst am allerbesten, schön groß und saftig. Ich hoffe, deine Familie mag Schollen.«

Die Flut brachte das Fährschiff schnell näher. Andreas Hartmann hörte schon die Bugwelle rauschen. Wenn es jetzt einfach umkehrte, zurück ans Festland …

»Mögen deine Frau und deine Kinder Schollen?«

»Ja doch.«

»Freust du dich denn gar nicht?«

»Aber ja! Es ist nur die viele Arbeit. Ich muss noch so viel vorbereiten.«

»Keine Sorge, ich werde deine Familie unterhalten. Ich zeig ihnen die Insel.«

Das Schiff warf Anker. Er konnte Almut, Jule und Hannes nicht ausmachen. Waren sie unter Deck? Die Menschen verließen die Fähre. Dann wurden die Güter ausgeladen. Andreas Hartmann schwankte zwischen Hoffen und Bangen. Sie waren eindeutig nicht auf dem Schiff. Freude stieg in ihm auf. Dann Sorge. Schließlich Ernüchterung. Sie hatten diese Fähre verpasst. Sie würden mit dem nächsten Schiff kommen.

Lorenzen hob den Arm. »Das da hinten ist übrigens

der Inspektor. Er heißt Ingwersen. Sieht aus wie eine besoffene Bisamratte, nicht wahr?«

Andreas Hartmann antwortete nicht. Der Fährkapitän kam auf ihn zu.

»Ein Brief für Sie. Ich soll ihn persönlich übergeben.«

Er nahm den Umschlag entgegen, sah auf den Absender. Von Friedrich. Was war geschehen? Mit fahrigen Händen öffnete er den Umschlag.

Lieber Andreas,

wie soll ich beginnen? Du hast Almut und die Kinder erwartet, und nun hältst du meinen Brief in den Händen, der keine guten Nachrichten bringt. Almut und Hannes liegen seit einigen Tagen im Spital unter Quarantäne. Ihre Krankheitssymptome sind der Cholera ähnlich. Aber die Ärzte sind sich noch nicht sicher. Bitte bewahre die Ruhe. Vielleicht ist es auch irgendetwas anderes, was sie sich auf ihrem Spaziergang an den Hafen eingefangen haben. Unter den Auswanderern grassieren die merkwürdigsten Krankheiten.

Im Moment ist Hannes' und auch Almuts Zustand stabil. Doktor Albers fährt Tag für Tag ins Spital und sieht den Ärzten auf die Finger. Er kümmert sich rührend um die beiden.

Jule ist bei uns. Mach dir also keine Sorgen um sie.

Ich rate dir, vorerst auf der Insel zu bleiben und die Leuchtturmeinweihung durchzuführen, zumal du weder Almut noch Hannes besuchen darfst. Danach aber komme bitte schnell nach Hause. Ich werde dir täglich schreiben, wie es um die beiden steht.

Ich bedaure, dir keine besseren Nachrichten überbracht zu haben.

Ich grüße dich von Herzen und wünsche dir Kraft.

*Mit Gottes Segen
Dein Bruder Friedrich*

Andreas Hartmann hockte im Werkzeugschuppen. Kalter Schweiß brach aus seinen Poren. Von allen Seiten brausten heftige Böen heran. Hagelschauer ging aus einer schwarzen Wolkenwand nieder, Flutwellen umtosten ihn. Plötzlich ein Krachen. Mehrere heftige Stöße erschütterten ihn. Leuchtraketen und ein Feuer in einem Fass loderten. Und Wasser, überall Wasser. Es drängte immer mehr dorthin, wo er saß. Die Rettungsboote. Die Wellen hatten sie mitgerissen. Er klammerte sich an einen der Masten. Die Wellen schlugen immer ungestümer über Deck. In die Masten und Rahen! Masten und Rahen! Er hing in der Luft, der Schiffsrumpf brach auseinander. Knarren, Krachen, Schreie. Hielt sich in der Takelage. Überall hingen Menschen. Weinen, Wimmern, Beten, Flüche. *Leb wohl, Andreas.* Mutter. Vater. Vater. Fallen lassen, einfach fallen lassen. Eine Welle. Gischt. Wie eine Ohrfeige.

Andreas Hartmann hörte seinen eigenen Schrei. Er fand sich im Schuppen wieder, einen Pfeiler umklammernd. Er vermochte nicht, sich von ihm zu lösen. Nur zögernd lockerten sich die verkrampften Glieder.

Schwer atmend ließ er sich auf den Boden gleiten, kam langsam zur Besinnung. Hannes und Almut waren sterbenskrank. Der Gedanke zerschnitt ihm die Brust. Seine bösen Fantasien waren schuld. Warum muss auch Hannes für seine Sünden büßen? Das ist nicht gerecht. Gott im Himmel, ich verspreche dir, ich werde zu meiner Frau, meinen Kindern zurückkehren. Lass sie am Leben.

Jäh wurde er von blindem Hass übermannt. Keike war schuld an allem. Sie hatte ihn eingefangen und verführt wie eine gefährliche Sirene. Jetzt war ihre Stunde gekommen, jetzt zog sie ihn in die Tiefe. Eine Hure war sie, eine wolllüstige Witwe, die sein Leben zerstört hatte. Verloren schaute er dieser Wahrheit ins Gesicht. Er lehnte seinen erschöpften Kopf an den Pfeiler und weinte bittere Tränen.

༺༻

Psychische Funktionen des Andreas Hartmann

Psychosensorielle Erscheinungen:
Die Wahrnehmung ist in der Periode der Ruhe normal. Im Augenblick der Erregung scheint er Sinnesstörungen unterworfen, er sieht Menschen, Tiere oder Gespenster, die ihn bedrohen.
Gedankengang:
Wenn er ruhig ist, sind die Gedankengänge regelmäßig; in der Erregung zeigt er fieberhafte und verworrene Verfolgungswahngedanken. Er spricht allein gegen die vermeintliche Ursache seiner Leiden, schimpft, schreit und flucht; lebhafte Einbildungskraft.
Gedächtnis:
Er erinnert sich an seine Familie, aber wenn man ihn nach seinem Verbrechen fragt, kann er sich nicht erinnern.
Stimmung:
Gewöhnlich trübe, nachdenklich; fragt man ihn nach seinem Verbrechen, ist er zerknirscht, stützt den Kopf und weint. Er denkt an seine Familie und sagt, dass

um seinetwillen Weib und Kinder werden betteln gehen müssen.

Willen und Instinkt:
Wenn ihn die gewöhnlichen Anfälle überkommen, ist er heftig, sonst ruhig.

Bewusstsein:
Er weiß, dass er im Irrenhaus ist.

Sprache:
Er spricht rasch. Die Stimme hat eine tiefe und kräftige Färbung.

Gesichtsausdruck:
Rundes, volles Gesicht. Die Augen hält er immer niedergeschlagen; wenn er erregt wird, bewegt er alle Gesichtsmuskeln und begleitet seine Worte durch Gesten.

Schlaf und Traum:
Er schläft schlecht und fantasiert. Schreie und Laute ertönen bei häufigem nächtlichen Samenerguss.
  gez. Professor Gwinner

⁂

Der Mond schimmerte rötlich, umwölkt von schwarzen Himmelsschatten. Keike saß in ihrem Dünenversteck. In ihren Ohren schallte das Getöse der Wellen. Jedes Mal, wenn sie sich brachen und auf dem Sand aufschlugen, fuhr sie zusammen. Ihre Gedanken waren wirr. Sie türmten sich wie das Wasser zu Wellenbergen auf, prallten hart gegen ihre Schädeldecke. Sie saß und wartete. Der Mond rot mit schwarzem Wolkenkranz.

Sie erkannte seine Silhouette, lief Andreas entgegen, wollte sich in seine Arme werfen, an seine Brust drängen. Andreas verhärtete sich. Er brachte sie auf Distanz. Seine Hände umklammerten ihre Oberarme. Sein Griff schmerzte. Der rote Mond verkroch sich hinter dem Schattengewölk.

Er ohrfeigte sie. Ihre Wange brannte. Eine Träne rollte über ihre glühende Haut, kalt wie ein Eiszapfen. Andreas stieß sie von sich. Sein Mund zuckte.

»Ich will dich nie mehr wiedersehen, Keike Tedsen. Hure! Eine Hure bist du!«

Und er verschwand in der Finsternis.

Keike lachte laut auf, weil sie nicht weinen konnte. Ein eiskalter Wind wehte durch sie hindurch. Sie fühlte seinen Atem, schmeckte Begierde und Tod auf den Lippen. Ihr Kopf zersprang. Ein Knall. Die Feuerhexen feixten, umflatterten sie mit glimmenden Reisigbesen. Immer enger wurden ihre Kreise.

In ihr erstarb jeder Windhauch. Schwarzer Nebel umhüllte sie. *Komm zurück!*, hörte sie sich rufen. Sie fiel von den weißen Schaumkronen ihrer Träume in die pechschwarze Tiefe des Meeres. Sie hörte Gelächter. Ihr Gelächter? Es ließ das Meer erbeben. Die Wellenkämme brachen über ihr zusammen. Das Gelächter schleuderte sie durch die schwarzen Fluten. Ein Sturzsee ging über sie hinweg. Wahnwitzig, zügellos. *Komm zurück!* Sie fühlte, wie sie eines langsamen Todes starb, verlor die Besinnung und war dennoch nicht ohne Bewusstsein. Sie spürte, wie sie den Verstand verlor, wie nichts von dem, was sie lebte, wahrhaftig war. Das Meer brodelte, das Gelächter, dieses wahnwitzige Gelächter. Es verfolgte sie. ›Du bist ein Traumgespinst, ein Gespenst!‹, kreischte das Gelächter, ›komm, Andreas!‹ Die Düsternis, die in ihr aufstieg, machte ihr Angst. Sie fürchtete sich vor sich selbst. Sie war ein Gespenst, mit Pech bestrichen. Sie hörte einen Schrei. War es ihr Schrei?

Die Wellen schoben sie ans Ufer zurück. Sie zog ihr durchnässtes Kleid und ihre Schwermut durch die schäumende Gischt, den Schmerz, glücklich gewesen zu sein, das Verhängnis, zu lieben.

Keike kniete im Sand, blickte in den Himmel, sah den rötlichen Schimmer des Mondes hinter den Wolken. ›Steh auf‹, sagte der Mond, ›geh zu deinen Kindern.‹

2

ALLES WAR FESTLICH GESCHMÜCKT. Überall wippten Girlanden im Wind. Das Dampfschiff seiner Majestät des Königs von Preußen kam auf die Insel zu gefahren. Die Inselbewohner hatten sich in ihren Festtrachten an der Mole eingefunden. Sie hielten Fähnchen in der Hand. Auch die Witwen. Keike schwenkte keine Fahne. Die Handwerker standen Spalier. Die Maurer waren mit Schurzfellen umgürtet und trugen Kelle und Hammer oder Blattbeile, mit blauen und weißen Bändern verziert. Daneben die Zimmerleute mit ihren großen Hüten. An den Ärmeln ihrer Festkleider flatterten bunte Bänder.

Als das Schiff vor Anker ging, ertönten Salutschüsse. Der König kam an Land. Der Regierungsbaurat, der Landrat und Andreas begrüßten ihn. Der Baurat hielt eine Ansprache.

»Ehrenwerte Majestät, im Namen aller Taldsumer heiße ich Euch so untertänig wie herzlich willkommen. Wenn auch der Empfang, den wir Ehrenwerter Majestät bereitet haben, dem Äußeren nach nicht so glänzend sein wird wie in großen Städten, so liegt das nicht an unserem guten Willen, sondern in unseren geringen Kräften. Ich kann Ehrenwerter Majestät jedoch versichern, dass unser Glück und unsere Freude, unseren erhabenen und ruhmgekrönten Monarchen von Angesicht zu Angesicht kennenzulernen, ebenso groß ist wie dort. Ich hoffe, dass Ehrenwerte Majestät bei Ihrem Weggange von hier die Überzeugung mit hinwegnehmen werden, dass die Bewohner der Insel ihren Allergnädigsten König lieben und ehren und Allerhöchstdemselben in Treue ergeben bleiben.«

Alle schrien ›Hurra‹ und schwenkten ihre Fähnchen. Wieder ertönten Kanonenschüsse. Das Musikkorps, das vom Festland gekommen war, begann zu trommeln und trompeten. Der König bestieg die Kutsche, die mit Blumen und Wimpeln verziert war.

Der Festzug setzte sich in Bewegung. Die Musiker bildeten die Spitze, danach folgte die Kutsche des Königs. Die Inselbewohner liefen hinter dem königlichen Wagen.

Mit Tschingderassassa hielt der Zug am Leuchtturm. Der König setzte sich auf den roten Sessel, der vor der Leuchtturmtreppe für ihn bereitstand. Über ihm war ein Transparent gespannt.

Glück zu dem Könige!
Wer mich ehrt, den will ich wieder ehren!
Fürchte Gott, ehre den König!
Heil, König, Dir!
Vom Fels zum Meer!

Die Menschen versammelten sich um den König. Andreas Hartmann ergriff das Wort: »Ich bitte nun untertänigst Ehrenwerte Majestät den Leuchtturm einzuweihen, von dessen Spitze ein Leuchtfeuer den Schiffern in finsteren und stürmischen Nächten als Leitstern dienen wird.«

Der König erhob sich, nahm die Schere zur Hand und schnitt das Band durch, das über den Treppenaufgang gespannt war. Kanonenschüsse ertönten.

»Hurra, hurra!«

Andreas Hartmann ermahnte alle zur Stille. »Indem ich den tiefsten Gefühlen meines Herzens Ausdruck verleihe, spreche ich nur die Gefühle der Anwesenden aus und bringe seiner Majestät ein donnerndes Hoch aus!«

»Hoch! Hoch! Hoch!«, echote es aus der Menge.

Die Musiker spielten *Heil dir im Siegerkranze*. Alle sangen den letzten Vers von *Nun danket alle Gott*.

Keike sang nicht. Die Verzweiflung quälte sie so sehr, dass ihr kalter Schweiß ausbrach und sie sich vor Schmerzen krümmte. Sie wollte zu Andreas laufen, wollte schreien, dass sie ihn liebte.

»Ich lie …!«

Stine hielt ihr den Mund zu. »Bist du verrückt?«, zischelte sie.

Der Pastor trat vor. »Gelobt sei Jesus Christus. Der Leuchtturm ist errichtet. So seid ihr Menschen auf der Insel nicht mehr Gäste und Fremdlinge, sondern Gottes Hausgenossen, erbaut auf dem Grund der Apostel und Propheten, da Jesus Christus der Eckstein ist, auf welchem der ganze Bau ineinandergefügt wächst zu einem heiligen Tempel in dem Herrn. Ihr als lebendige Steine erbaut euch zum geistlichen Hause, Ihr seid das auserwählte Geschlecht, die königliche Priesterschaft, das heilige Volk, das verkünden soll die Wohltaten dessen, der euch berufen hat von der Finsternis zu seinem wunderbaren Licht. Ihr seid das Licht der Welt. So lasset euer Licht leuchten vor den Leuten, damit sie eure guten Werke sehen und euren Vater im Himmel preisen. Herr, Gott, wir loben dich. Schiffer, oh freue dich, jetzt naht die Hilfe! Amen!«

Das Musikkorps spielte *Was unser Gott geschaffen hat, das will er auch erhalten.*

⁂

Andreas Hartmann erklomm Stufe für Stufe des Leuchtturmes. Er öffnete die Tür zur Wärterstube. Von da aus kletterte er die Holzstiege zur Lampe empor, trat auf den Umgang hinaus. Der Wind blies kräftig. Er wickelte seinen Schal fester um den Hals, kreiste einmal um den Turm herum. Die Sicht war prächtig, aber er nahm die klaren Konturen und Farben nicht wahr. Seine Gedanken führten ihn nach innen. Und sein Inneres glich einer dunklen Kammer. Er verließ die Galerie, zog sich in den Turm zurück, um die Dämmerung abzuwarten. Er blickte durch das Fensterglas über Insel und Meer. Ein Stich in seinem Herzen zuckte auf wie ein Blitz. Es schmerzte, als pickte ihm eine Möwe mitten ins Zentrum. Sein Herz begann, unregelmäßig zu schlagen, setzte gelegentlich aus, so, wie das Meer für eine Zehntelsekunde zum Stillstand kam, um danach die nächste Woge hervorzubringen. Tausend Irrlichter tanzten vor ihm, verschwommene Lichtpunkte, die immer näher kamen und vor seinem Gesicht herumsprangen. Sie setzten sich auf seine benetzten Wangen und verglühten mit einem kurzen Zischen im Meer der Traurigkeit, im Meer der Zukunft, die keine Zukunft war. Wenn Hannes oder Almut stürben, könnte er nicht weiterleben. Gott allein wusste, warum er so bestraft wurde.

Die Dunkelheit war eingebrochen. *Keike*, flüsterte er. Er sah sie vor sich, spürte ihre Hand, die ihn in die Heide geführt hatte. Wieder ein Stich. Er erhob sich, um die Lampe zu entzünden. Das Licht flammte auf, seine Strahlen leuchteten weit über das Meer. Das Leuchtfeuer blinkte seinen regelmäßigen Takt, gleichmäßig, wie die Tränen, die ihm die Wangen hinunterliefen. Er wünschte, dieses Licht in sein Innerstes zu ziehen. Mit jedem Blinken, das auf das Meer leuchtete, flammten Gedanken, Erinnerungen auf. Mit jedem Blinken zerriss etwas in ihm. Als würde eine innere Kraft die Glaswand, die ihn umschloss, zum Zerspringen bringen.

Er schnellte hoch, wollte hinuntersteigen. Er stand auf

der Wendeltreppe, spähte in die Tiefe hinab. Die Treppenstufen waren verschwunden. Unter ihm klaffte der Abgrund. Die Wände um ihn herum verschoben sich. Sie fingen Feuer, kamen auf ihn zu, legten sich immer enger um ihn. Die glühenden Wände, nur noch eine Handbreit von ihm entfernt. Er vergrub das Gesicht in seine Hände. Seine Haut schmerzte, er brannte. Er verlor das Gleichgewicht, schrie gellend auf und glaubte, in die Tiefe zu fallen.

⁓⦿⁓

Die Leuchtturmarbeiter fuhren ab. Keike stand mit Stine und vielen anderen an der Mole. Der Mann, den sie liebte, drehte sich zu ihr um. Sein Blick war hart und bitter. Der Hass in seinen Augen bohrte sich in ihr Herz, schlug ihr gegen die Kehle. Sie hätte schreien mögen, aber sie blieb stumm. Kein Laut entrang sich ihr. Ihr Arm hob sich, ihre Hand machte ein Zeichen. Sie sagte: ›Auf Nimmerwiedersehen!‹, sie sagte: ›Ich werde einsamer sein, als je zuvor.‹ Sie rief: ›bleib!‹ Schrie: ›nimm mich doch mit!‹ Winkte Wünsche, die sie nicht aussprechen konnte, durfte. In ihrem Rachen brannten tausend nicht gesprochene Worte. Ihre Hand wollte sich nicht senken. Sie stand wie ein Segel im Wind, hörte nicht auf zu rufen, zu bitten, zu wünschen.

Er bestieg das Schiff. Das Wasser schlug ans Ufer. Die Flut trug ihre Liebe fort. Die Flut ertränkte sie. Keine Küsse, kein Lachen, keine Tränen, kein Hoffen. Nichts. Die Einsamkeit dröhnte in Keike wie Muschelrauschen. Hoch und tief pfiff sie, in wilden Wellen. ›Du bist verurteilt zu lieben und verlassen zu sein!‹, zischte die Muschel. ›Aber ich bin ein Sturmkind, bin ein Sturmkind.‹

Das Fährschiff legte ab. Ihre Hand. Das Segel brach ein. Der Orkan, der in Keike wütete, warf sie zu Boden. Sie lag da, wie ein an den Strand gespültes Wrackstück, das man im Ofen verbrannte. Ihre Liebe verging zu Asche. Ohne Hoffnung auf Rettung.

Das Schiff entfernte sich. Langsam verschwand es im Dunst. Keike hörte einen Todesschrei. Sie sah einen Mann im Moor. Er wollte einen Graben ziehen. Er grub tief in die Moorschicht hinein. Dort fand er eine Ente, die auf ihren Eiern saß. Als er sie berührte, zerfielen Ente und Eier. Vom Himmel regnete es Asche.

Andreas Hartmann hatte sich von Lorenzen verabschiedet, steuerte auf die Fähre zu, als er Keike erblickte. Sie erhob die Hand zum Gruß. Hass stieg in ihm auf. Sie war eine Seeschlange, die sich um seinen Leib gewunden und ihn erwürgt hatte. Er fühlte sich erniedrigt. Er verabscheute sie. Er riss den Blick von ihr los. Ein Matrose trug ihn huckepack zum Schiff. Er fühlte Angst. Angst vor der Fährfahrt, Angst vor der Zukunft.

Das Schiff legte ab. Keikes Hand senkte sich, das Boot entfernte sich vom Ufer. Wellen schlugen an den Bug. Furchterfüllt saß Andreas Hartmann auf der Holzbank, verlassen auf dem taumelnden Schiff zwischen Insel und Festland. Übelkeit überfiel ihn. So würde es bleiben, dachte er. Er hatte den Boden unter den Füßen verloren, schwankte trunken hin und her. Sein Magen rebellierte. Er unterdrückte den in ihm aufsteigenden Brei, presste den Daumen an den Unterkiefer, blickte starr zum Horizont. Die Wolken hingen in Fetzen, die Wogen stiegen. Ihre Kämme schäumten. Es war nicht nötig, glücklich zu sein, sagte er sich, es war nur wichtig, seine Bestimmung, seine Pflicht zu erfüllen. Er liebte sie nicht mehr. Sie war dumm und abergläubisch. Seine

Glut war erloschen, er würde sich von ganzem Herzen seiner Familie annehmen, Hannes und Almut pflegen, bis sie wieder gesund waren. Herr im Himmel, mach sie wieder gesund!

Er drehte sich zur Insel um. Keike war nur noch als kleiner, schwarzer Punkt auszumachen.

Der Kloß in seinem Hals schwoll an. Er beugte sich über die Reling. Sein Innerstes schoss mit einer durch nichts aufzuhaltenden Macht ins Meer. ›Du kannst deine Gefühle nicht bestimmen‹, rief die Meerfrau, die aus den Tiefen auftauchte und gleich darauf wieder verschwand. Er spie und spie. Und während das Erbrochene die Meeresoberfläche verunreinigte, konnte er nichts anderes denken, als Keikes zum Abschied erhobene Hand zu ergreifen, sie für immer zu halten, zu küssen und zu wärmen.

∽

Die Leidenschaften der Seele, die geistigen Anstrengungen, die angestrengten Studien, tiefen Meditationen, die Wut, die Traurigkeit, die Furcht, der lange und brennende Ärger, die verschmähte Liebe, können zu fernen Ursachen für den Wahnsinn werden.

Überhaupt kann jede Veränderung der äußeren Welt den Wahnsinn hervorrufen. Zum Beispiel die Luft, wenn sie zu heiß, zu kalt oder zu feucht ist, das Klima unter besonderen Bedingungen, das Leben in der Gemeinschaft, die Liebe zu den Wissenschaften, die Lektüre von Romanen, alles also, was die Vorstellungskraft belebt. Alles, was die Geister in eine bestimmte Richtung bringt, sie erschöpft und verwirrt; große und plötzliche Schrecken, heftige, durch Freude oder lebhafte Erregung verursachte Leiden der Seele, lange und tiefe Grübeleien über denselben Gegenstand, eine heißblütige Liebe, Wachsein und jede übertriebene Anstrengung des besonders nachts beschäftigten Geistes; die Einsamkeit, die Furcht, Hysterie, alles, was die Bildung, Erneuerung, Zirkulation und die verschiedenen Ausscheidungen des Blutes verhindert, ruft gewöhnlich das erotische Delirium, Erotomanie genannt, hervor.

3

Andreas Hartmann fuhr durch das spätherbstliche Hamburg. Wehmut ergriff ihn. Die bunten Blätterroben kündigten den Tod an. Ein letztes Aufflammen vor dem Vermodern. Ein letztes Aufflackern vor dem Absterben. Seine Gedanken verdüsterten wie der Himmel vor einem Gewitter. Die letzte Nachricht von Friedrich war immer noch besorgniserregend gewesen.

Die Kutsche hielt vor dem Haus der Hartmanns. Friedrich und Jule empfingen ihn. Er umarmte beide. Friedrich strahlte.

»Es war nicht die Cholera. Es war eine schlimme Darmkrankheit. Die Ärzte konnten sie nicht benennen.« Friedrich lachte. »Jetzt ist alles überstanden. Almut und Hannes werden übermorgen aus dem Spital entlassen. Du kannst sie besuchen.«

Andreas Hartmann drückte die Hand seiner Tochter. Jule sah zu ihm auf. »Ich habe inzwischen Ihre Noten geübt. Soll ich sie Ihnen vorspielen?«

»Später, Jule, später.«

Sie fuhren sogleich zum Spital. Andreas Hartmann dankte Gott. Der Herr hatte ihn erhört. Er war gerettet. Entbürdet von der Last seiner Fantasien, von seinen abscheulichen Hirngespinsten. Sie hielten vor dem Krankenhaus Sankt Georg, betraten den rechten Flügel des Gebäudes. Almut und Hannes lagen im ersten Stock. In dem dunklen Gang waberte ein Dunst von Medizin, Wundgeruch und Eiter. Andreas Hartmann öffnete die Tür zum Krankenzimmer. Hannes und Almut lagen in ihren Betten. Sie waren blass, fast durchscheinend.

»Vater!« Hannes schluchzte.

Er beugte sich zu Hannes nieder, umarmte ihn. Nahm Almuts Hand in die seine und küsste sie auf die Stirn.

»Gott wollte nicht, dass wir sterben, Andreas«, flüsterte sie.

Andreas Hartmann lächelte. Dennoch schien ihm alles weit entfernt. Er drückte Almuts Hand. »Ich werde zu Hause alles richten.«

Friedrich lachte. »Ach was, das wird Maria tun. Wozu hast du eine Schwägerin? Sie wird euch in den ersten Tagen zur Hand gehen.«

»Aber …«

»Kein aber! Das ist selbstverständlich.«

»Danke, Friedrich, ihr habt viel für uns getan.«

»Du siehst müde aus, ganz schwarz um die Augen. Ruh dich erst einmal aus.«

»Ja, ich bin sehr müde. Ich möchte nur schlafen, schlafen und schlafen.«

»Jule wird die beiden Tage noch bei uns wohnen. Sie kommt dann zusammen mit Maria zu euch.«

Andreas Hartmann küsste Almut ein weiteres Mal auf die Stirn.

Almuts Augen leuchteten. »Ich freue mich so sehr auf zu Hause. Es ist, als ob Gott Hannes und mir ein weiteres Leben geschenkt hat. Er hat seine Hand über uns gehalten. Erzähle mir alles von der Insel und der Einweihungsfeier, Andreas. Ich bin sehr neugierig.«

»Vater, haben Sie den Leuchtturm genauso gebaut wie unseren Schneeleuchtturm?«

Er küsste und umarmte Hannes. »Ja, Hannes, genau so.«

Endlich war er allein. Andreas Hartmann zog die Vorhänge zu und legte sich auf sein Bett. Ausruhen, er musste ausruhen, schlafen. Er ersehnte den Moment, der ihn zur Ruhe kommen ließ. Er schloss die Augen. Sein Hirn fühlte sich dumpf an. Dennoch wirbelten die Gedanken hin und her wie die Blätter im Wind.

Er konnte mit sich zufrieden sein. Er war zur allergrößten Verantwortung fähig. Er hatte richtig gehandelt. Alles kam wieder ins Lot. Gott war ihm gnädig. Die Liebe ist ein Satan, sprang ihm plötzlich ins Hirn. Ein Satan. Er spürte ein tiefes Verlangen nach Keike. Er rang nach Atem. Die Luft, die er einsog, hatte etwas unerträglich Einengendes an sich. Sie schien ihn zu erdrücken. Es war Almuts Luft. Inselhure, du sollst mich nicht länger gefangen halten. Er stellte sich vor, wie er in den Dünen lag und Keike küsste. Er schluchzte auf. Almut und Hannes sind wieder gesund. Sind wieder gesund. Gesund.

In den Baumkronen rauschte der Wind. Andreas Hartmann hörte das Rascheln der vertrockneten Blätter. Die Geräusche wurden leiser, entfernten sich schließlich. Er fiel in eine todesähnliche Erstarrung, die in einen schweren Schlaf überging.

Er fährt auf dem Schiff, fällt aus den Flammen ins Wasser, vom Wasser zurück in die Flammen. Er erhebt sich in die Lüfte. Gerettet. Gerettet. Schwitzt. Geister, Geister kommen. Totengerippe. Tanzen und klappern auf ihn zu, umkreisen ihn mit schaurigem Gelächter, packen ihn. Er kann sie nicht abschütteln. Sie zerren ihn in ein schwarzes Loch, legen ihn auf ein Nagelbrett. Er sieht den Himmel. Keike spaziert dort herum. Er will zu ihr, aber er ist auf das Nagelbrett gespießt. Aber er will zu ihr, nur zu ihr. Keiiiike!, schrie es durch die Finsternis der Nacht. Niemand hört es. Nicht einmal er selbst.

Keike ging auf sein Bett zu. Es war ungewöhnlich still. Kein Rufen, kein Schnarchen, keine Atemgeräusche. Sein Kopf war zur Wand gedreht. Sie beugte sich über ihn. Die Augen waren nach oben verdreht, seine Stirn erkaltet, seine Haut totenblass. Keike schreckte zurück. Sie stand vor ihm, ohne sich zu regen. Diese Stille. Wie lange hatte sie sie ersehnt. Wie lange hatte sie davon geträumt, erlöst zu werden von seinem Irrsinn, seiner Hilfsbedürftigkeit, die ihr Leben bestimmte und nicht mehr von ihr wich. Und jetzt? Der Schwiegervater war tot. Und sie konnte sich über seinen Tod nicht freuen, genauso wenig, wie es ihr gelang, zu trauern. Sie spürte nichts als Leere, fühlte sich wie ein gestrandetes Schiff, dessen Rumpf auseinandergebrochen war, in unzählige Teile zersplittert. Ein nutzloses Wrack mit schwarzen Segeln. Ein Geisterschiff, das ziellos in den Trübungen des Lebens irrte, von den Wellen hin und her gestoßen, ohne Richtung, ohne Hoffnung, ohne Lebenskraft.

Keike schloss dem Schwiegervater die Augen. Gute Reise, Vater, du wirst in den Himmel kommen. Mir bleibt nur die Hölle.

Sie schöpfte ein paar Kellen Wasser aus der Regentonne in die Schüssel, nahm einen Lappen, kehrte in die Kammer zurück und wusch seinen Leichnam. Dann ging sie die Kinder wecken. Marret und Göntje hatten ihn geliebt, wie er war. Sie würden viele Tränen für ihn haben.

Stine und Medje kamen. Sie halfen, alles herzurichten, verhängten alle Möbel mit weißem Leinentuch, holten den Pastor, bestellten einen Sarg. Eine Holzkiste aus Wrackholz. Mehr konnte sie nicht bezahlen. Sie nahmen Göntje und Marret mit. Die Mädchen sollten bei Stine schlafen, damit sie sich in der Nacht nicht fürchteten.

Der Sarg kam. Die Männer legten den Schwiegervater hinein und bahrten ihn auf. Keike zog das Bett ab, entfernte auch die verschlissene Matratze. Als sie die Holzrahmen ausseifte, hakte der Lappen unter einer Querstrebe fest. Sie schaute nach, sah ein Päckchen in braunes Wachspapier gewickelt. Sie zog daran. Es ließ sich nicht entfernen. Keike fühlte, dass es mit zwei Nägeln befestigt war. Sie holte Werkzeug, löste die Nägel und nahm das Paket an sich, betastete es. Es hatte keine scharfen oder harten Kanten. Vielleicht waren es Briefe. Sie schlug das Papier auf. Ihr Atem stockte. Geld. Das Paket enthielt Geld, Hunderte von Banknoten. Das Herz pochte ihr bis zum Hals. Das war mehr Geld, als sie jemals gesehen hatte. Das war mehr als die Heuer von mehreren Jahren. Wieso hatte er das Geld versteckt? Sie hätten es dringend benötigt. Keike blätterte in den Banknoten, schnupperte an den Scheinen.

Sie musste an Mette denken. Sie war vor vielen Jahren mit ihrem Mann nach Kalifornien gegangen, um Gold zu schürfen. Als ihr Mann gestorben war, kehrte sie mit ihrer Tochter zurück auf die Insel. Sie hatte Goldnuggets mitgebracht, das Haus vom alten Hansen gekauft und dort eine Hökerei und eine Schankstube eingerichtet.

Es war ein schöner Laden, mit Holzregalen und Schubladenschränken. Die Griffe waren aus weißem Porzellan. Einen Vitrinenschrank besaß sie auch. Und einen Tresen natürlich.

Keike legte die Hand auf ihren leicht gewölbten Bauch. In der anderen spürte sie das raue Papier der Banknoten an den Fingerkuppen. Die Stimme des Pastors bohrte sich in ihre Ohren. *In den letzten dreißig Jahren gab es nur ein uneheliches Kind auf der*

Insel. Gott wird es uns danken, ihr sittsamen Frauen, Gott wird es uns danken, echote es. Sie sah Rike in ihrer Hütte sitzen, dann Phines Grab vor sich. Und Andreas, wie er sie küsste. Keike verdrängte ihre Tränen. Beherzt wickelte sie das Geld ins Papier zurück und steckte es in ihre Schürzentasche. Es gibt so viele Träume wie Sandkörner in den Dünen, und in jedem Sandkorn keimt ein weiterer Traum, dachte sie. In jeder Pore ihrer Haut, jedem Winkel ihres Körpers war ein Sandkorn versteckt. Es wohnte zwischen den Zehen, unter den Nägeln und an den Haarwurzeln. Die Traumkörner kitzelten in den Ohrmuscheln, juckten an den Nasenwänden. Sie hockten in den Mundwinkeln und zwischen den Zähnen.

»Ich bin ein Sturmkind«, flüsterte Keike. Und sie wirbelte den Traumsand auf. Die alten Spuren verflüchtigten sich, die Kerben verwischten. Sie blies die Körner in die Lüfte, trug sie über den Ozean, um neue Traumsamen zu sähen. Ein Sandkorn war sie selbst.

⁂

Februar 1870. Am 11. Februar erwachte Hartmann mit schlechter Laune. Er sprach mit sich selbst, behauptete Stimmen zu hören und jene Frau zu sehen, die er als sein Unglück bezeichnete. Er fluchte gegen diese Frau, knirschte mit den Zähnen und bedrohte sie. Nach fünf Stunden der Erregung mit anscheinenden Halluzinationen beruhigte er sich. Später erklärte er auf Befragen, dass er starkes Kopfweh habe, und behauptete, sich an nichts zu erinnern. Er bat um Entschuldigung, falls er vielleicht jemand angegriffen haben sollte.

März. Immer ruhig; hatte keinen aggressiven Anfall mehr. Er sprach mit seiner Frau, empfahl ihr, guten

Mut zu haben, da er zufrieden sei. Er fügte hinzu: »Sei unbesorgt und denke, dass ich bald komme. Ich küsse und segne meine Kinder.«

Am 14. gegen Abend war er sehr schlechter Laune; er sprach mit sich selbst, wie gewöhnlich; er fluchte gegen die besagte Frau und schlief sehr wenig. Am 15. war er niedergeschlagen, lief im Zickzack auf dem Hof umher, weinte, sagte, dass sein Nervensystem in Aufregung sei und dass er Ruhe brauche. Kurz darauf folgte ein Anfall, der in Schreien und Lärmen mündete. Auf mehrmaliges Rufen antwortete er nicht. Er wurde tobsüchtig. Die Wärter holten die Zwangsjacke. Einzelzelle und Hofgangverbot. Als er später zur Ruhe kam, behauptete er auf Befragen, sich an nichts zu erinnern.

April: Er wurde von Neuem genau untersucht, aber keinerlei Veränderungen wahrgenommen.

Mai: stieß Flüche und Verwünschungen aus. Schrie, dass seine Familie ohne ihn betteln gehen müsse.

Juni: ruhig. Sprach mit seiner Frau und sagte ihr, sie solle unbesorgt sein und hoffen. »Sorge für das Wohl unserer Kinder und achte darauf, dass ihnen kein Schaden zustößt«, sagte er zu ihr und prophezeite ihr eine glückliche Zukunft.

⁂

Keike und Stine verabschiedeten sich von Medje. Lange lagen sie sich in dem Armen. Keike steckte Medje Geld zu, damit sie durchkam ohne sie. Medje steckte es in ihre Schürze, wischte sich die Tränen aus dem Gesicht. »Schreibt mir von drüben. Gott beschütze Euch.«

Sie machten sich auf zum Hafen. Mit Kindern, Kisten und Beuteln warteten sie auf die Fähre. Keike und

Stine trugen ihre schwarzen Kleider. Stine weinte. Sie dachte an Tükke. Keike weinte und vermisste Andreas. Verlorene Lieben, verlorene Leben. Aber es waren ihre letzten Tränen. Unter der Witwentracht trugen sie ein buntes Kleid, das den schwarzen Kokon aufplatzen ließ. Als Schmetterlinge flogen sie in eine neue Welt. Ihre Zukunft auf der Insel war Vergangenheit. Die Vergangenheit verschluckte der Ozean. Keike und Stine spreizten ihre bunten Flügel.

Keike saugte noch einmal die Luft, die Düfte ein. Tausend Erinnerungen überschwemmten sie. Heimat war Duft, waren Aromen. Das Salz, der Tang, getrocknete Fische an der Leine, die Heide, Schafe. Dünen. Und das Watt. Nichts duftete so wie das Watt. Sie lauschte dem Wind. Er rauschte durch ihr Herz. Die Wellen stießen an ihre Rippen. Das Kind in ihr regte sich im Einklang mit den Wogen.

Die Mädchen lachten.

Sie saßen in Hamburg am Jonashafen. Hockten auf ihren Bündeln und Kisten in der Masse der Auswanderer. Langsam kam Bewegung in die Gruppe. Die ersten Passagiere wurden mit kleinen Booten zum Schiff gebracht. Sie stellten sich in die Schlange der Wartenden. Das vierte Boot, das anlegte, setzte sie zum Dampfer über.

Die Schiffssirene erschallte, die Motoren dröhnten. Dunkle Rauchwolken stiegen aus dem Schornstein auf. Das Schiff vibrierte, setzte sich langsam in Bewegung. Eine Blaskapelle spielte. Die Menschen schwenkten Hüte und Tücher. Keike stand an Deck, warf einen letzten Blick auf die Hafenkulisse. Ihre Augen flimmerten. Sie sah Andreas, schemenhaft. Er stand an der Mole, inmitten der Menge. Er winkte. Haltlos und ungestüm.

Seine Hand flatterte wie eine Fahne im Wind. Flirrte. Winkte und winkte.

Das Schiff entfernte sich immer weiter vom Kai, glitt Welle für Welle der Zukunft entgegen. Andreas war nur noch als winziger schwarzer Punkt auszumachen. Dann verlor er sich in den Trübungen der Vergangenheit.

4

Die Bäume hatten ihre Blätter verloren. Nackt und frierend ragten die Äste in den grauen Himmel empor. Zu Füßen der Stämme lagen die dunkelbraunen, abgestorbenen Blätter auf dem schlammigen Boden. Nichts erinnerte mehr an ihre Schwerelosigkeit, mit der sie das Jahr über im Wind flatterten. Als nasse Lappen klebten sie im Straßenschmutz, bevor sie sich ganz auflösten.

Andreas Hartmann saß in seinem Arbeitszimmer. Er blickte auf die kahlen Baumkronen. Im höchsten Baum rastete eine Schar Krähen. Sie krächzten unentwegt. Von Zeit zu Zeit flogen sie auf, um sich kurz danach mit ihrem eintönigen *KraKra* wieder niederzulassen.

Seit drei Wochen waren Almut und Hannes wieder daheim. Sie hatten die Krankheit überstanden. Und er war von der Insel zurückgekehrt. Das Leben nahm seinen gewohnten Lauf. Geregelte Mahlzeiten, Gäste, Einladungen, Kirchenbesuche, Betstunden. Andreas Hartmann zuckte zusammen. Ein tiefes Sehnen zog sich als dumpfer Schmerz durch sein Herz.

Almut trat ein. Sie brachte ihm Tee. In seinem Hirn begann es quälend zu pochen. Ein schwerer Eisenring legte sich um seinen Kopf. Immer enger zog er sich zu. Und die Krähen schrien *Was du tun willst, tue jetzt!* Die schwarzen Vögel wurden immer aufdringlicher, sie flogen zum Fenster herein, glitten über seinen Kopf hinweg. Ihr schrilles Krächzen bohrte sich in seine Ohren. *Tu es! Tu es!*

»Du siehst schlecht aus«, klagte Almut. »Geh doch zu Dr. Albers und lass dich untersuchen. Du wirkst immer noch sehr erschöpft. Ich mache mir Sorgen.« Sie stellte die Kanne ab. »Seit Tagen sitzt du in deinem Zimmer. Geh hinaus an die Luft. Lass uns nach dem Essen auf den Wall gehen, ja?«

Almut strich ihm über den Kopf. Die Krähen krallten ihre Füße in seinen Schädel und krächzten. *Auslöschen! Auslöschen!* Andreas Hartmann wischte mit den Händen über seinen Kopf, verjagte die Leichenvögel.

»Weg! Weg!«, rief er, »ich kann das nicht ertragen!«

In seinen Augen leuchtete etwas Unheimliches. Almut erschrak. Jäh zog sie die Hand zurück. »Trink den Tee, Andreas, du musst zur Ruhe kommen.«

Andreas Hartmann fühlte sich wie ein Schatten, der den Tod mit sich trug. Panik erfasste ihn. Er wusste, was Angst war, aber diese Angst, die da in ihm aufbrach, die war unbenennbar, unbegreiflich. Er rannte aus dem Zimmer, die Treppen hinunter, riss im Laufen seinen Mantel vom Haken und stürzte auf die Straße. Auslöschen! Der Gedanke huschte umher, setzte sich wie klebriger Leim in ihm fest. Er beschleunigte seinen Schritt, aber der Todesschatten folgte ihm. Oder folgte er sich selbst? Plötzlich lachte er auf. Ein Traum, es ist alles ein böser Traum. Ein Hirngespinst. Almut hatte recht. Er musste sich ausruhen. Ruhen. Ruhen.

Die Gedanken flirrten. Sein ganzes Leben war ein böser Traum. Tragisch, düster, der Traum eines dem Tode Geweihten, dem es weder gelingt zu leben, noch zu sterben. Das war sein Unglück, sein Verhängnis.

Keike, Keike!, schrien die Krähen. *Auslöschen! Auslöschen!* Traum, alles nur ein Traum. Er blickte sich ängstlich um, fürchtete, dass jemand in seinen Kopf schauen konnte. Aber niemand schien etwas zu bemerken. Niemand konnte einen Traum ergründen. Ein Traum war ein Geheimnis. Er träumte den scheußlichsten, düstersten Traum aller Träume. Er fühlte sich beschmutzt, verderbt.

Sein Hirn grübelte weiter. Wie? Wie sollte er es anstellen? Er wollte nicht, dass es grübelte. Er schlug mit den Händen um sich, um die Krähen zu verscheuchen, aber sein Widerstand war zwecklos.

Ein Sonnenstrahl zerspaltete die dichte Wolkendecke, schoss wie ein Schwert auf die Erde nieder. Er spießte eine Krähe nach der anderen auf. Andreas Hartmann spürte das wärmende Sonnenlicht auf seinem Antlitz. Er kehrte zurück aus dem Folterkeller der Fantasie. Es war vorbei. Er war der finstersten Höhle entkommen. Die Sonne hatte den Spiegel seiner Seele zersplittert.

※

Die Seele der Irren ist nicht wahnsinnig. Die Seele ist gezwungen, auf die Bilder zu achten, die die Spuren ihres Gehirns in ihr bilden. Ein Wahnsinniger ist ein Kranker der am Hirn leidet, wie der Gichtkranke an den Händen und an den Füßen leidet. Obwohl Andreas Hartmann seinen gesunden Menschenverstand verloren hat, ist seine Seele ebenso geistvoll, rein und unsterblich wie die unsere, aber unsere ist wohl, seine schlecht untergebracht. Die Fenster seines Hauses sind verstopft. Seiner Seele fehlt die Luft, sie erstickt.

※

Sie saßen bei Tisch. Andreas Hartmann war fröhlicher Stimmung. Seit Langem hatte er sich nicht so munter gefühlt. Er nahm Almuts Hand in die seine. »Ich werde dich und die Kinder bald sehr glücklich machen.«

»Kann ich glücklicher sein, als ich bin, Andreas? Wir sind alle wieder gesund und wir leben ohne Kummer und Brotsorgen.«

»Dennoch sollst du bald vollkommen glücklich sein«, Andreas Hartmann richtete die Augen zum Himmel.

Almut betrachtete ihn mit Skepsis. »Du siehst heute wieder sehr mitgenommen aus. Hast du deinen Tee getrunken?«

»Ja, Liebes.«

»Gehen Sie heute Nachmittag mit mir zum Hafen, Vater?«

»Warum nicht, Hannes?«

Die Nacht brach herein. Er lag neben Almut und war in Gedanken bei Keike. Ich bin krank, dachte er. Aber ich bin ja selbst schuld. Es ist eine widerwärtige Krankheit, denn sie führt nicht zum Tod. Es ist eine Krankheit, die mich nicht leben und nicht sterben lässt. Das Elend fühlt sich in mir zu Hause. Sei dankbar, Andreas. Möchtest du mit denen tauschen, die einfältig herumlachen, die dumm und hohl in die Welt grinsen und denken, dass sie sich amüsieren, die behaupten, dass ihre Seelen rein und sauber sind, die beten und glauben, dass sie dadurch gute Menschen sind?

Eine Krähe setzte sich auf seinen Kopf. *Tu es! Tu es!*, krächzte sie. *Du tust recht. Du möchtest aus deiner Haut heraus*, raunte der Kerl hinter ihm. *Nicht einmal der Teufel möchte da drinstecken. Du willst deine Vergangenheit auslöschen. Tu es endlich!*, schrien die Krähen.

Andreas Hartmann lachte auf. Es war ein befreiendes Lachen.

Almut erwachte. Sie legte den Arm über ihn. »Was ist? Hast du geträumt?«

»Ich weiß nicht.«

»Du hast gelacht.«
»Ja?«
»Schlaf weiter, Lieber.«
Andreas Hartmann überkam eine große Ruhe. Was er zu tun hatte, lag immer deutlicher vor ihm. Hätte er geahnt, was er jetzt wusste, hätte er Almut nicht geheiratet und keine Familie gegründet. Aber er würde sich nicht bemühen, sich zu rechtfertigen. Jetzt ging er den Weg, den er nun einmal gehen musste.

Die Tage zogen dahin. Der Gedanke erwachte mit ihm am Morgen und legte sich abends mit ihm schlafen. Nach außen hin ließ er sich nichts anmerken. Jeden Tag plauderte er mit Almut und den Kindern, mit den Freunden und Bekannten über Alltäglichkeiten. Almut freute sich, dass er an dem Leben um ihn herum Anteil nahm. Doch im Innern steigerte sich seine Erregung von Tag zu Tag. Wenn er noch länger wartete, würde er vorher verrückt werden. Doch er konnte sich nicht entscheiden, wann und wie es geschehen sollte.

Die Angst kam zurück. Sie überfiel ihn, machte ihn labil. Er hatte schon die dritte Nacht schlecht geschlafen. Was, wenn es misslang? Würde er es schaffen? Er vertrieb die feigen Gedanken. Es war notwendig, es gab kein Zurück mehr, egal wie lange er noch brauchte, um es zu tun. Er stellte sich vor, wie es wäre, wenn er es schon hinter sich hätte. Und spürte eine ungekannte Erleichterung. Die Engel werden springen und tanzen. Und sie werden laut verkünden: *Was du getan hast, war richtig.*

Es war vier Uhr morgens. Andreas Hartmann lag seit Stunden schlaflos neben Almut. Plötzlich glaubte er, splitternackt in einem Ameisenhaufen zu liegen. Sein ganzer Körper brannte und glühte. Angst, Entsetzen und unerträglicher Schmerz überkamen ihn. Jetzt, jetzt musste es sein, sofort, auch die Kinder, Kinder, alle, rasch, rasch. Das war die Lösung. Auslöschen. Er konnte nichts anderes mehr denken. Nun mach schon, lachte der Kerl hinter ihm. Spute dich.

Er sprang aus dem Bett, eilte zur Kommode, nahm sein Rasiermesser heraus, hastete zum Bett zurück. Wie betäubt ließ er die Klinge über ihren Hals fahren. Almut gab keinen Laut von sich. Er sah das Blut. Überall strömte Blut. Er rannte ins Kinderzimmer nebenan, setzte das Messer an Hannes' Kehle. Stille. Jetzt die Treppe hinauf. Jule lag zur Wand gedreht. Warum lag sie nicht wie die anderen? Er schnitt trotzdem. Jule erwachte. Sie griff in das Messer. Stumm. Erstickt. Überwältigt. Er sah nichts mehr, hörte nichts, schnitt weiter. Ihr Blut troff solange, bis sie sich nicht mehr rührte, bis ihre Hände schlaff auf die Decke fielen. Er rannte zurück in sein Schlafzimmer, warf das Rasiermesser und sein blutiges Nachthemd auf den Boden. Er wusste nun, was zu tun war. Wusste es genau. Er wusch sich, kleidete sich an, packte seine Tasche. Wäsche, Hosen, Hemden. Ich muss weg, doch, doch, ich muss weg. Zu ihr. Tu es. Tu es.

»Keike!«, rief er mit hohler, verlassener Stimme und stürzte wie ein Wahnsinniger aus dem Haus.

Er stand mit der Tasche vorm Haus, als er zu sich kam. Er zitterte er am ganzen Leib. Was hatte er getan? Welcher Dämon hatte in ihm gehaust? Er hatte sich willenlos dem Teufel übergeben. Er hatte seine Familie umgebracht. Ein Albtraum, Gott im Himmel, sag, dass es ein Albtraum ist. Aber das Blut, all das Blut. Er hatte es getan. Er ließ die Tasche fallen, lief ins Haus zurück, ging ins Schlafzimmer, blickte auf das Blutbad, das er angerichtet hatte. Grauen befiel ihn. Er warf sich auf den Boden, krümmte sich, stieß abgehackte Laute aus. Sie liebten mich doch. Ich habe euch ermordet. Seid ihr tot? So lebt doch wieder. Er schnellte in die Höhe, stürzte hinaus, tastete sich an den Häusermauern entlang. Plötzlich raste er wie ein gehetztes Tier durch die menschenleeren Gassen. Es zog ihn zum Wasser. Er ging zum Deichtor, über den Steindamm zur Kuhmühle, watete in die Alster, tauchte unter, wieder und wieder. Jedes Mal befahl er sich: Jetzt bleib unten! Doch der Kerl folgte nicht mal sich selbst. So ein Schwächling! Wahrhaftig. Mit dem Ertrinken ist es nichts. Aber da hatte er die Rechnung ohne ihn gemacht. Er hatte ja noch das kleine Messer. Er schleppte sich ans Ufer. Stich zu Feigling, stich. Er traute sich nicht. Der Kerl lachte auf. Traust dich nicht, traust dich nicht. Mach schon, ich will nicht ewig warten. Jetzt ist es genug. Schäumen werde ich vor Wut, wenn es jetzt nicht passiert. Er stach sich in den Hals, in den Unterarm, unter den Rippenbogen. Dann brach er zusammen.

༺ ༻

In Hamburg gab es keinen Ort mehr, an dem nicht über den grauenvollen Vorfall gesprochen wurde. Das Gerücht verbreitete sich wie ein Lauffeuer und versetzte alle in Schrecken. Niemand konnte sich vorstellen, warum der bekannte und allseits geachtete Ingenieur Hartmann ein solches Verbrechen begangen hatte.

Die Waschfrau fand Frau, Tochter und Sohn gegen sechs Uhr morgens in ihrem Blute badend in ihren Betten. Gegen sieben Uhr morgens traf die Polizei ein. Auf Anordnung des Senators Dankert erschienen auch der Kriminalaktuar Dr. Matzen und der Ratswundarzt Bieler am Tatort. Bieler untersuchte die Körper der Ermordeten. Bei der Gattin Hartmanns wie auch bei den Kindern fand er tödliche Halswunden. Die Tochter lag in schräger Lage auf dem Rücken, die Füße gegen die Wand gestützt, mit hochgezogenen Knien. Der Arzt stellte zwei Halsschnitte fest. Auf der Brust zwei weitere Schnittwunden und an beiden Händen verletzte Finger. Daraus konnte man schließen, dass das Mädchen erwacht war und sich zur Wehr gesetzt hatte. Bei allen Leichen waren Luftröhre, Schlund und große Blutgefäße durchschnitten. Bei dem Jüngsten außerdem noch die Halswirbelsäule mit der *Medulla oblongata*.

Die drei toten Körper wurden gereinigt und in einem Zimmer nebeneinander aufgebahrt. Dann wurde das Haus abgeschlossen und verriegelt.

Die Ermittlungen ergaben, dass während der Nacht kein Fremder im Haus war. Auch hatte niemand Lärm oder Schreie gehört. Das Dienstmädchen war zum Zeitpunkt der Tat bei ihren Eltern in Pinneberg gewesen.

Immer mehr Schaulustige drängten sich um das Haus am Dammtorwall. Die Straße war den ganzen Tag über mit Menschen überfüllt, deren Aufregung sich noch steigerte, als bekannt wurde, dass der Ingenieur bereits festgenommen worden sei.

Am frühen Morgen fanden zwei Nachtwächter unweit des Schlachthofes einen Mann kraftlos und verfroren am Alsterufer im Gras liegen. Sie sprachen ihn an und fragten nach seinem Namen. Er nannte sich Andreas Hartmann. Sogleich mutmaßten die Nachtwächter, dass er ein Verbrechen begangen habe, worauf er nicht widersprach. Die Nachtwächter vermuteten ferner, dass er sich auch selbst hatte umbringen wollen. Seine Kleidung war durchnässt, und er hatte mehrere blutige Wunden am Hals, Arm und an den Händen.

Die Männer brachten ihn zur Wache neben der Kuhmühle. Dort kam er in Verwahrung. Man verarztete seine Wunden. Danach wurde er in der Kutsche auf die Pferdemarktwache gefahren und einem Verhör unterzogen. Nachdem er die Tat gestanden hatte, flehte er: »Gott, mein Gott, erbarme dich meiner.«

ENDE

Oh löst mir das Rätsel des Lebens,
Das qualvoll uralte Rätsel,
Worüber schon manche Häupter gegrübelt,
Häupter in Hieroglyphenmützen,
Häupter in Turban und schwarzem Barett,
Perückenhäupter und tausend andre
Arme, schwitzende Menschenhäupter -
Sagt mir, was bedeutet der Mensch?
Woher ist er kommen? Wo geht er hin?
Wer wohnt dort oben auf goldenen Sternen?

Es murmeln die Wogen ihr ewges Gemurmel,
Es wehet der Wind, es fliehen die Wolken,
Es blinken die Sterne, gleichgültig und kalt,
Und ein Narr wartet auf Antwort.

(Heinrich Heine, aus »Fragen«, Zweiter Zyklus, VII, Die Nordsee)

Nachwort

Die Insel Taldsum ist fiktiv. Hier vereinigen sich wahre und erdachte Begebenheiten der gesamten friesischen Inselwelt.

Auch alle Figuren des Romans sind frei erfunden. Ähnlichkeiten mit Familiennamen und Personen sind rein zufällig.

Für die Zeichnung der Figur des Andreas Hartmann wurden die Fälle dreier Familienmörder des 19. Jahrhunderts zu Hilfe genommen.

Danksagung

Drei Menschen, die mich sicher und beherzt durch die Stürme dieses Romanprojektes navigiert haben, möchte ich innigsten Dank aussprechen:

Meinem Literaturagenten, Skipper und Freund Klaus Middendorf für seine kompetenten literarischen Kurskorrekturen, Kapitänsvorschläge und den langjährigen, mannigfaltigen Gedankenaustausch.

Meiner Lektorin und Meeresgefährtin Claudia Senghaas für die stetige Hilfe und Stütze im Verlag, für ihren engagierten Einsatz, bei Flaute frischen Wind in das Projekt zu blasen und fachkundige Verbesserungsvorschläge zu machen.

Meinem lieben Mann für seinen selbstlosen, unerschütterlichen Beistand und die vielen aufbauenden Gespräche im Strudel der Gezeitenströme.

Worterklärungen

Aalstechen:	Das Fangen von Aalen durch Stechen mit dem Aalspeer.
Alkoven:	Bettnische in einem Zimmer. Alkoven waren wärmer als freistehende Betten.
Armenpfennig:	Almosen der Kirche. Für die Seemannswitwen gab es keine geregelte Witwenrente.
Austernfischer:	Einer der charakteristischsten Vögel der Nordseeküste.
Biikefeuer:	Friesisches Fest. Das Feuer wird am 21. Februar, am Vorabend des Petritages entzündet. Es hat seinen Ursprung in heidnischer Zeit und sollte böse Geister vertreiben. Auf den Inseln diente es später zur Verabschiedung der Walfänger und Seemänner. Das heutige Biiken hat Volksfestcharakter.
Brigg:	Zweimastiges Schiff mit zwei Rahsegeln an den Masten.
Demat:	Feldmaß. Ein Demat entspricht etwa einem halben Hektar.
Düffelhose:	Blaue Seemannshose aus festem Baumwollstoff.
Eierbier:	Bier mit Zucker, Ei und Zimt.
Eisflut:	Bei Sturm sprengt die Flut die Eisdecke. Berge von Eis werden

	von den Wellen fortgeschoben. Was ihnen in den Weg kommt, wird zerdrückt und zerbrochen.
Ewer:	Kleines, aus Friesland stammendes Segelschiff mit Flachkiel und ein bis zwei Masten.
Fischgarten:	Fischfangmethode. Aus Reetgeflecht und Pflöcken wird im Watt ein Zaun in Form eines Dreieckes errichtet. In der schmalsten Ecke wird eine Fangreuse aufgestellt.
Gezeiten:	Auch Tide. Wechsel von Ebbe und Flut unter dem Einfluss von Sonne und Mond.
Gonger:	Poltergeist, Wiedergänger.
Grog:	Alkoholisches Heißgetränk aus Rum und Wasser.
Hahnenbalken:	Balken, der die Dachsparren gegeneinander abstützt.
HAPAG:	Hamburg-Amerikanische Packetfahrt-Actien-Gesellschaft. Schiffsreederei mit vielen Auswandererschiffen nach Amerika.
Halsen:	Segelmanöver beim Kreuzen, wenn eine Wende nicht möglich ist.
Kiepe:	Ein aus Weidenruten oder ähnlichen Material geflochtener Korb.
Klabautermann:	Schiffsgeist, Kobold.

Kleimauer:	Eine aus getrockneten Lehmquadern errichete Hausmauer.
Kojenmann:	Entenfänger und Wärter der Vogelkoje.
Krängen:	Das Schiff neigt sich zur Seite.
Kringeln:	Töten von Enten, indem man ihnen den Kopf verdreht und das Genick bricht.
Leichtmatrose:	Matrose zwischen Schiffsjunge und Vollmatrose.
Puzzolanmörtel:	Besonders dauerhafte Mörtelsorte. Härtet sehr gut aus.
Rah:	Querbaum zur Befestigung der Rahsegel.
Reep:	Gedrehtes Seil.
Reet:	Schilfrohr, das in getrocknetem Zustand u. a. zur Dacheindeckung verwendet wird.
Sände:	Untiefen, flache Stellen.
Schaluppe:	Kleines, kutterähnliches Segelboot mit einem Mast, das oft als Beiboot verwendet wird.
Schanzkleidung:	Hölzerne Brüstung, die das Schiffsdeck einfasst.
Seepocken:	Sie gehören zur Gattung der Krebse und setzen sich unter anderem an Steinen und Felsen fest.
Speckschneider:	Seemann auf einem Walfänger, der für das Zerschneiden und Bearbeiten des Walspecks zuständig ist.
Sprenkelkrankheit:	Scharlach.

Springflut:	durch Mondstellung hervorgerufener starker Gezeitenhub.
Strandläufer:	Kleiner, schnell trippelnder Seevogel.
Takelage:	Das gesamte Gut an den Masten eines Segelschiffes.
Tampen:	Tauwerke.
Totenbraut:	Wirbelwind.
Vogelkoje:	Entenfangeinrichtung.
Wanderdünen:	Von Wind oder Wasser bewegte Düne.
Wanten:	Seile, die den Mast zu beiden Schiffsseiten hin verspannen.
Windsbraut:	Wirbelwind.

*Weitere Krimis finden Sie auf den
folgenden Seiten und im Internet:
www.gmeiner-verlag.de*

DAGMAR FOHL
Das Mädchen u. s. Henker
....
274 Seiten, Paperback.
ISBN 978-3-8392-1003-1.

GEWISSENSFRAGEN Hamburg im 18. Jahrhundert: Jan Anton Kock, Sohn des Scharfrichters Anton Kock, muss nach dem plötzlichen Tod seines Vaters dessen Amt übernehmen und schon im Alter von 16 seine erste Hinrichtung vollziehen. Viele Jahre erfüllt er seine Arbeit pflichtbewusst, obwohl er dem Scharfrichterberuf zwiespältig gegenübersteht.

Doch als er sich in das Lachen eines Mädchens verliebt, gerät seine Welt ins Wanken. Denn die junge Hanna Kranz, Dienstmädchen einer reichen Familie, ist des Kindsmordes angeklagt und bis zu ihrer Hinrichtung bleiben nur noch wenige Tage. Eine qualvolle Zeit für Jan Kock, aber auch für Dr. Friedrich König. Der Anwalt ist als Defensor der Hanna Kranz berufen. Als aufgeklärter Geist und Gegner der Todesstrafe versucht er ihr Leben um jeden Preis zu retten …

UWE GARDEIN
Das Mysterium d. Himmels
....
278 Seiten, Paperback.
ISBN 978-3-8392-1075-8.

HIMMELSBILDER Das Land zwischen dem Rhein, der Donau und den Alpen ist altes Keltenland. Vor 2.300 Jahren kommt Ekuos, der Hirte mit der Herde seiner Sippen aus den Bergen ins Tal. Ein Auserwählter, der das zweite Gesicht besitzt. Er hat Himmelsbilder gesehen, die er nicht deuten kann. Er will den Weisen von den Erscheinungen am Firmament berichten, doch in der Ebene hörte er, dass sein Bruder Atles mit Freunden verschleppt worden ist. Sofort macht sich Ekuos auf die Suche nach seinem verschwundenen Bruder. Es beginnt eine lange Reise in den dunklen Norden. Mit dabei sein Gefährte Matu, der Treiber, und die Wölfin Kida, die von Ekuos gefunden und aufgezogen wurde.

Wir machen's spannend

PETER HERELD
Geheimnis d. Goldmachers
·······································
319 Seiten, Paperback.
ISBN 978-3-8392-1069-7.

DIE HUNDE DES HERRN Sommer, im Jahre 1234. Zwei Männer, wie sie unterschiedlicher nicht sein könnten, sind auf dem Weg nach Köln. Osman Abdel Ibn Kakar, ein Muselman aus Alexandria, ist auf der Flucht vor seinem Herrn. Begleitet wird er von Robert dem Schmalen, seinem besten Freund. Unterwegs lernen sie in einem Dominikanerkloster in Hildesheim den großen Gelehrten Albertus Magnus kennen. Der Mönch verrät ihnen in aller Vertraulichkeit von seinem päpstlichen Auftrag: aus minderen Elementen Gold herzustellen. Als er kurz darauf entführt wird, fällt der Verdacht auf die beiden Reisenden. Der Beginn einer Jagd auf Leben und Tod ...

SUSANNE BONN
Die Schule der Spielleute
·······································
320 Seiten, Paperback.
ISBN 978-3-8392-1073-4.

SPIELMANNSTOD Worms, im Jahre 1339. In einer Spielmannsschule treffen Fahrende aus allen Teilen Europas zusammen, um Wissen und Erfahrungen auszutauschen, aber auch, um sich für die großen Fürstenhöfe zu empfehlen. Ein begehrtes Ziel ist die Residenz des Grafen von Geldern. Die jungen Musiker Elbelin und Gottfrid, die zuletzt im Dienst des Erzbischofs von Trier standen, sind dorthin unterwegs. Auch den alten erfahrenen Hofsänger Wolfram zieht es auf der Suche nach einer Anstellung an den Hof des Grafen, doch er glaubt im direkten Vergleich mit Elbelin nicht bestehen zu können. Um ihn aus dem Feld zu schlafen, zerstört Wolfram den Dudelsack des jungen Spielmanns. Das spielerische Kräftemessen soll sich schon bald zu einer tödlichen Tragödie auswachsen ...

GMEINER

Wir machen's spannend

UWE KLAUSNER
Die Bräute des Satans
....
315 Seiten, Paperback.
ISBN 978-3-8392-1072-7.

MEIN IST DIE RACHE Das Kloster Maulbronn, im Jahre 1417. Die Hennen legen nicht, die Kühe geben kaum Milch, der Wein schmeckt wie Essig. Und als das Bauernmädchen Mechthild der Zauberei verdächtigt wird, ist die Krise perfekt. Bruder Hilpert, der erst vor ein paar Wochen ins Kloster heimgekehrte Bibliothekar, tut alles, um die Gemüter zu besänftigen. Doch das Unheil nimmt seinen Lauf. Kaum hat er mit seinen Ermittlungen begonnen, wird der verkohlte Leichnam eines Mitbruders gefunden. Vom Täter, der auf einem Pergamentröllchen die Buchstaben EST hinterlassen hat, fehlt dagegen jede Spur ...

GÜNTHER THÖMMES
Der Fluch des Bierzauberers
....
373 Seiten, Paperback.
ISBN 978-3-8392-1074-1.

EIN NEUER ANFANG Der Dreißigjährige Krieg stürzt Deutschland in die Katastrophe. Der Magdeburger Brauherr Cord Heinrich Knoll verliert bei der Vernichtung seiner Heimatstadt alles, was ihm lieb und teuer ist: Frau, Kinder, die Brauerei. Als endlich Frieden herrscht, bekommt er die Chance, unter der Herrschaft des Prinzen Friedrich von Homburg dessen neue Brauerei zu Ehre und Ansehen zu führen. Doch dann droht neues Ungemach von höchster Stelle. Ausgerechnet der Große Kurfürst von Brandenburg zwingt den Bierbrauer zu einem Kampf ums nackte Überleben ...

Wir machen's spannend

OLIVER BECKER
Geheimnis d. Krähentochter
....

466 Seiten, Paperback.
ISBN 978-3-89977-1071-0.

ZWISCHEN LIEBE UND HASS
Der Schwarzwald im Jahre 1636: Ein abgeschiedenes Tal wird von den Schrecken des Dreißigjährigen Krieges erreicht. Eine Gruppe von Söldnern überfällt den Petersthal-Hof, mordet und verschwindet wieder im Dunkel der Wälder. Es gibt nur eine Überlebende: die Magd Bernina. Sie wird von einer Frau gerettet, die in der ganzen Gegend als Hexe verschrien ist und nur die »Krähenfrau« genannt wird. Welche Geschichte verbirgt sich hinter dem geheimnisvollen Bild, das Bernina in den Trümmern des abgebrannten Hofes findet? Bald steht die junge Frau nicht nur vor dem Rätsel der Zeichnung, sondern auch vor der Entscheidung zwischen zwei Männern …

SEBASTIAN THIEL
Die Hexe vom Niederrhein
....

273 Seiten, Paperback.
ISBN 978-3-8392-1076-5.

HEXENJAGD Kempen, im Winter 1642. Am Niederrhein tobt der Dreißigjährige Krieg.
Nach einem Kirchgang rettet der junge Schmied Lorenz die Tochter des Statthalters vor zwei durchgehenden Pferden. Die schöne Elisabeth macht ihrem Retter von der ersten Minute an eindeutige Avancen. Doch nicht sie ist seine Auserwählte, sondern ihre schüchterne und geheimnisvolle Adoptivschwester Antonella. Als hessische Söldner Kempen belagern und einnehmen, bricht das Chaos aus. Und die kräuterkundige Antonella wird von der gesamten Stadt als Hexe denunziert …

GMEINER

Wir machen's spannend

GERHARD LOIBELSBERGER
Reigen des Todes
....
324 Seiten, Paperback.
ISBN 978-3-8392-1068-0.

DIE SPUR DES TODESENGELS
Wien 1908. Als am Ufer des Donaukanals ein abgetrennter Unterarm entdeckt wird, wittert Gerichtsredakteur Leo Goldblatt die große Story. Doch nicht nur diese mysteriöse Angelegenheit schlägt dem Inspector und ausgewiesenen Gourmet Joseph Maria Nechyba gewaltig auf den Magen, sondern auch die Suche nach dem seit Tagen vermissten Oberstleutnant Vestenbrugg. Bewegung kommt erst in den Fall, als Vestenbruggs abgeschnittener Kopf auftaucht und sich herausstellt, dass er eine junge Geliebte hatte: Steffi Moravec, deren amouröse Fähigkeiten auch andere Herren der Wiener Gesellschaft sehr zu schätzen scheinen …

HERBERT BECKMANN
Mark Twain unter d. Linden
....
276 Seiten, Paperback.
ISBN 978-3-8392-1051-2.

IM DEUTSCHEN CHICAGO
Berlin, 1891. Der Kaiser steht stramm, um Mark Twain zu empfangen. Wissenschaftler wie Virchow und Helmholtz schmücken sich mit seinem Besuch. Und beim amerikanischen Botschafter geht er mitsamt seiner Familie ein und aus. Als Mark Twain im Herbst und Winter des Jahres 1891 in Berlin lebt, kann er sich über öffentliche Würdigungen nicht beklagen. Doch hinter der heilen Fassade spielen sich mysteriöse Dinge ab: Twains Scherze kommen nicht bei allen gut an, er wird von einer fremden Frau verfolgt, und auch die Berliner Unterwelt scheint sich auf einmal für den Schriftsteller und seine Familie zu interessieren …

Wir machen's spannend

Das neue KrimiJournal ist da!
**2 x jährlich das Neueste
aus der Gmeiner-Krimi-Bibliothek**

In jeder Ausgabe:

- Vorstellung der Neuerscheinungen
- Hintergrundinfos zu den Themen der Krimis
- Interviews mit den Autoren und Porträts
- Allgemeine Krimi-Infos
- Großes Gewinnspiel mit ›spannenden‹ Buchpreisen

*ISBN 978-3-89977-950-9
kostenlos erhältlich in jeder Buchhandlung*

KrimiNewsletter
Neues aus der Welt des Krimis

Haben Sie schon unseren KrimiNewsletter abonniert?
Alle zwei Monate erhalten Sie per E-Mail aktuelle Informationen aus der Welt des Krimis: Buchtipps, Berichte über Krimiautoren und ihre Arbeit, Veranstaltungshinweise, neue Krimiseiten im Internet, interessante Neuigkeiten zum Krimi im Allgemeinen.
Die Anmeldung zum KrimiNewsletter ist ganz einfach. Direkt auf der Homepage des Gmeiner-Verlags (www.gmeiner-verlag.de) finden Sie das entsprechende Anmeldeformular.

Ihre Meinung ist gefragt!
Mitmachen und gewinnen

Wir möchten Ihnen mit unseren Romanen immer beste Unterhaltung bieten. Sie können uns dabei unterstützen, indem Sie uns Ihre Meinung zu den Gmeiner-Romanen sagen! Senden Sie eine E-Mail an gewinnspiel@gmeiner-verlag.de und teilen Sie uns mit, welches Buch Sie gelesen haben und wie es Ihnen gefallen hat. Alle Einsendungen nehmen automatisch am großen Jahresgewinnspiel mit ›spannenden‹ Buchpreisen teil.

Wir machen's spannend

Alle Gmeiner-Autoren und ihre Romane auf einen Blick

ANTHOLOGIEN: Tatort Starnberger See • Mords-Sachsen 4 • Sterbenslust • Tödliche Wasser • Gefährliche Nachbarn • Mords-Sachsen 3 • Tatort Ammersee • Campusmord • Mords-Sachsen 2 • Tod am Bodensee • Mords-Sachsen 1 • Grenzfälle • Spekulatius **ARTMEIER, HILDEGUND:** Feuerross • Drachenfrau **BAUER, HERMANN:** Verschwörungsmelange • Karambolage • Fernwehträume **BAUM, BEATE:** Weltverloren • Ruchlos • Häuserkampf **BAUMANN, MANFRED:** Jedermanntod **BECK, SINJE:** Totenklang • Duftspur • Einzelkämpfer **BECKER, OLIVER:** Das Geheimnis der Krähentochter **BECKMANN, HERBERT:** Mark Twain unter den Linden • Die indiskreten Briefe des Giacomo Casanova **BEINSSEN, JAN:** Goldfrauen • Feuerfrauen **BLATTER, ULRIKE:** Vogelfrau **BODE-HOFFMANN, GRIT / HOFFMANN, MATTHIAS:** Infantizid **BOMM, MANFRED:** Kurzschluss • Glasklar • Notbremse • Schattennetz • Beweislast • Schusslinie • Mordloch • Trugschluss • Irrflug • Himmelsfelsen **BONN, SUSANNE:** Die Schule der Spielleute • Der Jahrmarkt zu Jakobi **BODENMANN, MONA:** Mondmilchgubel **BOSETZKY, HORST (-KY):** Promijagd • Unterm Kirschbaum **BOENKE, MICHAEL:** Gott'sacker **BÖCKER, BÄRBEL:** Henkersmahl **BUEHRIG, DIETER:** Schattengold **BUTTLER, MONIKA:** Dunkelzeit • Abendfrieden • Herzraub **BÜRKL, ANNI:** Ausgetanzt • Schwarztee **CLAUSEN, ANKE:** Dinnerparty • Ostseegrab **DANZ, ELLA:** Schatz, schmeckt's dir nicht • Rosenwahn • Kochwut • Nebelschleier • Steilufer • Osterfeuer **DETERING, MONIKA:** Puppenmann • Herzfrauen **DIECHLER, GABRIELE:** Glaub mir, es muss Liebe sein • Engpass **DÜNSCHEDE, SANDRA:** Todeswatt • Friesenrache • Solomord • Nordmord • Deichgrab **EMME, PIERRE:** Diamantenschmaus • Pizza Letale • Pasta Mortale • Schneenockerleklat • Florentinerpakt • Ballsaison • Tortenkomplott • Killerspiele • Würstelmassaker • Heurigenpassion • Schnitzelfarce • Pastetenlust **ENDERLE, MANFRED:** Nachtwanderer **ERFMEYER, KLAUS:** Endstadium • Tribunal • Geldmarie • Todeserklärung • Karrieresprung **ERWIN, BIRGIT / BUCHHORN, ULRICH:** Die Gauklerin von Buchhorn • Die Herren von Buchhorn **FOHL, DAGMAR:** Die Insel der Witwen • Das Mädchen und sein Henker **FRANZINGER, BERND:** Zehnkampf • Leidenstour • Kindspech • Jammerhalde • Bombenstimmung • Wolfsfalle • Dinotod • Ohnmacht • Goldrausch • Pilzsaison **GARDEIN, UWE:** Das Mysterium des Himmels • Die Stunde des Königs • Die letzte Hexe – Maria Anna Schwegelin **GARDENER, EVA B.:** Lebenshunger **GEISLER, KURT:** Bädersterben **GIBERT, MATTHIAS P.:** Schmuddelkinder • Bullenhitze • Eiszeit • Zirkusluft • Kammerflimmern • Nervenflattern **GRAF, EDI:** Bombenspiel • Leopardenjagd • Elefantengold • Löwenriss **GUDE, CHRISTIAN:** Kontrollverlust • Homunculus • Binärcode • Mosquito **HAENNI, STEFAN:** Brahmsrösi • Narrentod **HAUG, GUNTER:** Gössenjagd • Hüttenzauber • Tauberschwarz • Höllenfahrt • Sturmwarnung • Riffhaie • Tiefenrausch **HEIM, UTA-MARIA:** Totenkuss • Wespennest • Das Rattenprinzip • Totschweigen • Dreckskind **HERELD, PETER:** Das Geheimnis des Goldmachers **HUNOLD-REIME, SIGRID:** Schattenmorellen • Frühstückspension **IMBSWEILER, MARCUS:** Butenschön • Altstadtfest • Schlussakt • Bergfriedhof **KARNANI, FRITJOF:** Notlandung • Turnaround • Takeover **KAST-RIEDLINGER, ANNETTE:** Liebling, ich kann auch anders **KEISER, GABRIELE:** Gartenschläfer • Apollofalter

Wir machen's spannend

Alle Gmeiner-Autoren und ihre Romane auf einen Blick

KEISER, GABRIELE / POLIFKA, WOLFGANG: Puppenjäger **KELLER, STEFAN:** Kölner Kreuzigung **KLAUSNER, UWE:** Die Bräute des Satans • Odessa-Komplott • Pilger des Zorns • Walhalla-Code • Die Kiliansverschwörung • Die Pforten der Hölle **KLEWE, SABINE:** Die schwarzseidene Dame • Blutsonne • Wintermärchen • Kinderspiel • Schattenriss **KLÖSEL, MATTHIAS:** Tourneekoller **KLUGMANN, NORBERT:** Die Adler von Lübeck • Die Nacht des Narren • Die Tochter des Salzhändlers • Kabinettstück • Schlüsselgewalt • Rebenblut **KOHL, ERWIN:** Flatline • Grabtanz • Zugzwang **KOPPITZ, RAINER C.:** Machtrausch **KÖHLER, MANFRED:** Tiefpunkt • Schreckensgletscher **KÖSTERING, BERND:** Goetheruh **KRAMER, VERONIKA:** Todesgeheimnis • Rachesommer **KRONENBERG, SUSANNE:** Kunstgriff • Rheingrund • Weinrache • Kultopfer • Flammenpferd **KRUG, MICHAEL:** Bahnhofsmission **KURELLA, FRANK:** Der Kodex des Bösen • Das Pergament des Todes **LASCAUX, PAUL:** Gnadenbrot • Feuerwasser • Wursthimmel • Salztränen **LEBEK, HANS:** Karteileichen • Todesschläger **LEHMKUHL, KURT:** Dreiländermord • Nürburghölle • Raffgier **LEIX, BERND:** Fächertraum • Waldstadt • Hackschnitzel • Zuckerblut • Bucheckern **LIFKA, RICHARD:** Sonnenkönig **LOIBELSBERGER, GERHARD:** Reigen des Todes • Die Naschmarkt-Morde **MADER, RAIMUND A.:** Schindlerjüdin • Glasberg **MAINKA, MARTINA:** Satanszeichen **MISKO, MONA:** Winzertochter • Kindsblut **MORF, ISABEL:** Schrottreif **MOTHWURF, ONO:** Werbevoodoo • Taubendreck **MUCHA, MARTIN:** Papierkrieg **NEEB, URSULA:** Madame empfängt **OTT, PAUL:** Bodensee-Blues **PELTE, REINHARD:** Kielwasser • Inselkoller **PUHLFÜRST, CLAUDIA:** Rachegöttin • Dunkelhaft • Eiseskälte • Leichenstarre **PUNDT, HARDY:** Friesenwut • Deichbruch **PUSCHMANN, DOROTHEA:** Zwickmühle **RUSCH, HANS-JÜRGEN:** Gegenwende **SCHAEWEN, OLIVER VON:** Räuberblut • Schillerhöhe **SCHMITZ, INGRID:** Mordsdeal • Sündenfälle **SCHMÖE, FRIEDERIKE:** Wieweitdugehst • Bisduvergisst • Fliehganzleis • Schweigfeinstill • Spinnefeind • Pfeilgift • Januskopf • Schockstarre • Käfersterben • Fratzenmond • Kirchweihmord • Maskenspiel **SCHNEIDER, BERNWARD:** Spittelmarkt **SCHNEIDER, HARALD:** Wassergeld • Erfindergeist • Schwarzkittel • Ernteopfer **SCHNYDER, MARIJKE:** Matrjoschka-Jagd **SCHRÖDER, ANGELIKA:** Mordsgier • Mordswut • Mordsliebe **SCHUKER, KLAUS:** Brudernacht **SCHULZE, GINA:** Sintflut **SCHÜTZ, ERICH:** Judengold **SCHWAB, ELKE:** Angstfalle • Großeinsatz **SCHWARZ, MAREN:** Zwiespalt • Maienfrost • Dämonenspiel • Grabeskälte **SENF, JOCHEN:** Kindswut • Knochenspiel • Nichtwisser **SEYERLE, GUIDO:** Schweinekrieg **SPATZ, WILLIBALD:** Alpenlust • Alpendörner **STEINHAUER, FRANZISKA:** Gurkensaat • Wortlos • Menschenfänger • Narrenspiel • Seelenqual • Racheakt **SZRAMA, BETTINA:** Die Konkubine des Mörders • Die Giftmischerin **THIEL, SEBASTIAN:** Die Hexe vom Niederrhein **THÖMMES, GÜNTHER:** Der Fluch des Bierzauberers • Das Erbe des Bierzauberers • Der Bierzauberer **THADEWALDT, ASTRID / BAUER, CARSTEN:** Blutblume • Kreuzkönig **ULLRICH, SONJA:** Teppichporsche **VALDORF, LEO:** Großstadtsumpf **VERTACNIK, HANS-PETER:** Ultimo • Abfangjäger **WARK, PETER:** Epizentrum • Ballonglühen • Albtraum **WICKENHÄUSER, RUBEN PHILLIP:** Die Seele des Wolfes **WILKENLOH, WIMMER:** Poppenspäl • Feuermal • Hätschelkind **WYSS, VERENA:** Blutrunen • Todesformel **ZANDER, WOLFGANG:** Hundeleben

Wir machen's spannend